KALI FAJARDO-ANSTINE

Mujer de luz

Kali Fajardo-Anstine es originaria de Denver, Colorado. Es autora de *Sabrina y Corina*, libro finalista del National Book Award, del PEN / Robert W. Bingham Prize, del LaVerne Harrell Fiction Prize, del Story Prize, del Saroyan Prize y ganador de un American Book Award. También fue galardonada con el Addison M. Metcalf Award por la American Academy of Arts and Letters. Su obra ha sido reconocida con el Denver Mayor's Global Award for Excellence in Arts & Culture y el Mountains and Plains Independent Booksellers Association Reading the West Award. Ha escrito para el *New York Times, Harper's Bazaar, ELLE, Oprah Daily, The American Scholar, Boston Review,* entre otros, y ha recibido becas de MacDowell, Yaddo, Hedgebrook y Tin House. Recibió su MFA en la Universidad de Wyoming y trabajó más de una década como librera independiente en Westside Books, en el norte de Denver. Ha vivido por todo el país, desde Durango, Colorado, hasta Key West, Florida, y fue invitada a impartir la 2022–23 Endowed Chair in Creative Writing en la Universidad Estatal de Texas.

MUJER
DE
LUZ

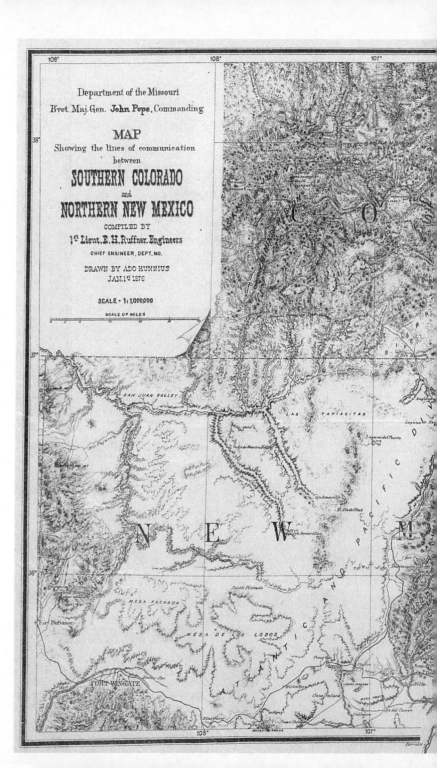

Department of the Missouri
Bvet. Maj. Gen. **John Pope**, Commanding

MAP
Showing the lines of communication
between

SOUTHERN COLORADO
and
NORTHERN NEW MEXICO
COMPILED BY
1st Lieut. E. H. Ruffner. Engineers
CHIEF ENGINEER, DEPT. MO.

DRAWN BY ADO HUNNIUS
JAN. 1st 1876

SCALE · 1 : 1,000,000

SCALE OF MILES

MUJER

DE

LUZ

Una novela

Kali Fajardo-Anstine

Traducción de Hugo Labravo

VINTAGE ESPAÑOL

Penguin
Random House
Grupo Editorial

Título original: *Woman of Light*

Primera edición: julio de 2022

Copyright © 2022, Kali Fajardo-Anstine
Copyright por la traducción © 2022, Hugo López Araiza Bravo
Copyright por la edición © 2022, Penguin Random House Grupo Editorial USA, LLC
8950 SW 74th Court, Suite 2010
Miami, FL 33156

Publicado por Vintage Español,
una división de Penguin Random House Grupo Editorial USA, LLC.
Todos los derechos reservados.

Mapa: Colorado and New Mexico Oversize Subject File, American Heritage Center,
University of Wyoming.

Impreso en Estados Unidos / *Printed in USA*

ISBN: 978-1-64473-552-7

22 23 24 25 26   10 9 8 7 6 5 4 3 2 1

Para mi familia.

(En memoria de mi abuela Esther y de mi tía Lucy)

Y para la gente de Denver.

"Que el pasado sea nuestro prólogo".

Estatua en los Archivos Nacionales en Washington, D.C., basada en
William Shakespeare, *La tempestad*, acto 2, escena 1

"Afuera está el gran mundo, y a veces el pequeño
mundo logra reflejar al grande para que podamos
entenderlo mejor".

De *Fanny y Alexander*, de Ingmar Bergman

PRIMERA GENERACIÓN (PUEBLO DE PARDONA)

Desiderya Lopez, la Profeta Somnolienta del Pueblo de Pardona

SEGUNDA GENERACIÓN (PUEBLO DE PARDONA
Y LA TIERRA PERDIDA)

Pidre Lopez y su esposa, Simodecea Salazar–Smith

TERCERA GENERACIÓN (LA TIERRA PERDIDA
Y DENVER, COLORADO)

*Las Hermanas Separadas: Sara y Maria Josefina,
hijas de Pidre y Simodecea*

CUARTA GENERACIÓN (DENVER, COLORADO)

Los hijos de Sara: Luz y Diego

El hijo de Maria Josie, Bobby Leonor (muerto al nacer)

QUINTA GENERACIÓN (DENVER, COLORADO)

—Aquí yace

ÍNDICE

PRÓLOGO

La Profeta Somnolienta y el Niño de Ninguna Parte   17

PRIMERA PARTE

1. Little Light   29

2. *La Divisoria*   43

3. Los griegos   54

4. El problema con los hombres   60

5. Noctámbula   69

6. Hacia los bordes   73

7. Un coche para huir   84

SEGUNDA PARTE

8. El yo interior   97

9. Mujeres sin hombres   117

10. Calor   127

11. Seamos felices como emperadores   135

12. Me dijeron que necesitas una chica   142

13. La Llorona   146

14. Los cazacuerpos de Bakersfield, California   153

15. Las calles rojas   166

16. Tres hermanas   173

17. Palabras a palabras   180

18. La historia de amor de Eleanor Anne   188

19. La justicia es ciega, pero ¿será sorda?   193

20. La modista   206

21. Solo con invitación   219

22. Un juego de cartas   229

23. Una nueva visión   238

TERCERA PARTE

24. La francotiradora Simodecea Salazar-Smith   245

25. Una vida propia   263

26. Refugio de la tormenta   272

27. Un día sin trabajar   279

28. Donde se registra el mundo   292

CUARTA PARTE

29. El último disparo de Simodecea   303

30. Las Hermanas Separadas   314

31. Un animal llamado noche   322

32. A la boda   329

33. El mariachi   345

34. Portal   348

35. Mujer de luz   354

36. El regreso de Diego   363

Agradecimientos   371

Glosario   373

La Profeta Somnolienta y el Niño de Ninguna Parte

La Tierra Perdida, 1868

La noche en que Fertudez Marisol Ortiz cabalgó hacia Pardona, un pueblito recóndito y modesto en el norte, el cielo estaba tan lleno de estrellas que parecían zumbar. Pensando que era señal de buen agüero, Fertudez no lloró mientras dejaba a su recién nacido a la orilla de un arroyo, envuelto en plumón de guajolote y con una garra de oso sujeta al pecho.

—Recuerda tu linaje —le susurró antes de montar su caballo y alejarse al galope.

En Pardona, Tierra del Cielo Temprano, la anciana Desiderya Lopez soñaba historias mientras dormía. El fogón refulgía en su casa de adobe mientras ella silbaba ronquidos a través de las paredes de tierra y su respiración se disipaba en la noche helada. Habría seguido profundamente dormida hasta la llegada del sol, pero la despertó el ruido de pezuñas pisoteando y grillos cantando, el crujir del cedro ardiendo, una interrupción entre el alba y el día.

—Ya basta —farfulló y maldijo mientras giraba lentamente para bajarse de la cama.

Al tocar el piso con la bola de los pies, el ruido se tornó enloquecedor. Tenía la espalda permanentemente doblada en una ligera L, y su larga falda tejida barría el piso alfombrado con pieles de borrego. Se envolvió en un rebozo blanco y metió las manos en guantes de zorro, que carecían de dedos para manejar con facilidad el tabaco. Su pipa era de barro de mica, y, mientras cojeaba hacia la puerta, el fuego chisporroteante le iluminó la cara hasta formar una mascada roja debajo de su amplia mandíbula. El calor de su aliento trató de quedarse dentro de la casa, pero ella rompió en una tos llena de flemas y lo arrastró de vuelta a sus pulmones.

—Te vienes conmigo —dijo antes de cruzar la puerta.

Conocida como la Profeta Somnolienta, Desiderya era una mujer importante en Pardona. Durante las ceremonias entraba en trance y recolectaba mil años de visiones, pero no siempre lograba revelarlas. Muchos años después, cuando los radios estaban de moda y todo mundo tenía una caja enorme junto a sus altares debajo de las vigas, las pocas personas que aún recordaban Pardona evocaban a Desiderya Lopez y a su antena espiritual, casi siempre descompuesta. Pero, a veces, muchas veces, funcionaba a la perfección.

Desiderya estaba parada en las márgenes del arroyo, fumando su pipa y contemplando la manera ascendente en la que las tinieblas azuladas teñían las montañas cercanas. El arroyo borboteaba bajo el delgado hielo. Los españoles le habían puesto Lucero porque la luz de las estrellas titilaba contra el correr del agua como si hubieran cubierto la tierra de cielo. El ruido del galope en sus sueños había desaparecido, y las montañas sagradas parecían observar a Desiderya divertidas, con sonrisitas veladas en sus arboledas y vetas rocosas. Entornó los ojos, giró la pipa y le quitó la boquilla con la mano derecha. Caminó sobre la nieve endurecida hacia aquel traqueteo entre cardos y capulines latentes, que se le engancharon del pulgar hasta hacerla verter sangre oscura por los guantes sin dedos.

—¿Quién está haciendo escándalo? —preguntó en tihua.

Al no haber respuesta, Desiderya probó con todos sus dialectos, y al final, después de esperar durante varios latidos, le dio la espalda al agua y a la maleza y dijo en español: *Congélate pues, cariño.*

Pidre lloró. Fuerte como tambor.

Desiderya abrió las ramas de cardo y capulín; sus tallos titilaban como las almas de los recién difuntos. Se quedó sin aliento ante la fuente del problema.

Ahí, frente a ella, había un bebé de ojos grises húmedos; un niñito que, con la cara coloreada en franjas por las sombras de la maleza, estiraba las manos hacia la Profeta Somnolienta.

Desiderya soltó un quejido mientras levantaba al bebé de entre la hierba. Estaba frío; la garra de oso que traía colgada del cuello se había empolvado de nieve.

—Vamos a meterte en calor —dijo con una urgencia tranquila mientras cargaba al bebé hacia la orilla del agua, con su carita acunada contra sus pechos caídos.

Metió la mano izquierda en el arroyo apenas congelado y se enjuagó la sangre de los dedos antes de manchar con una gotita el cachete del bebé. Él no lloró ante el frío, sino que fijó la vista en los ojos de la Profeta Somnolienta con el ceño fruncido, serio en su expresión. Desiderya se rio de su carita enojada.

—Solo es un instante —le explicó—. Estoy buscando un mensaje.

Encima de la cara del bebé, el agua reflejaba el cielo, aquellos planetas rojos y alados.

—Te dejaron —dijo Desiderya después de un rato—. Te dejaron para que alguien te encontrara.

Entonces el bebé la sorprendió, pues juntó los labios y trató de mamar de su ancho pecho. La Profeta Somnolienta se rio.

—Lleva un rato seco, chiquito.

Ya era el alba. Aparecieron líneas color naranja y lavanda detrás de las montañas del este. El mundo se calentó mientras Desiderya cargaba al bebé por el desierto, quebrando la nieve congelada con sus tewas. Le tarareaba plegarias al andar, canciones sobre el calor, saludos a la luz, bendiciones para el sol y la luna. Lo llevó al centro de Pardona, navegando entre las casas de adobe con sus umbrales azules para desviar espíritus a la deriva. A lo lejos, había un cementerio de cruces de madera desperdigadas por la ladera, como si los españoles hubieran regado una cubetada de catolicismo sobre la tierra. En la vieja misión de la plaza, había una cruz blanca inclinada hacia la izquierda y el aire resonaba con el graznido de gorriones y chivirines. Desiderya dejó atrás la mañana rosada para entrar a la iglesia. Se bendijo a sí misma y al bebé con el agua bendita de la puerta. Como era la tradición, debajo de la duela había cuatro curas enterrados. Las voces de sus espíritus saludaron a Desiderya cuando pisó el suelo encima de sus féretros. Le dijeron en español que les habían contado un secreto, y la Profeta Somnolienta soltó un quejido de hastío antes de decirles: "Suelten la sopa".

—Díganme —les dijo.

—No podemos —contestaron.

Desiderya pateó la duela y sacudió los muros.

—Auch —dijeron.

—Suéltenla —dijo ella, y lanzó otro pisotón.

—Vale —dijeron—. El bebé tiene nombre. ¿Quieres que te lo digamos?

Cuando los curas muertos cedieron, Desiderya repitió el nombre. Su voz retumbó por el santuario de adobe. Volteó a ver al niño, que se había marcado una ligera línea morada en el cachete con las uñas translúcidas. Desiderya pensó que tendría que cortárselas después.

—Pidre —dijo sonriéndole al niño—, como piedra.

Dentro de la capilla, varias jóvenes estaban de rodillas, barriendo el piso con cepillos de cola de caballo. Tenían pétalos de rosa secos apilados alrededor, y en el altar había una estatua de barro de la Virgen de Guadalupe vestida de seda roja. Estaban preparando su fiesta, y la iglesia olía a incienso y a salvia azul y a copal comprado en la Ciudad de México y trasladado a 1,400 millas hacia el sur. Se le quedaron viendo a la Profeta Somnolienta cuando se presentó ante ellas con el bebé en brazos.

—¿Y ese quién es? —preguntó una.

—Pidre —dijo mientras tocaba con el pulgar la garra de oso del niño.

—¿De dónde es?

—Parece mestizo —dijo Desiderya—. Tal vez de español. No creo que de francés. Por su mantita yo diría que viene de los pueblos del sur.

—¿Quién abandona a su propia sangre? —preguntó con desdén otra.

Desiderya pensó en las razones por las que abandonan a los bebés. Vio imágenes en su mente que prefería no ver, sintió un hambre profunda, presenció un pueblo posado en lo alto de un cerro, caballos sacrificados por alimento, una iglesia desmoronándose hacia la tierra con la que la habían levantado. Entonces, la Profeta Somnolienta estudió a Pidre. Él la reconoció con la mirada. Sintió que su espíritu le era complementario, un viejo amigo, un nieto pescado de entre la hierba.

—No podemos conocer la profundidad del sacrificio ajeno —dijo mientras le ponía el bebé en los brazos a la joven—. De momento, encuéntrale un pecho. Uno que funcione.

De niño, Pidre fue un gran cazador con una expresión seria en sus ojos nublados. Tendía a la arrogancia, y los hombres de Pardona lo castigaban con un fuete de pasto. Soltaba risitas con cada azote; era un espíritu indomable, decía la gente. Cuando los demás niños le aventaban piedras a la espalda o le golpeaban los tobillos con cañas de maíz y le ponían apodos como Sangre de Nieve u Ojos de Cielo, no reaccionaba con violencia. Y con el tiempo cejaron, pues Pidre tenía el don de la narración y una gran capacidad de contar chistes. Una vez, mientras las mujeres preparaban la comida para el Día de Todos los Santos, Pidre, una pirinola con brazos arácnidos y piernas de palito, se escondió detrás de las gordas hogazas de pan de horno. Se quedó acostado en la mesa cubierto de docenas de hogazas humeantes, inhalando el aroma a levadura hasta que los demás niños entraron a la cocina por su botana de media tarde. Entonces, alzó los brazos como si emergiera de una tumba poco profunda. Las mujeres gritaron y aplanaron el pan a escobazos y paliacatazos. Más tarde, cuando Desiderya se enteró de lo que había hecho, le dijo que habría sido mucho más gracioso si hubiera estado desnudo. "Como un diablo de verdad".

Antes de que pasaran once años, Desiderya Lopez se estaba muriendo de vieja, acostada en las alfombras de borrego de su casa de adobe. El olor terroso de su cuarto había quedado desplazado por el hedor rancio de la enfermedad de un cuerpo pronto a erosionarse. En su altar, había puesto chabacanos secos y galletas para el viaje. La música resonaba en el aire, una plegaria de cuna distante. Pidre posó la cara en el hueco entre su cuello y su hombro, con las canas argénteas trenzadas alrededor de su rostro distinguido. Le besó las trenzas. Escuchó su respiración superficial, el sonido de su espíritu escapándose.

—Apenas eres chiquito —dijo la Profeta Somnolienta—, pero yo ya te vi como hombre.

—¿Cómo soy, abue? —preguntó Pidre entre lágrimas—. ¿A quién ves?

—Vives cerca de un pueblo grande al otro lado de la Tierra Perdida, a la orilla de un río, rodeado de sus minas.

—¿Minas?

—Destripan la tierra —dijo—. Tendrás una esposa e hijas fieras. No sean vengativos.

—Abuela —dijo—. No entiendo.

—Ay, mijito. Ya entenderás.

—Te extraño —chilló Pidre—. Ya lo siento. Ya te estoy extrañando.

—Pero aquí sigo.

Desiderya cerró los ojos e hizo una mueca por el dolor que parecía tener incrustado en el corazón.

—Pidre —dijo.

—¿Sí?

—Me diste mucha felicidad —resolló el fantasma de una risa—. Eres mi nieto y eres mi amigo. Gracias por venir a mi vida.

Dejó ir su última exhalación; su aliento recorrió el cuarto. Entonces, Desiderya Lopez, la Profeta Somnolienta del pueblo de Pardona, pasó de la temperatura de los vivos a la de los muertos.

Al crecer, Pidre era bien querido y respetado por su gente. Comerciantes mexicanos, francocanadienses y estadounidenses pasaban seguido por Pardona, trayendo consigo sus armas y pieles, sus chucherías de metal y sus dulces finos. Pidre tenía buen ojo para esas cosas, y buen oído para los idiomas. Hacía trueque con los comerciantes y guardaba sus impresionantes artículos debajo de su piel de borrego. A cambio de trabajitos, repartía dulces entre los niños de Pardona. A sus diecisiete años, les anunció a los ancianos que le interesaba dejar la Tierra del Cielo Temprano. Era un empresario, apto para el mundo de los blancos. Los ancianos tuvieron muchas objeciones, pues habían acogido amablemente al niño venido de ninguna parte.

—Ahora somos tu gente.

—Sé de dónde vengo —dijo Pidre—, pero también me gustaría ver el otro lado. La Profeta Somnolienta lo predijo.

Después de mucho deliberar, los ancianos estuvieron de acuerdo en que ya era hora y equiparon al chico con pieles, artesanías y jarrones hermosos para mercarlos por el dinero de los blancos en la ciudad. Hubo varias noches de baile; los payasos salieron pintados de blanco y negro; las mujeres hicieron ofrendas de comida de verano y de invierno, y los hombres le ofrecieron consejos:

—Cuidado con su moneda, porque está marcada con sangre.

Pidre dijo que entendía y abrazó a sus mayores lleno de agradecimiento.

La mañana en que se fue, Pidre se dirigió hacia el norte, caminando firme por un sendero de tierra ceñido por montañas de zafiro y el cauce sinuoso del río Lucero. Traía un morral color riñón que le había dado la Profeta Somnolienta; sus correas desgastadas le golpeteaban la cadera. El cielo era infinito y estaba encapotado de nubes hirvientes, y la acre artemisa lo alcanzaba a cada paso. Se sintió pequeño contra la vastedad del mundo hasta que lo alcanzó el impacto, en algún lugar en lo profundo de su corazón, de la enormidad del aire invisible de su abue Desiderya.

PRIMERA PARTE

∿

UNO

Little Light

Denver, 1933

Luz Lopez estaba sentada con su auntie Maria Josie cerca de las márgenes donde se juntaban el arroyo y el río: el centro líquido de la ciudad alumbrado con luces verdes y azules. Al fondo, una rueda de la fortuna giraba lentamente. Las muchedumbres del festival de cosecha de chiles de Denver recorrían las tierras bajas con las caras escondidas tras máscaras de piernas de pavo y manojos de elotes con mantequilla. El aire del crepúsculo olía a estiércol de caballo, a grasa para engranes y a la dulce picazón de los chiles verdes asándose en cilindros de metal. Entre la bruma del aserrín y el humo de la comida, Luz estaba alumbrada por la flama de su quinqué, con el pelo negro enroscado alrededor de su cara excepcional y los ojos oscuros clavados en una taza de porcelana. Traía un vestido de satín café desteñido por muchas lavadas, pero aun así refulgía.

—Dígame —dijo un viejo en español, jugueteando con el Stetson de ala blanca que había dejado sobre sus piernas. Tenía los ojos nebulosos, muy lejanos—. Lo aguanto.

Luz buscó en el interior de la taza con hojas de té en el fondo. En los bordes vio un hocico de cerdo y, más al fondo, lejos en el futuro, atisbó un lobo a la carrera. Puso la taza sobre el terciopelo que cubría la amplia mesa de su puesto, que en realidad era una puerta española muy vieja, con la manija oxidada expuesta como una espina puntiaguda.

—Gota —dijo—. Grave.

El viejo se llevó el sombrero a la cabeza perlada de sudor.

—Esos malditos frijoles, la manteca que usa Ma.

—No siempre se puede culpar a una mujer —interrumpió Maria Josie con una confianza reservada.

Era rechoncha, de pelo café oscuro cortado cerca de la cara, y usaba pantalones de obrero y una camisa de franela rosácea con bolsillos amplios en el pecho. Sus ojos oscuros se asomaban detrás de unos lentes redondos. Le dijo al hombre que ya casi a nadie que conociera le alcanzaba para comprar manteca.

—Sobre todo en abundancia, señor.

—Va a tener que dejarlos —dijo Luz con dulzura—. Por su salud, más tiempo en vida.

El viejo maldijo y echó diez centavos en la caja de herramientas que Luz usaba para guardar el dinero, y se alejó del puesto con la postura gacha de quien discute consigo mismo.

Era un festival anual, un grupúsculo de carpas blancas y un escenario principal iluminado con la silueta de Denver a su alrededor, picuda y gris, una cañada urbana bajo la luna. Los patios de maniobras del ferrocarril y las fundidoras a carbón tosían humo y su hollín llovía sobre el río Platte Sur. Los jóvenes se habían desamarrado las botas y quitado las calcetas, para vadear hacia el reflejo de la luna. Los murciélagos descendían en picada, bajos y veloces.

—¿Se les ofrece una lectura, señoritas? —preguntó Luz.

Dos muchachitas habían alentado el paso, disolviendo algodón de azúcar en la lengua. Miraban embobadas su tetera y sus hojas, su caja llena de monedas.

La más alta dijo:

—¿Brujerías?

La otra soltó una risita a través de los dientes azules y se lamió el resto del dulce.

—Nosotras no jugamos con eso —dijo y estiró el brazo por encima del puesto.

Hizo a un lado una piedra mohosa y agarró uno de los volantes de Diego. Luego se tomaron del brazo y se fueron a brincos por el pasillo entre las carpas, hacia el escenario principal donde los griegos estaban presentando su concurso anual: "Gana el peso de tu mujer en harina".

—Los jóvenes no sirven —susurró Maria Josie.

Luz le preguntó por qué, dijo que al menos hacía el intento.

—Concéntrate en los viejos: son estables.

—Claro —dijo Luz—. Hasta que llega doña Sebastiana.

Maria Josie se rio.

—Tienes razón, jita. Nunca he conocido a un muerto con futuro.

En el escenario, Pete Tikas estaba al micrófono con un traje granate y un clavel rojo en el ojal.

—Hago un llamado a todas las denverianas de cepa —gritó golpeando la tarima con su bastón de madera, para que retumbara.

Era el dueño del Tikas Market, y la gente de toda la zona, casi de todos los barrios, le decía Papá Tikas. Le llevaban regalos de sus huertos: romero y cilantro, mezcal de contrabando. Les ponían Pete a sus bebés y se los llevaban a su tienda envueltos en cobijas blancas. Mientras que muchas tiendas de anglos los rechazaban, Papá Tikas les abría los brazos a todos. Su lema era "Dinero es dinero", aunque iba más allá. Le importaba su ciudad, la gente a la que alimentaban sus abarrotes.

—Como que me gustan esas muchachotas —dijo Maria Josie haciendo un ademán que cruzó la noche hacia el escenario principal—. Tal vez saquemos clientes de todo este relajo.

Luz y su hermano mayor, Diego, llevaban casi una década viviendo con su auntie. Cuando Luz tenía ocho años, su madre, Sara, decidió que ya no los podía cuidar y los mandó al norte a vivir con su hermana menor, Maria Josie, en la ciudad. Cada vez que Luz pensaba en su madre, sentía como si trajera una piedra atorada en el cogote, así que no pensaba en ella muy seguido.

—Lo dudo —dijo Luz, hundiéndose detrás de su puesto—. Solo están armando escándalo.

Maria Josie le dedicó una sonrisa geniuda. Tenía un hueco elegante entre los incisivos.

—Carajo, algunas de esas chicas están muy lindas.

Señaló a la docena de mujeres que subían al escenario. Altas. Chaparras. Algunas con el mismo peso que sus ferrocarrileros. Muchachas de huesos anchos del clan Martinez que no tenían oportunidad contra las gallegas rollizas. "Escójanos. Péseme. Yo voy a ganar, ganar".

La primera subió a la báscula y Papá Tikas bramó:

—¡Ciento noventa! Échenle ganas, damitas.

Seguía una mujer regia con un rebozo naranja. Se veía aturdida, como si hubiera entrado a su propia fiesta de cumpleaños esperando un funeral. El público retumbó en aplausos.

Maria Josie negó con la cabeza y se inclinó hacia atrás en la silla. Las patas delanteras se separaron del suelo limoso. Señaló con la boca formando un beso hacia las gradas, a la izquierda del escenario, donde Diego hacía piruetas bajo las rendijas de metal, bañado en franjas de luz.

—Mira a ese chamaco —dijo.

Su turno era en veinte minutos. La tierra tosía bajo sus pies y él tenía la boca tan abierta como una tercera cuenca ocular. Daba pasos en patrones, un danzante batiendo una llama invisible. Aunque no pudiera distinguirlas entre la luz de la cosecha, Luz sabía que sus víboras, Reina y Corporal, estaban cerca en su canasta de mimbre. El clima sin brisa era bueno para un festival, y aún mejor para las culebras. En menos de un mes, Reina y Corporal, serpientes de cascabel de seis pies, estarían enroscadas debajo de una lámpara de calor en el cuarto de Diego. Se podían morir si las dejaban bajo una ventana abierta, un chiflón les congelaría el cuerpo en un instante. Luz había aprendido que tener sangre fría sí significaba algo.

—Si les dijera que lo maté con mis propias manos, ¿me creerían? —dijo Lizette, que se había acercado al puesto con un abrigo de piel de segunda mano, de zorro o de conejo, casi de seguro robado o sacado de una casa de empeños por su prometido, Alfonso—. Muy vistoso, ¿no?

Maria Josie azotó la silla de vuelta en cuatro patas. Se inclinó sobre el puesto y frotó el abrigo a punto de desmoronarse entre el índice y el pulgar. Flotaron copos de cuero polvoso por la oscuridad.

—¿También lo desollaste sola?

Lizette frunció el ceño y movió la mano derecha como si fumara un cigarro inexistente. Se tumbó en la silla frente a Luz y abrió su bolsa verde con una sirena hecha de cuentas. Tenía filas flojas por toda la cara del personaje.

—¿Me haces una lectura, prima? Lo de siempre —dijo—, pero dime más sobre Al. Creo que me está engañando, el muy hijo de puta.

—Solo un tonto haría algo semejante —dijo Maria Josie con sarcasmo—. Impensable.

Lizette se sonrojó. Sus pómulos pronunciados le daban una apariencia ornamental, y sus ojos eran galaxias de verdes con dorados y negro. Las primas eran inseparables desde que Luz había llegado a Denver.

—Gracias, tía —dijo Lizette.

Luz tomó su tetera de latón, que mantenía con el agua en un débil hervor sobre la hornilla de queroseno. Los dedos siempre le olían a combustible. Levantó la tetera y sirvió el té en una taza blanca. Siempre usaba la misma cuando le leía a Lizette. Normalmente veía una muñeca y una sonaja y, en años recientes, conforme se le fortalecía la vista, atisbaba un departamento asoleado con una cocina amarilla, puertas francesas blancas y paredes de ladrillo.

—Piensa en tu pregunta —dijo Luz mientras le extendía la taza—. No te vayas por las ramas como de costumbre.

Lizette se acercó la taza a la boca y sopló como si apagara velas de cumpleaños.

—¿Yo?

—Sí, tú —dijo Maria Josie.

Lizette le dedicó una mirada fría antes de terminarse el té y darle la taza a Luz.

—¿A quién le afecta?

Luz puso el borde de la taza bocabajo con delicadeza para drenar el té sobrante en una servilleta de tela. El agua café tiñó el tejido. Giró la taza tres veces contra las manecillas del reloj antes de voltearla y asomarse adentro. Las hojas estaban oscuras, empapadas como hígado molido. Una estrella, una bota, imágenes perdidas en las aristas. Luz se concentró hasta que se difuminaron los símbolos para dar paso a otra visión, a un momento atrapado como trucha en el río. Pelo negro elevándose y cayendo sobre sábanas blancas, los rizos de Lizette perfumados con agua de rosas. Un gemido largo y espacioso. Dientes contra almohadas florales, un dedo del pie golpeando una cabecera de metal. Luz cerró los ojos y alejó la cara de la taza.

—Guau, Lizette —dijo sin emoción—. Ni siquiera estás casada.

Lizette sacó un centavo de su bolsa y lo tiró sobre la mesa.

—¡Deja de mirar!

—¡Tú me lo pediste!

—Más te vale que no —dijo Maria Josie, seria—. ¿A quién le alcanza para un hijo en estos días?

Lizette le sacó la lengua. Se paró, se dio una nalgada en el culo envuelto en el abrigo de piel en decadencia y se fue hacia un puesto de sombreros, con los bolsillos con más hoyos que monedas.

—Esa muchacha —dijo Maria Josie— no tiene escrúpulos.

Con un ruido como de hielo cayendo, la rueda de la fortuna cambió de velocidad. Maria Josie se levantó. Metió las dos manos en las bolsas y le dijo a Luz que iba a buscar atole, pero su mirada divagó y claramente tenía la atención fija en la señora Dolores Reyes, una joven viuda que estaba recargada contra un chiquero de acero y traía un vestido de lunares durazno, con las zapatillas beige cubiertas de zoquete. Sonrió al ver a Maria Josie acercarse.

El festival estaba a reventar, y desde algún lugar entre las carpas, un hombre le chifló a Luz, luego otro le siseó y chasqueó la lengua. Ella se encorvó con la esperanza de hacerse chiquita, imperceptible. Odiaba que la dejaran sola, pero se lo guardaba. Maria Josie le había enseñado que expresar miedo atraía aún más. Y había muchas cosas que temer. Luz le echó un vistazo al cuchillo que traía suavemente envainado en la bota, tan solo tenerlo ahí era un consuelo. En el escenario principal, la mujer del rebozo naranja saludaba al público mientras se llevaba una carretilla con su harina. Entonces, los niños del barrio subieron a trompicones a la tarima. Diego les pagaba con regaliz y tarjetas de beisbol para que apilaran huacales de fruta: eran sus tramoyistas de brazos y piernas de palo. Uno de ellos bramó por un megáfono rojo:

—Arriba, miren, ya lo van a ver. Diego Lopez —gritó—. Encantador de serpientes.

Diego era popular. Tenía víboras de cascabel grandes y agresivas. Sus colas siseaban como latas de hojalata llenas de guijarros y tenían escamas color crema con cabezas negras en forma de diamante. Reina era la mayor, con colmillos notoriamente más largos. Casi siempre parecía tímida, escondiendo los ojos tras una capa blanca interior. Corporal era distinto. Tenía movimientos precisos, pausados, un destello de ojos entornados. Cuando Diego no estaba en cama con una mujer, dejaba que sus víboras durmieran enroscadas sobre sus pies, con sus cuerpos fríos y estriados tan pesados como varios gatos.

El escenario se iluminó y un telón rubí se abrió sobre la tarima para revelar a Diego bajo los reflectores. Con piernas de venado, trotó y se detuvo en el centro, fijando a su audiencia con una mirada penetrante. A sus veintiún años, era delgado, con una garganta grácil y musculatura esbelta por su trabajo de operario en la fábrica Gates, donde producía un cinturón de caucho tras otro entre la melodía beligerante de la maquinaria y las palabrotas de los hombres cansados. Se paró en el escenario vestido con una camisa refulgente, pantalones morados y el abundante pelo negro, azul de goma.

Dio un paso atrás y chifló con los meñiques metidos en las comisuras de la boca. Levantó la tapa de su canasta de mimbre. El público soltó un grito ahogado.

Diego las llamó. Su Reina. Su Corporal. Las víboras se irguieron juntas en una trenza, con los fornidos cuerpos separados para crear un hueco por el que se pudiera ver la cara de Diego enmedio, tranquilo y sin chistar, con los ojos resaltados con kohl negro y la boca pintada de rojo. Tomó a sus serpientes y las levantó por los colmillos. El público rugió mientras las soltaba y las dejaba caer al piso, haciéndose las muertas a los pies de su dueño. Las tocó con sus zapatos bostonianos y aplaudió tres veces. Las víboras se dispararon hacia arriba, separadas en forma de V.

Las luces se atenuaron. La gente soltó vítores. Cayeron monedas como granizo tintineando en el escenario de madera.

El mundo entero, incluso el río y el arroyo esplendentes, se oscureció mientras Diego pasaba a su siguiente truco.

—Una lectura, por favor.

Fue una voz chiquita, luego una mano ceniza aferrada a una moneda.

Ante Luz estaba una joven, una pelirroja que parecía alcanzar el cielo, con la figura escondida bajo las nubes de su abrigo esmeralda. Una cosa era ser una mujer blanca en la cosecha de chile. Otra muy distinta era ser una mujer blanca sola. Y algunos anglos asustaban a Luz, colgaban letreros en sus negocios y abarrotes: NO SE PERMITEN PERROS NI NEGROS NI MEXICANOS.

—¿Te llamas?

—Eleanor Anne —dijo la joven muy bajo, como si la hubieran entrenado para hablar quedito—. ¿Y tú eres Little Light?

Luz se concentró. Sirvió el té.

—Solo mi hermano me dice así.

—Conozco a Diego muy bien —dijo Eleanor Anne.

—Diego conoce a muchas chicas muy bien —dijo Luz.

Si Eleanor Anne pensó que Luz estaba siendo grosera, no lo demostró. Era inquietantemente ajena a todo lo que la rodeaba. Olía a perfume azucarado y mantenía su abrigo abotonado hasta el cogote, aunque la noche fuera apacible y templada, como si el clima le hubiera ofrecido un regalo a la ciudad. Bajo sus grandes iris verdes tenía unas ojeras color moretón, y traía los delgados labios cortados, con una costra por el centro. De cada pulgada de su carita de corazón le emanaba esperanza mezclada con temor. Parecía un poco mayor que Luz. Tal vez tuviera diecinueve o veinte años. Venía del vecindario denveriano de Park Hill, cerca del borde de City

Park. Su padre tenía un negocio de envíos, explicó, y no dio más detalles. Luz se mantuvo alejada detrás de la mesa, echada hasta atrás en su silla. No le gustaba que Eleanor Anne tuviera la postura encorvada de un perro criado en una jaula demasiado chica.

—¿Viniste con alguien? —preguntó.

—Con mis hermanos —dijo Eleanor Anne—. Pero están en un juego por ahí. Algo con agua.

Se terminó el té a sorbos lentos. Tenía los dientes cuadrados hasta el asombro, y un aire estático, extrañamente quieto, como si no estuviera sola por completo, como si hubiera alguien a su lado tranquilizándole las manos. Luz sintió náuseas de preocupación, algo que solo había vivido un par de veces antes: como cuando su padre se fue y su madre pasó la noche en llanto, sus lágrimas congeladas en el piso de la cabaña. Quería que la chica se fuera.

—¡Listo! —exclamó Eleanor Anne y le entregó la taza.

Luz le dio las gracias. Contempló las hojas, sus figuras empapadas.

—¿Quién te enseñó a leer el té? —preguntó Eleanor Anne.

—Mi madre —dijo Luz—. Decía que mi bisabuela también tenía el don.

—¿Cómo se llamaba?

—No sé. Nadie me dijo.

—¿De dónde eres? —preguntó Eleanor Anne.

Metiche, pensó Luz.

—De la Tierra Perdida —alzó la vista un momento antes de regresar la mirada a las hojas de té con expresión plácida—. ¿Y tú?

—¿Yo?

—Sí, no creo que seas de aquí, ¿o sí?

—De Missouri —dijo—. Mi padre nos trajo a Denver cuando era chica.

—Estás lejos de casa —dijo con sequedad—. Tu taza tiene una almeja, un búho y un ladrillo. Lo más seguro es que dos hombres se vayan a pelear por ti.

Eleanor Anne le dijo que no tenía idea de quiénes pudieran ser esos hombres. Apenas si veía a nadie, ni hablar de varios hombres.

—¿Cómo sabes que sirve? ¿Tu don?

—No es que sirva —dijo Luz—. La mayoría del tiempo solo apunta en la dirección correcta.

Eleanor Anne desvió la vista y miró por encima del hombro. Diego estaba en el escenario, cubierto de víboras.

—¿Por qué se pelean esos hombres?

Luz se asomó por el borde hacia el cuenco de la taza blanca, observó el patrón peculiar de hojas amontonadas. Nada inmediato. Ninguna imagen de alguna persona, esquina, casa o jardín discernibles. Luego algo extraño, desagradable, las hojas parecieron ir a la deriva como ventisca sobre campos dorados hasta que Luz vio un lugar que no había visto nunca, el crepúsculo, un pastizal surcado por un camino de tierra, una caravana iluminada de carretas jaladas por caballos recorriendo el sendero. Los vagoncitos rojos se detuvieron y de sus puertas surgieron acróbatas, danzantes de fuego, malabaristas, payasos y una niñita de fleco y cara bonita, con una gran panza saludable. La pradera de pastos altos olía a fuego. Estaban en los campos, detrás de graneros y tractores deslucidos. Los cuervos graznaban y los pocos álamos temblaban. Se había reunido una manada de hombres y mujeres blancos, y la niña preguntó si querían ver un truco. Hablaba inglés como un adulto. "¿Como de cartas?", preguntó un niño en el público, y ella negó con la cabeza. Sacó un atizador de un morral. Era de un pie de largo, con una garra de gavilán en un extremo y un mango en espiral en el otro. Se lo metió en la gargantita, giró el mango y lo sacó de nuevo, limpio. "Eso no es un truco", gritó un hombre del público. "Uno mejor sería que te destriparas sola, gitanita". La turba pálida se rio y se acercó a la niña como un solo ente.

—¿Qué ves? —preguntó Eleanor Anne.

Luz alzó la vista con los ojos en penumbra.

—No sé. Una suerte de círculo.

—Un anillo —dijo Eleanor Anne con optimismo—. Tal vez me case.

—Claro —dijo Luz forzando una sonrisa—. Dime, ¿cómo es Missouri?

Eleanor Anne giró la cabeza de perfil, con la punta de la nariz respingada cortada por las tinieblas.

—Plano —dijo—. Solo plano. No se parece nada a acá.

Más tarde, los puestos y las carpas blancas estaban vacíos. Los vientos cálidos del río y del arroyo desperdigaban volantes y servilletas manchadas. Maria Josie y Lizette se habían ido a casa. Solo quedaban artistas y mecánicos solitarios en las márgenes del río, cargando y descargando cobijas navajo y carpas doradas, guardando espejos y desmantelando juegos mecánicos y los largos rayos de la rueda de la fortuna. Era una tierra de nadie sumida en un silencio espantoso. Diego estaba de piernas cruzadas sobre sus huacales coloridos, con las víboras a sus pies, en su canasta. Fumaba pipa; una voluta pesada le envolvía la cara prominente. Estaban esperando a Alfonso y su pickup. Entonces cargarían la puerta española, los huacales y las víboras, y la caja de herramientas y las hojas de té de Luz, y se llevarían todo a casa, a Hornet Moon.

—¿Cómo te fue? —preguntó Luz.

Diego puso un pie sobre la canasta.

—Nada mal. ¿A ti?

—Les leí a algunas personas. Hubo una chica que te conoce.

Diego soltó una risa corta y fea.

—Ah, ¿sí? Muchas chicas me conocen.

—Una anglo —dijo Luz—. Venía sola. Tenía algo raro, daba mala espina.

Diego miró demacrado a su hermana y su barbita esporádica se crispó como el pelaje de un animal asustado. Rebuscó entre sus bolsas y le mostró un brazalete de plata, con una garra de oso grabada cerca del broche.

—Lo encontré mientras limpiaba —dijo—. Ahora es nuestro, Little Light.

DOS

La Divisoria

A la mañana siguiente, Luz estaba parada ante su altar, persignándose de la frente al corazón, de un hombro a otro. La caja de jabón que había montado en su rincón del cuarto estaba rociada de cempasúchil, arroz crudo y una foto dañada de su madre y su padre, Sara y Benny, parados junto a una iglesia de adobe chueca en el desierto y con las caras jóvenes distorsionadas, como si alguien hubiera tomado un pedernal y tallado la foto con la esperanza de prenderle fuego.

Eran una familia, Luz, Diego y Maria Josie. Compartían un departamento de una habitación en el quinto piso de un viejo edificio a las orillas del centro de Denver, una construcción de estilo italiano con frontones y ventanas de arco y bloques de alabastro cociéndose al sol, un edificio llamado Hornet Moon. Diego dormía en la estancia principal, en una cama de acero que se plegaba contra la pared de estuco. Su ventana daba al callejón de la entrada trasera de la carnicería

Milton's Meats: un mundillo de camiones y moscas y hombres trabajando entre cadáveres de cerdo y pavo. Maria Josie y Luz ocupaban el cuarto, un espacio de doble altura dividido con una sábana de algodón desgastada colgada de mecates, un lado para Luz y el otro para Maria Josie. Su ventana daba a la calle, una vista emparedada entre texturas de ladrillo, puertas y escaleras de emergencia cómodamente entrecruzadas, con una franja de cielo visible. *Gigantes al acecho*, pensaba Luz al ver los edificios cuando contemplaba su rincón de la ciudad a través de la bruma de su propio reflejo. La característica más particular del departamento era la cocina blanca con una elegante estufa Lorraine que Maria Josie se había ganado en un juego de cartas, pero, aparte de eso, tenían una hielera medio rota, el gas y la luz no eran de fiar y, de noche y de madrugada, iban con una vela a la tina compartida al fondo del pasillo.

—Little Light —gritó Diego desde el otro cuarto—, ven acá.

Estaba en pantalones, sin camisa, haciendo lagartijas en el piso de roble, con Reina tirada en su espalda en una L enroscada. La víbora sacó la lengua bífida para saludar a Luz. Diego se había despertado temprano, antes de su turno en Gates. La estancia olía a su colonia ambarina y a su goma, contra un trasfondo de sudor maduro y el hedor áspero de la carnicería. Un overol colgaba de la larga ventana; Corporal estaba a su sombra, en su jaula de vidrio.

—¿A dónde vas a estas horas? —preguntó Diego, mirando el pelo rizado de Luz; su vestido de costal azul parpadeaba debajo de su abrigo de invierno andrajoso.

Era día de lavado, y Luz le dijo a Diego que debería saberlo.

—Si pusieras atención a cualquier cosa que no seas tú.

Tres días a la semana, Luz y Lizette lavaban y exprimían ropa de ricos en una lavandería en Colfax y York.

—¿Cómo aguantas tanto tiempo a Lizette? —preguntó Diego—. Yo me quebraría mi propio pescuezo.

Luz señaló a Reina.

—Hay peores compañías.

—Hazme un favor —dijo mientras bajaba—. Toma a Reina y ponla en su jaula. Tráeme a Corporal —dijo mientras subía.

—No —se quejó Luz.

—No te va a hacer nada. Si hasta le caes bien.

Diego extendió el hombro izquierdo hacia adelante para impulsar a Reina hacia Luz. La víbora mostró su expresión tímida. Alzó su cuello interminable.

—¿Y Corporal?

Diego le dijo que era demasiado flojo para ser violento.

—Además, acaba de comer.

Luz miró el centro de la víbora, el bultito en forma de ratón. Suspiró y se escurrió por el estrecho pasillo entre Diego y la jaula. Él siguió con sus lagartijas mientras Reina se mecía en su espalda. Luz se acercó muy lento, con los brazos tiesos hacia el frente y, en un solo movimiento, levantó la serpiente gélida.

—Te odio, te odio, te odio —le dijo a Diego mientras vertía a Reina en la jaula con olor a roedores y a paja.

La víbora le cayó encima a Corporal, que soltó un quejido.

—¿Ya habla? —dijo Luz.

Diego se rio. Se paró de una maroma.

—Tal vez debería agarrarlo yo.

Se acercó a la jaula de vidrio y hundió los brazos hacia Corporal. Lo levantó y acunó antes de echárselo a la espalda. Sonó una bofetada al encontrarse las escamas con la piel.

Diego volvió al piso. Empezó a aplaudir entre lagartijas.

Lizette vivía en el Westside, en una casa naranja chueca en la Calle Fox, con su madre y su padre y cuatro hermanitos mugrientos que hacían berrinche y jugaban a vaqueros y bandidos con rifles de palo en el patio. Adentro, berreaban y se lanzaban por el barandal con calcetines sucios. Por lo común, la tía Teresita y el tío Eduardo solo eran una tormenta temporal que perseguía a este niño o a aquel con un cucharón de madera. *No me obliguen a romperles esto en las pompas*, bramaban. Las ollas de acero llenas de menudo y frijoles pintos humeaban en la estufa, y sus tortillas —de maíz en vez de harina— descansaban en un tortillero de mimbre sobre la mesa de la cocina. Las casas de la Calle Fox eran humildes, de cuartos chicos, patios diminutos y con bellísimos nichos de piedra con estatuas de porcelana azul de la Virgen de Guadalupe.

Si la gente del Westside era considerada pobre, ellos no lo creían, pues muchos eran dueños de sus casas gracias al dinero que se habían ganado en los patios de maniobras, los mataderos, los campos de cebolla y betabel, las lavanderías y los hoteles. Vivían sus vidas entre surcos de cultivo y las escaleras de servicio. Habían llegado a Denver desde la Tierra Perdida y desde más al sur, desde lo que ya era México, lugares como Chihuahua y Durango y Jalisco. Muchos de ellos, incluyendo a Teresita y Eduardo, habían llegado luego de los días más sangrientos de la Revolución mexicana. La madre de Maria

Josie, Simodecea, era parienta lejana del papá de Teresita, un jimador de Guadalajara. Pero una mañana, cuando Teresita tenía once años, encontró a su papá muerto entre las filas de agave, con los ojos vendados y una bala en la frente, un hoyito en la cabeza como un oído extra goteando sangre sobre la tierra.

Luz alzó el pestillo del portón de metal de Lizette y caminó sobre pasto amarillento, aplastado por la escarcha. Saludó con un gesto a su prima, que estaba sentada en la escalerita de concreto de cuatro peldaños junto a su carrito rojo.

—¿Lista?

Lizette traía su abrigo usado nuevo y descansaba la barbilla entre ambas manos, con los codos en las rodillas. Sus cejas eran líneas negras y delgadas, chistosas y dispersas mientras se agachaba hacia el piso junto a sus tobillos en calcetas de olanes. Levantó un termo de acero.

—Pruébalo, prima —dijo.

Luz tomó el termo de su mano.

—¿Qué es? —preguntó.

—Café —contestó Lizette.

Luz le dio un sorbo y el sabor amargo del alcohol le pinchó toda la garganta. Tosió antes de escupirlo.

—¿Café con qué?

Lizette frunció el ceño. Se puso de pie y se sacudió la ropa con ambas manos.

—Eres una desperdiciada, Luz. Mi dinero me costó.

Luz inclinó la cabeza. Se quedó así.

—De hecho —dijo Lizette mientras agarraba el mango del carrito—, Al lo hizo en la tina.

Luz se rio.

—Vámonos.

———

Se tomaron turnos jalando el carrito, acunando el metal frío con los puños. Antes del Boulevard Speer, donde el Westside se transformaba en el centro, las primas se detuvieron cerca de un callejón abierto lleno de basura amontonada junto a madreselvas y lilas hibernando.

—Dame la cosa esa —dijo Lizette moviendo la mano vacía.

Luz metió la mano a una bolsa de papel que había en el lado izquierdo del carrito. Desenvolvió carne podrida de una servilleta de cuadritos y se la dio a Lizette, quien chifló y esperó. De un cobertizo de carbón abandonado al fondo del callejón llegó un aullido que se convirtió en un bufido al trote. Ahí estaba, con las patas flacas, el pelaje desigual y los ojos ciegos en un blanco total: Jorge, el Guardián del Westside.

—Sentado —dijo Lizette con el índice como regla.

Jorge gruñó antes de poner las patas a un lado con elegancia. Lizette tiró la carne en la banqueta y Jorge se lanzó a la acción. Se engulló la comida. Cuando acabó, el hedor sospechoso de la carne pasada se quedó en el aire y una marca húmeda manchaba el piso. Lizette se tragó lo último de su café matutino. Hizo una mueca y se limpió la boca con la misma mano que había usado para servir la carne.

—En el fallido sistema capitalista —dijo burlándose de Leon Jacob, un locutor de radio famoso que tenía un programa entresemana— hasta los perros tienen que trabajar para comer.

Cruzaron el arroyo donde cambiaba la retícula de la ciudad. Las vías se ensanchaban en calles construidas para carruajes y tranvías y la blancura total de las ventiscas. Recogían la ropa en casas de lujo con jardines en macizos, arbustos en forma de tigres y osos. Habían conseguido a la mayoría de sus clientes gracias a Alfonso, quien, junto con varios filipinos más, trabajaba en el Park Lane Hotel. *Los ricos siempre necesitan algo*, decía con su acento musical. *Pero no les puedes preguntar. Tienes que saberlo.* Y él lo sabía todo. Durante años había trabajado para dueños de periódicos, barones de la plata, doctores con títulos de Harvard y Yale, lugares que Luz no podía imaginarse. Pero agradecía el trabajo. Algunas familias daban buena propina, y cada Navidad, un arquitecto llamado Miles Sweet enviaba a las chicas a casa con dos jamones y un costal de ropa gastada, para que se la quedaran.

Mientras caminaban, el sol cruzaba por la fuerza el toldo brutal de hojas sanas. Las muchachas se veían centradas y pequeñas debajo de las ramas de los álamos, y jalaban su carrito rojo decididas entre las mansiones de piedra y las casas cuadradas victorianas.

—¿Cómo crees que sea? —preguntó Luz.

—¿Cómo creo que sea qué? —contestó Lizette.

Luz bajó la voz, temerosa de que las casas la oyeran.

—Vivir en una casa así.

—Aburrido —dijo Lizette—. Tienen vidas sosas. Nosotras tenemos todas las aventuras —y gritó de nuevo en su voz de locutor de radio—. ¡Las increíbles vidas de las lavanderas del Westside!

Luz sonrió. Deseaba poder sentir lo mismo, pero más bien se sentía excluida, y se preguntaba por qué quería que la incluyeran siquiera.

—Pero son preciosas, eso sí.

—No te dejes impresionar —dijo Lizette—. Así es como se convencen de que son mejores que nosotras.

Llegaron a una casa de piedra donde había un camisón de mujer y pañales sucios amontonados en un costal de yute junto a la puerta. Las primas levantaron el saco empapado del suelo y lo subieron al carrito. A Luz se le atoró la uña del meñique en un hilo suelto y se le rompió. Le caló el dolor. Los días de lavado le manchaban las uñas, le abrían las palmas, le secaban la piel como escamas y, con el tiempo, si no dejaba de levantar cargas pesadas, Diego le había advertido que se le doblaría la espalda como un montículo.

—Te toca jalar —le dijo a Lizette.

Su prima frunció la nariz. El aire temblaba de hojas muertas.

—Si yo jalo, tomamos el atajo.

—No friegues—se quejó Luz.

Su última parada estaba al otro lado de Cheesman, el viejo panteón que habían convertido en parque. Aunque ya no hubiera lápidas, la mayoría de los cuerpos seguían bajo tierra, y a veces, cuando Luz cruzaba las colinas de pasto, se le llenaba la mente de imágenes de los muertos. Había visto bebés, de menos de dos años, marchitándose de hambre, sus ojos inconsolables en una melancolía famélica. Una vez vio a una rubia glamorosa bajo una cobija de lana, con una herida de bala tiñéndole el pelo de rojo. Había soldados que habían sobrevivido a la Gran Guerra solo para volver a casa y suicidarse. Un hombre al que le faltaba medio cráneo. Un guerrero arapajó pintado de gris con tres flechas clavadas en el pecho. Sabía que él era de un entierro más viejo, de antes del cementerio, antes de que existiera la ciudad siquiera.

—Yo jalé la mayor parte de la subida —Lizette estaba de mandona, con las manos en la cintura y la cara perlada de sudor, un agotamiento parejo. Agarró el carrito—. Vamos a tomar el atajo.

—Bueno —dijo Luz—. Pero más te vale ir rápido.

El parque era un vasto nenúfar de ondas verdes. Un sendero que llevaba a un pabellón de mármol. Una mañana atareada. Parejas a la sombra, descansando en bancas de hierro. Las ardillas se zambullían en el pasto alto, con el lomo redondo como ositos. Un grupo de anglos con suéteres de universitarios jugaban americano. Se juntaban y se separaban como jauría de lobos. Uno robusto con pelo castaño acunaba el balón mientras corría. Era el córeback, y gritó una retahíla de números y órdenes, palabras como "Mississippi" y "Omaha", pero cuando los demás hombres se lanzaron a la siguiente jugada, sus ojos cayeron sobre las primas y aulló algo que no pudieron entender, como si hablara con el tono de un perro ladrando.

Luz le dio un manazo a Lizette en señal de cuidado.

—No pasa nada —susurró Lizette—. Ignóralos. Ya casi salimos.

El hombre gritó de nuevo, pero para entonces las muchachas ya habían rodeado una arboleda de maples; la tierra las escondía con afecto.

—Oye, para la ceremonia —dijo Lizette después de un rato—, me niego a usar velo.

Hablaba seguido de su boda con Alfonso, aunque Luz supiera que lo más seguro era que tuvieran que esperar meses o incluso años hasta que Lizette lograra comprarse un vestido, ni hablar de un velo.

Luz habló a contraviento.

—¿Crees que te dejen en la iglesia?

Lizette asintió, detuvo el carrito y bajó lentamente el brazo por el mango de metal.

—No —dijo—, porque siempre están tratando de esconder lo bueno. Como esta carita.

Luz se rio y le dijo a su prima que estaba de acuerdo.

Ya casi salían del parque. Iban hacia la puerta este, un sendero flanqueado por robles con raíces gruesas protuberando en la base. Había un papel blanco fijado en un árbol, primero solo un volante, luego otro y otro, como si un hongo hubiera invadido la corteza. ¿Tal vez fuera un letrero de un gato perdido, algo en venta? Desde la caída de la bolsa, la gente vendía cosas raras. Sus plantas. Sus sujetalibros. Rentaban sus baños como dormitorios. Pero las muchachas se acercaron a leer bien el letrero, impreso y tecleado por profesionales.

AVISO

Este parque pertenece a los
PROTESTANTES BLANCOS

NO SE PERMITEN

GOOKS

SPICS

NIGGERS

ni

Judíos, Católicos, Comunistas

—No puedo creer que aprendí a leer —dijo Lizette mientras arrancaba el aviso del tronco— para leer estas chingaderas.

Hizo bola el papel, sentía la rabia arderle en las manos como llamas.

—Vámonos —dijo Luz mientras miraba por encima del hombro, buscando gente entre los árboles—. Ya.

Dejaron atrás las casas suntuosas, los jardines bien podados, esa corteza odiosa. En el borde de Colfax, la ciudad era una vena abierta. Las tiendas amontonadas de los vagos estaban montadas bajo toldos deslavados, los policías iban a caballo y había ruidos de pezuñas huecas. Una mujer gritó desde una ventana abierta. En algún lugar se quebró un vidrio. Un bebé lloraba. Las palomas atrapaban la luz del sol al vuelo; sus alas escurridizas como el aceite se iluminaban en un destello. La ciudad tenía una cadencia, una sensación. Luz sentía que podía hundirse en las calles, ahogarse en la inmensidad de gente y máquinas. A lo lejos, las Rocallosas abrazaban las siluetas de los edificios, esa cresta donde los ríos decidían correr al oeste hacia el Pacífico o hacia abajo, al lejano Golfo. La Divisoria, la separación de todo, un continente dividido en dos.

Después de un rato, cuando el parque y sus cadáveres estaban muy lejos, Lizette dijo:

—Perdón que nos metí por ahí.

TRES

Los griegos

—Hubo otro asesinato —dijo Papá Tikas.

Luz estaba con Maria Josie en el Tikas Market, un pasillo de ladrillos abarrotado donde se encontraban el barrio mexicano, el de color y el griego. Papá Tikas vendía la carne y verduras más frescas de Denver. Todas las mañanas descargaba melones y manzanas y cortes de cordero vivaces de los camiones de carniceros y campesinos. Luz estaba en el pasillo de productos a granel junto a la caja, echando cucharadas de frijoles pintos de los barriles de madera a su bolsa de papel. Era jueves por la tarde, y traía el pelo recogido con pasadores. El mercado estaba tranquilo, la selección se había diluido por las compras marabunta de la mañana.

—¿El mismo poli de la última vez? —preguntó un viejo con acento griego—. Así es siempre con ellos.

—Tal vez, pero mi hijo es un abogado decidido —la caja ornamentada tintineó y Papá Tikas le entregó su cambio al hombre. Los dos estaban bien vestidos, con anillos en los dedos y gruesos relojes de oro en las muñecas—. Algún día va a llegar a fiscal de distrito.

—Un socialista de fiscal. ¿Te imaginas?

Papá Tikas se rio.

—Otro mundo es posible. No hace tanto que…

Luz sintió una mano callosa en la nuca.

—No oigas lo que no debes —dijo Maria Josie mientras avanzaba hacia los lácteos.

Luz le dijo a su auntie que no estaba espiando y peló los ojos. Se hizo chiquita para pasar junto a un grupo de viejos jugando dominó en una mesa plegable en el vestíbulo. El tac-tac de sus fichas de marfil se mezclaba con el ruido del radio. *A…inicios de la primavera,* sonaba la voz del presidente Roosevelt, *había, en términos absolutos y proporcionales, más gente desempleada en este país que en ningún otro del mundo… Nuestros problemas no se terminarán mañana, pero estamos en camino.* Cada vez que Luz oía los anuncios del presidente en la radio se lo imaginaba alto, de ojos grises, como un abuelo con su bastón y sus aparatos en las piernas. Desde que había tomado posesión, la gente parecía tener más esperanza de conseguir empleo. Pero incluso con un trabajo, sin importar cuánto chambearan Luz o Maria Josie o incluso Diego, seguían siendo pobres, como si su posición en la vida se hubiera decidido de forma permanente generaciones atrás.

—¿Qué tal chuletas? —preguntó Luz hacia el otro lado de la tienda.

Maria Josie estaba parada en el piso de ajedrez estudiando su lista del mandado. Después de un momento, se volvió a meter el papel a la bolsa del pantalón. Su pelo corto se quedó fijo en su sitio mientras sacudía la cabeza: *No.*

—Esta semana no, jita.

Luz asintió con resignación irritada. Tenía hambre y se sentía así seguido. Una brisa corrió por los pasillos del mercado y levantó un aroma a ajo, limón y clavo. En las paredes había íconos religiosos, chapados en oro y relucientes: un dragón muerto por san Jorge, un santo a quien Luz siempre confundía con san Miguel. Tenían que ser el mismo, o por lo menos primos.

—¿Cómo estamos de arroz? —preguntó Maria Josie casi gritando.

Luz dijo que estaban bien, sin mencionar que Lizette le había estado dando arroz gratis de parte de Alfonso, quien se lo robaba de su chamba.

Maria Josie estaba revisando los estantes, claramente calculando en su mente, recortando un centavo aquí, otros diez allá. Estaba a la mitad de sus treinta y tenía un rostro joven y pelo negro salpicado de blanco en las sienes. A menudo usaba ropa de hombre y a veces la confundían con uno; también le gritaban cosas, cosas que Luz no debía repetir nunca. Maria Josie prefería la compañía de las mujeres, aunque no lo dijera en voz alta. A veces pasaba la noche fuera, y de vez en cuando llevaba a alguna amiga a Hornet Moon, donde fumaban cigarros y bebían tequila en la cocina hasta el amanecer. Más de una vez, Luz recordaba haber recorrido el pasillo compartido con una vela prendida y haber visto a su auntie abrazando a una mujer cerca de las escaleras, acariciándole el cabello largo con su mano elegante.

—Mi Little Light —dijo Papá Tikas desde el otro lado del mostrador—, ¿por qué traes la cara preocupada de un académico?

—Hola, Papá Tikas —dijo Luz con una sonrisa.

—Eres guapísima —dijo alzando los brazos hacia el techo de lámina—. ¿Pero sabes qué también eres, Luz? Eres lista. ¿En qué pensabas?

Papá Tikas se pasó las manos por el mandil de lona blanco y alzó las cejas canosas. Nadie aparte de él le preguntaba lo que pensaba, y la interrogante le dio una sensación cálida, de que valía algo.

—En mi tía —dijo haciendo un gesto hacia Maria Josie, quien se acercaba a la caja con una canasta escuálida.

—Ah —dijo él—, quién podría olvidar a la prodigiosa Maria Josefina.

Maria Josie movió la mano derecha por el aire como diciendo *Tonterías*. Tomó algunos plátanos de la canasta de Luz y le dijo que devolviera el resto del mandado.

Papá Tikas pesó la fruta y la harina mientras platicaba con Maria Josie sobre el clima, el gato callejero que se había encontrado dormido en las cajas de leche detrás de la tienda y su caso grave de *ar-tu-ri-tis*.

—Tienes que untarte clavo en las articulaciones —le dijo Maria Josie.

Papá Tikas asintió con el cuerpo entero. Dijo que era mucho más fácil quejarse de un problema que hacer algo al respecto.

—Es el don de la cháchara —dijo mirando a Maria Josie con precisión. Tomó su cambio y le entregó tres bolsas de papel—. ¿Te emociona la fiesta?

Maria Josie se rio y sus pechos se alzaron como una única repisa.

—Ay, los bailes son para los jóvenes. Pero qué orgulloso has de estar de que David tenga su propia oficina.

El único hijo de Papá Tikas, David, acababa de abrir su propio despacho de abogados después de haber trabajado varios años para un bufete grande. Se había ido al este y se había titulado en la Escuela de Derecho de Columbia. Trajo de vuelta conchas misteriosas, potentes hierbas chinas y varias novias anglos larguiruchas y sencillas. Luz apenas era una niña cuando se fue, pero cada vez que regresaba de vacaciones, lo miraba en la tienda: tenía el cuerpo tallado como el de un atleta y las pestañas frondosas, como pelusas. Una vez, cerca de Navidad, lo vio entrar y sacudirse el pelo café rizado de la nieve de la calle. Le corrían hilillos de agua por la cara y la chamarra, perlándole la piel alrededor del cuello. Luz tenía quince años y lo único que quería era pasarle la lengua por la manzana de Adán. Nunca había querido hacer algo parecido, y le sorprendió que pudiera sentirlo.

—Orgulloso, sí —dijo Papá Tikas—, pero también nervioso.

Le dijo a Maria Josie que David se había vuelto un radical que luchaba por esta causa y por aquella. Salarios justos. Renta asequible. Era una herencia noble. Cuando era joven, el propio Papá Tikas había estado organizando, ayudando a los demás mineros de carbón en la Tierra Perdida, pero era peligroso: muchos de sus compadres fueron asesinados por guardias de la compañía, que Rockefeller contrataba para someter a los mineros en huelga.

—Tiene buenas intenciones, pero David solo conoce la vida de un hijo de tendero exitoso —Papá Tikas le guiñó el ojo antes de voltear hacia Luz—. Tú y Diego van a ir, ¿no?

Luz asintió.

—Y Lizette con Alfonso.

—Claro —dijo riéndose—. Tu accesorio más ruidoso.

De camino a casa por la Calle Dieciséis, el tranvía dobló una esquina muy cerrada y mandó a Luz y a Maria Josie bamboleándose a la parte de atrás. Se les cayeron las bolsas del mandado de las piernas, y las zanahorias y las cebollas les rodaron sobre los tobillos cubiertos por botas. Luz recogió las cosas del piso sucio moviéndose de rodillas, tanteando con los brazos como si cribara en busca de oro. Cuando sus manos tocaron varias libras de puerco, un buen corte con mucha grasa envuelto en papel encerado, supo de inmediato que Papá Tikas les había metido la carne en las bolsas. Era un regalo o una limosna, y a veces eran la misma cosa. Le dio la carne envuelta a Maria Josie llena de vergüenza.

—Ese cabrón —dijo ella retirando la mirada de Luz.

Luz dijo muy quedito en español:

—No le voy a decir a Diego que fue gratis.

CUATRO

El problema con los hombres

Se estacionaron en la Calle Curtis y bajaron torpemente del Chevy destartalado de Alfonso en una línea de vestidos, el clic clac de los tacones de Luz y Lizette. La fiesta de David era al fondo de una fila de salones de baile con nombres como Royal, Empress, Colonial y Strand. Las ficheras bailaban en ventanas teñidas de rosa mientras los romaníes vendían hachís y escupían fuego en las esquinas. La noche olía al estiércol y el metal lejanos de la planta empacadora de carne, y no tardó en mezclarse con el aroma a marihuana y piel perfumada. Diego y Alfonso se metieron en un callejón, con sus zapatos bostonianos de segunda mano pulidos hasta sacarles brillo. Prendieron un porro y les dijeron a Lizette y a Luz que montaran guardia.

—Más les vale no ponerse muy grifos —dijo Lizette—. A David no le va a gustar.

—Deja que se enoje ese pendejo —dijo Alfonso, inhalando tan fuerte que su cara parecía calavera.

Le ofreció un toque a Diego, quien lo rechazó y tiró el porro veloz y rojo como un cometa diminuto lanzado hacia el cielo. El callejón estaba salpicado de charcos estancados entre yerbas muertas y alcantarillas humeantes. Los gatos callejeros se movían entre las sombras. Encima de los muros de ladrillo, los reflectores se erguían hacia la noche, mástiles blancos lanzados al cielo como espadas. El aire tenía la extraña calma de la nieve inminente. Nada de brisa, solo humo estático.

—Vámonos, ándenle —dijo Luz—. Se va a acabar la comida.

Las enormes puertas de latón de Rainbow Hall daban a un vestíbulo que terminaba en una cortina de terciopelo aplastada debajo de un arco de estuco. En la sala principal había osos negros y truchas talladas en los muros de piedra. El cielo era un elaborado mosaico de carretas cubiertas surcando las planicies, sus ruedas seguidas de hordas de búfalos.

Casi cien personas se habían reunido para celebrar a David. El lugar estaba empantanado con su calor. Ramos de rosas y orquídeas blancas cubrían docenas de mesas redondas. Guirnaldas de cedro se extendían desde las paredes. En una tarima elevada, unos viejos tocaban la mandolina, la guitarra y un acordeón oscilante; el lugar exudaba música y risas.

—Abrigos, por favor —Papá Tikas se les había acercado y puesto las palmas en los hombros de Luz.

Olía a regaliz y papel, algo vagamente como cuero. Traía un traje color bosque y se inclinó para besarles las manos a Luz y a Lizette. Sus labios eran cálidos y húmedos. Saludó a Diego y a Alfonso con abrazos firmes. Lizette se escurrió fuera de su abrigo de piel que se caía a pedazos y se lo entregó con la mano en forma de gancho. Papá Tikas lo abrazó con una mano y estiró la otra para recibir la chamarra de piel de Luz.

Estudió los vestidos de satín rojo de las muchachas. Lizette los había hecho con sus propias manos, sin necesidad de patrón ni de máquina.

—Hoy nos trajeron gemelas —dijo.

Lo siguieron mientras serpenteaba entre pasillos, abrazando a parientes y amigos, besando los cachetes de mujeres preciosas y sus abuelas antiguas, abriéndose paso entre la maleza de codos y hombros hasta que, por fin, llegaron a una larga mesa regiamente ataviada de caviar, berenjena, hojas de vid, costillares de cordero, papas fritas, salchichas de ternera y hojaldres. El aroma era abrumador, a grasas y levaduras, a flores cítricas. Luz le dio un codazo a Lizette, como diciendo: *Imposible*.

—Papá Tikas —dijo Lizette con voz infantil—. ¿En realidad eres Papá Noel?

—Kouklitsa —contestó antes de alejarse.

Durante la cena, los brillantes candelabros se atenuaron y uno de los primos de David anunció que era hora del kalamatiano. La pista de baile floreció: chicas ortodoxas, parejas de recién casados, niños correteando, precipitándose por el piso de duela. Enlazaron los brazos en un círculo amplio y sinuoso, con los pies golpeando en vaivén. El suelo retumbaba de movimiento.

Luz se quedó sentada, picoteando su plato y preocupada por ver si alguien la sacaba a bailar tarde o temprano. Tenía diecisiete años, dieciocho en unos meses, y le preocupaba estar defectuosa. Nunca había tenido un pretendiente real, y esperar el amor se había sentido como otear el horizonte en busca de una silueta a lo lejos que caminaba hacia ella desde nubarrones.

Al otro lado de la mesa, Diego giraba un huesito carnoso entre los dedos. Lizette fingió picar a Alfonso con un espárrago y él se agachó, desapareció bajo la mesa un momento y reveló una anforita de metal. El vino tinto abundaba en el evento, pero Papá Tikas no quería peleas en sus fiestas, así que rara vez permitía licores fuertes. Alfonso le pasó la anforita a Lizette, quien tomó un trago antes de pasársela a Luz. El licor sabía barato y rancio y le calentó la garganta al bajar.

—¿Por qué siempre tienes de esa madre de pueblerino? —preguntó Diego.

—La hago yo solo, hombre. A la próxima traigo de lo bueno —se rio Alfonso.

Soltó un vítor y se palmeó la rodilla. Era bueno para Lizette, pensó Luz. La equilibraba. Se habían conocido en el asado de san Cayetano. En la plaza verde, Alfonso se había acercado a su mesa en el clima primaveral, con el aire lleno de flores de manzana y retoños de álamo a la deriva.

—Señorita —dijo inclinando su sombrero galoneado—. Me llamo Al.

Creía que era un vaquero de verdad, siempre vestido de botas y sombrero y hebilla de plata. Había llegado a Colorado desde las Filipinas, un lugar que Luz nunca había oído mencionar antes de conocerlo. Había varios hombres en el barco. Olía ligeramente a vómito y estaba lleno de jóvenes y viejos por igual. Había un apostador de nombre Miguel que había perdido un ojo y pasó todo el viaje entornando el que le quedaba hacia el horizonte, sin lograr percibir profundidad alguna. Llegaron a San Francisco, pero Alfonso quería las montañas, el desierto, un lugar sin océanos a la vista.

—En todos los mapas, Colorado se veía salvaje —dijo una vez—, pero nadie me dijo que costara tanto respirar.

Ya estaban medio borrachos todos…, todos menos Diego, claro. Lizette se lanzó a la pista con Alfonso, sus caderas bien formadas botaban a las demás parejas como una marea fuerte. Diego se quedó en la mesa con Luz. Se hundió en su silla y se arremangó la camisa para revelar el pequeño tatuaje de víbora en su brazo izquierdo, justo arriba del codo. Conforme el alcohol se abría paso por las venas de Luz, sintió que el lugar la acogía. Le preguntó a Diego si estaba bien, pero no la oyó o no le importó. A veces los hombres eran así, trataban la voz de una chica como si hubiera salido de su boca y caído directamente a un foso.

Lizette serpenteó de vuelta a la mesa y empujó a Diego con el dorso de la mano.

—No seas aguafiestas —dijo—. Al va a buscar más matarratas. ¿Quieres?

Diego le dio un sorbo a su agua. Le dijo que no, gracias.

—¿Sabes qué? —dijo Lizette—. Estaba leyendo un libro sobre…

—¿Tú estabas leyendo un libro? —contestó Diego.

Lizette se sentó.

—Soy pura carita sin cerebro. Eso es lo que piensa mi familia de mí, ¿no?

—No, para nada —negó Luz con la cabeza—. Eres puras caderas sin cerebro.

Lizette le lanzó una mirada sucia. Se aplanó el regazo, con los ojos clavados en las palmas como si se leyera la fortuna.

—El libro ese decía que ya no va a quedar agua potable para 1955. Vienen demasiados anglos al Southwest. Va a haber una como guerra por el agua.

Diego frunció el ceño, como si estuviera pensando algo muy serio.

—No te preocupes, prima —dijo—. Puedes seguir tomando lo que Al mezcla en la tina.

—Dios mío —dijo una voz aguda y ronca—. Me están matando mis piececitos.

Luz se asustó cuando David y su cita rubia asaltaron la mesa, echándose en sillas vacías. Se estaban riendo y recobrando el aliento, y olían mucho a whisky. Los rizos de David habían quedado guangos por el sudor y la rubia traía el maquillaje corrido bajo los ojos. Era una blanca de dientes largos y clavículas como ganchos de metal que meneaba el escote.

—¿Cómo están, cabrones? —dijo David—. Qué bueno que vinieron.

Lizette formó un cono con las manos y gritó:

—Felicidades, David. Son muy buenas noticias.

—Gracias —soltó con una sonrisa—. Oigan, ¿y Maria Josie? ¿Anda por ahí robándole la esposa a alguien?

—Ahora que lo pienso —dijo Diego—, no he visto a tu mamá en toda la noche.

David lo ignoró y se alisó el corbatín. Era la única persona en Rainbow Hall en esmoquin. ¿Y por qué no? Era su noche.

—Les presento a Elizabeth —dijo—. Elizabeth, la familia Lopez.

—Elizabeth Horn —dijo la rubia abanicándose con una servilleta. Estiró las piernas en una silla vacía y se sacó los zapatos. Surgió un olor a leche agria—. Y bien, muñequitas, ¿alguna de ustedes podría sacar a dar vueltas a este maniaco? ¡Me urge un descanso!

Lizette dijo que no, que estaba agotada.

—Además, estoy esperando a Al.

—Bueno, siempre quise bailar con una adivina —dijo David.

—No soy buena bailarina —dijo Luz.

—Ni adivina —dijo Diego.

David le puso las manos en los hombros a Luz. Su agarre era como el de su padre, cálido y denso.

—Nos la llevamos lento.

Bajó las manos hacia sus muñecas y la puso de pie. *Una marioneta sin hilos*, pensó Luz.

—Ay, me estás haciendo un favor enorme —dijo Elizabeth Horn mientras prendía un cigarro esbelto.

La canción no era lenta y David jaló a Luz más cerca de lo que debía. El marco que formaban sus brazos era más una raíz que una caja. Sus senos se aplanaron contra el pecho de David mientras bailaban hacia el centro de la multitud. No era el mejor bailarín de Rainbow Hall, pero lo hacía sin esfuerzo, con movimientos tan naturales como respirar o quedarse dormido. Tenía los ojos semicerrados, como los de los vagos que acampaban en los callejones. Luz notó que no había envejecido, pero había embarnecido en hombros y cintura, era más sustancioso.

—¿Por qué mientes? —susurró David—. Sí sabes bailar.

—Depende a quién le preguntes. Diego dice que soy pésima.

—Tienes buen ritmo. Estoy seguro de que la mayoría de los hombres que no sean tu hermano estarían de acuerdo —David le puso la palma en la cadera izquierda y le dio un apretón—. ¿Sabes qué? Me acuerdo cuando eras así de alta.

—No me puedo quedar chiquita para siempre, ¿no?

David le recorrió el cuello con la cara. Sus labios llenos le rozaron la garganta.

—No, claro que no.

Luz respiró hondo. sintió un pulso tenue entre las piernas y se le puso roja la cara. Recargó el cachete contra el hombro de David y vio cómo el salón giraba de lado. La sala se estiró con el remolino de caras de la muchedumbre.

—Felicidades, por cierto. Todo el mundo está muy orgulloso.

David reclinó a Luz hacia atrás. Su pelo se extendió y se le atoró en la nariz y en la boca hasta que todo estuvo de cabeza. Cuando era niña jugaba a eso. Se colgaba de la rama muerta de un enebro, imaginaba que caminaba descalza entre las nubes, respiraba arena en vez de aire, usaba el cielo de cama. El aire siempre estaba dulce y pleno, vivo de salvia y cardos. Aunque el techo de lámina de Rainbow Hall tuviera fulgores dorados, no era nada comparado con la vastedad de su pasado. Entonces se entristeció, porque extrañaba a su madre y a su padre, su cabaña decrépita. David la levantó de vuelta. Ella forzó una sonrisa, perturbada y desorientada. Cerca de la entrada había una chica anglo en un abrigo esmeralda. Su pelo rojo era fuego contra su piel cadavérica. Tenía los ojos negros de puñetazos y la boca hecha una línea tenue. ¿Eleanor Anne? ¿Sería ella?

—¿La conoces? —Luz señaló hacia las puertas, mantuvo el ritmo—. La chica del abrigo verde —señaló de nuevo, pero se detuvo. No había nadie junto a la entrada. El pasillo estaba solitario en su alfombra roja. Vacío—. Estaba justo ahí. Lo sé…

—¿Quién? —preguntó David, volteando.

Luz se llevó las manos a la boca. El dolor se filtró desde sus muelas hacia su mandíbula, goteando de una sección de su cara a otra. Alejó la vista de David y se escupió en las manos, esperando sangre, pero encontrando solo saliva.

—Lo siento mucho —murmuró—. Necesito aire. Perdón.

Afuera, Luz se cubrió la cara con la falda del vestido y sus piernas quedaron expuestas mientras cojeaba por el callejón. Se quedó mirando el cofre de una pickup; los faros le disparaban calor a los ojos. Las siluetas se movían en líneas negras y el motor escupía ruidos entre los pasos. Luz se tambaleó hacia el frente, sus tacones hacían crujir la grava, su respiración era una nube plateada. Oía ruidos sordos, toses entrecortadas. Entonces vio a Diego clavado en el cofre de metal de la camioneta. Dos hombres le mantenían los brazos abiertos como alas, mientras un tercero, elegantemente vestido con tirantes blancos, jadeaba con algo pesado entre las manos. Un ladrillo. El hombre se lo estrelló en la mandíbula a Diego. El bloque brilló cada vez más húmedo conforme lo bajaba una y otra y otra vez, con un sonido como de martillo contra un trozo de carne. Los hombres tenían los movimientos del trabajo, la repetición, la camaradería. Cuando dejaron caer a Diego, su cuerpo hizo un ruido que no se parecía a nada. Un costal fofo, el piso frío. Los hombres alzaron la vista y uno apuntó directo hacia ella con las manos ensangrentadas.

—¿Viste esto en el té? —dijo, y luego se subió a la camioneta con los demás y se fueron a toda velocidad.

Luz gritó ante el listón de la sangre de Diego, luminoso y largo como una lengua estirada desde su boca hasta su vientre.

CINCO

Noctámbula

Teresita sufría de insomnio y estaba despierta haciendo posole cuando los hombres entraron corriendo a su cocina, tiraron vasos y platos de la mesa y echaron a Diego sobre el mantel impermeable. Luz y Lizette los seguían como damas de honor, con los ojos apelmazados y rojos por venir llorando todo el camino hasta la Calle Fox. La cocina estaba henchida de voces, del golpe amplio de una cuchara contra el borde del horno, de un cuchillo cortando puerco. Un único foco colgaba sobre la mesa y proyectaba sombras intensas sobre Alfonso, David, Papá Tikas, el tío Eduardo, un puñado de personas más y Diego, semiinconsciente. Su respiración era muy lenta y no podía hablar. Luz evitaba mirarlo. Prefería los zapatos desgastados de los hombres, el linóleo prístino, sus propios tobillos manchados de tierra y sangre. Era poco después de medianoche, pero la noche se había expandido y ahora era algo más, algo inconmensurable y vacío.

Teresita jaloneó del brazo a su hija para que les diera vasos de leche y platos del menudo del día anterior a los hombres.

—Córtales la borrachera —dijo—. Esto es inaceptable —gritó Teresita, con la cuchara de madera en alto como escudo—. Todos fuera de mi cocina.

Los hombres eran una pequeña turba en camisas arremangadas y pelo húmedo. Maria Josie también estaba: David había ido a Hornet Moon y lanzado piedras a las ventanas hasta despertarla. Su tía había abandonado a una mujer en su cama (dijo con insidia) para salir corriendo hacia allá. Tenían las axilas chorreadas y un denso hedor a alcohol. Las voces se incendiaron. La angustia crecía o se difuminaba en segundos. El lugar estaba viscoso de miedo. Papá Tikas alzó ambas manos como si fuera a discutir con Teresita. Traía su saco de terciopelo echado sobre un hombro y la carátula del reloj salpicada de sangre. Murmuró algo contra su puño antes de retirarse de la cocina. Los demás hombres lo siguieron, con Lizette a la zaga con la comida. Los vasos de leche eran de un blanco óseo contra la charola de peltre. Los hombres debatieron todo el camino hacia el cuarto de al lado, maldiciendo en todos sus idiomas. Teresita le dijo a Luz que se quedara en la barra y acabara de picar el cerdo para la comida del día siguiente.

—Lávate las manos —dijo, y Luz sintió que los sollozos le volvían a la cara, pero selló esa parte de sí misma por miedo a la furia de su tía.

Se concentró en la carne, en las venas tenues en espiral, y conforme cortaba, notó que su vestido de satín rojo estaba más oscuro en todos los sitios donde había acunado la cabeza de su hermano contra su cuerpo, pidiendo ayuda a gritos en el callejón vacío.

Teresita dejó la cuchara en la estufa. Se limpió las manos en el mandil beige, separándose la carne de entre los dedos. Era muy guapa, como Lizette, pero la maternidad le había aumentado el cuerpo y dejado los senos llenos y caídos, y la frente en un pellizco constante. Traía el pelo negro trenzado sobre el hombro izquierdo e hilos de turquesa abrochados en cada oreja. Tenía piel broncínea, una nariz amplia y regia e intimidantes ojos negros, húmedos como los de las vacas. Inclinada sobre Diego, su silueta era imponente. El aroma del cuerpo de Diego se mezclaba con el del maíz posolero, como el de los centavos y la tierra removida, un olor muy vivo. Le alzó la mandíbula con dos dedos y le giró el cuello de un lado a otro. Olisqueó.

Luz desvió la mirada y volvió a su cerdo.

—Más vale que te acostumbres, mija. Muy pronto serás esposa y madre. Explotan en las minas, se quiebran los huesos con engranes, se aplastan las caras con piedras. ¿Quién crees que arregla todo eso?

Entonces hubo una conmoción en el cuarto de al lado: alguien golpeaba la puerta principal. Luz oyó la voz de Maria Josie alzarse por encima de las de los hombres. Una mujer aullaba desde el escalón de la entrada, rogando que la dejaran pasar. Decía que amaba a Diego, su voz sincopada con lágrimas. *Eleanor Anne*, pensó Luz, y entonces Maria Josie gritó, firme y definitiva:

—¿Qué no ves que ya hiciste suficiente? Vas a hacer que nos maten a todos si te siguieron hasta acá.

Entonces azotaron la puerta.

Lizette regresó a la cocina con la charola vacía. Echó una mirada de soslayo hacia la mesa donde estaba Diego. Se veía normal, pero como niña chiquita. Cruzó miradas con Luz y se entendieron, ya eran fluidas en el lenguaje del miedo.

—Necesita una cosida —dijo Teresita—. Ve por el hilo blanco. Pica un poco de hielo.

Lo primero que agarró Lizette fue el picahielos del fregadero. Parada junto a Luz en la barra, picoteó un bloque antes de hundir las manos en un cajón lleno de ligas, cajas de cerillos, agujas e hilo. Sus movimientos estaban sincronizados, dos muchachas trabajando en la cocina, como si sobre la mesa hubiera mucha comida en lugar de su pariente semiinconsciente. Teresita encendió el radio. Pasó la perilla por una radionovela de misterio y por Leon Jacob antes de aterrizar en una ranchera desoladora. Las notas emotivas se le agolparon en la garganta, empezó un canturreo sobre la mesa.

Lizette le llevó el hilo a su madre y Teresita desenrolló una brazada contra la cocina bañada de luz y la cortó con los dientes. Diego gimió sobre la mesa. Debajo de su mandil, Teresita traía un camisón de gasa, al estilo algodonero de las campesinas. Casi parecía más joven que Lizette, o sin edad en absoluto. Se jaló una silla, la acomodó cerca de la cara de Diego y les dijo a las chicas que podían mirar si querían.

—No voy a hacer que ustedes lo arreglen esta vez, pero va a estar bien que aprendan.

Se puso a trabajar. Sus dedos ágiles se hundían en la piel de Diego como si fuera una colcha. Luz sintió vergüenza mientras se acercaba al umbral abierto entre la cocina y el cuarto de al lado. No podía ver las brechas confusas en la cara de su hermano.

—Ya está, con eso debería bastar —dijo Teresita mientras ataba el hilo con un moño y a Diego se le escapaban gemidos entre los dientes—. Tranquilo, sobrino. Tranquilo.

SEIS

Hacia los bordes

Durante siete días, Maria Josie se quedó junto a la cama de Diego, leyéndole una copia vieja de *Don Quijote*, solo deteniéndose para comer, dormir y atender sus largos turnos en la fábrica de espejos. Entre páginas, alzaba la vista con una mirada vigilante, casual, como si revisara la hora. Había nevado, el techo desvencijado y los ladrillos exteriores estaban acolchados con un peso agradable. Varias veces al día, Luz le llevaba agua con yodo y una hierba llamada plumajillo. Caminaba rauda hasta el buró y ponía el plato blanco junto a las azucenas marchitas y las flores de cempasúchil secas y los montones de gasas ensangrentadas y los rosarios de madera. Había velas de santos consumidas hasta la cera líquida. San Miguel con los ojos refulgentes. El cuarto olía a enfermedad, un hedor etéreo que se le aferraba a la ropa y al pelo. Abría las ventanas, aunque fuera para mezclar los aromas patológicos con los de los cadáveres y el esmog. Reina y Corporal observaban desde su jaula de vidrio y, como Maria Josie les tenía miedo, Luz se encargaba de alimentarlas. El sol les calentaba la cara mientras ella les echaba ratones a la jaula.

—¿Va mejor? —preguntó Luz una tarde mientras esparcía paja por el terrario.

Maria Josie estaba sentada junto a Diego, limpiándose los lentes.

—Ve tú misma.

Luz ponderó la cara de Diego desde el otro lado del cuarto. Lo que más le asustaba era el tamaño, la inhumanidad de sus proporciones.

—Nomás no entiendo por qué lo hicieron. ¿Por qué Diego? —preguntó triste, pensando en el ladrillo aplastando a su hermano una y otra vez.

Maria Josie hizo una mueca y dobló el brazo con la camisa de franela sobre el respaldo de la silla.

—Son hombres, hombres blancos —se hizo hacia adelante y agarró el pie de Diego, chiquito como patita de cachorro bajo la colcha—. A eso se dedican.

El jueves por la tarde, Luz regresó a casa tras lavar ropa. Le sorprendió ver que Diego no estaba en la cama. Estaba sentado en una silla blanca con la cara contra la ventana, las cortinas naranjas atadas en grandes moños, la espalda encorvada al frente en su piyama gris. Maria Josie no estaba en casa, y el departamento se sentía más vacío sin ella. Llegaban ruidos de nieve derritiéndose en el techo. En el pasillo, Luz se quitó el abrigo de invierno y lo colgó en el perchero. Se apuró a llegar a su cuarto con miedo de ver a su hermano machacado; la imagen de su cara nueva le provocaba un dolor agudo en el corazón.

—¿Ya no saludas? —dijo Diego con una voz siseante, fea.

Luz se detuvo. Formó la palabra *carajo* con los labios antes de entrar a regañadientes a la estancia principal. La duela se removió.

—Oí que tú me encontraste —Diego mantuvo la cara contra la ventana.

El cuarto estaba bien iluminado. La cama no tenía sábanas, y el colchón fofo a rayas había quedado expuesto. Las gasas ensangrentadas habían desaparecido del buró y el lugar olía a sol y asfalto húmedo.

—Recogí tus dientes —dijo Luz—. Los que encontré.

Volteó a ver un tazón de barro en el tocador. La risa de Diego sacudió el piso.

—¿Cuántos?

—Cinco.

—Puta —dijo—. Pues el hada de los dientes me debe.

Empezó un jazz en el radio, un metal solitario gimiendo. Luz se acercó al tocador, castañeó botellas de colonia mientras miraba a Reina en el alféizar con sus vértebras en cuatro picos, montañas sagradas en su lomo.

—¿Ya comieron? —preguntó su hermano.

—En cuanto me levanté.

Diego se volteó entonces y quedó frente a Luz bajo el sol pulido. Había cedido su hinchazón, aunque tuviera la mandíbula chueca e inflamada, como si la piel se le hubiera fusionado a la garganta. Líneas delgadísimas le recorrían las sienes rapadas hasta acabar en su boca deshecha, donde las costuras de Teresita parecían vías de ferrocarril. Su cara pasaba del morado al verde, del amarillo al negro. Luz podía ver por un hoyo en su cachete izquierdo directo a su boca, a la base de su lengua. En sus piernas, Corporal estaba compactado en una pila oscura, y Luz ha de haber hecho una cara, porque Diego soltó una mueca. Parecía que algo le dolía en algún lugar de la garganta. Se inclinó al frente y le dio un empujoncito a Corporal. La víbora se escurrió como charco de su regazo encobijado. Luz estaba enojada consigo misma, enojada de que parte de ella culpara a su hermano por todo.

—¿Qué hacías afuera de la fiesta? —preguntó.

—Tuve un mal presentimiento, pensé que mejor me iba, pero me agarraron en la puerta.

—¿Quién?

—La gente de Eleanor. Sus hermanos, su padre.

—¿Por qué nadie ha llamado a la policía?

—Por favor, Little Light. Ya sabes por qué.

Luz sabía igual que todo mundo que lo más seguro era que esos hombres fueran la policía, o que al menos estuvieran relacionados con ella. La cortina naranja vaciló y Reina disparó la cara alrededor del moño. Después de un largo rato, Diego dijo:

—Me corrieron de Gates.

—¿Qué vas a hacer? Nadie tiene turnos.

—Puras víboras, todo el tiempo —Diego se rio con trabajo, su cachete resoplaba por el hoyo cosido—. Voy a ir al norte. Hay trabajo en el campo.

Luz se imaginó a su hermano vadeando un mar de cultivos hasta la rodilla, trabajando sobre betabeles cubiertos de zoquete, enterrados en largas filas verdes, con el cielo encendido de polvo y nubes y chapulines.

—¿Te vas a ir?

—Maria Josie me pidió que me fuera yendo.

—Pero llegamos aquí juntos.

—Y yo ya no soy bienvenido.

—¿Por qué lo hicieron, Diego? —preguntó Luz—. Cuéntame qué pasó.

Su hermano no quiso contestar. Inclinó la cara, enderezó los hombros. Señaló la ventana.

—Mira —dijo—. Reina no se quiere sentar conmigo.

—Claro que sí —dijo Luz.

Diego estiró la mano hacia Reina, pero la víbora se escurrió detrás de las cortinas, que ondearon como por una brisa.

—No —dijo—. Me tiene miedo.

En menos de una semana, la mayoría de las cosas de Diego estaban fuera de la estancia principal. Nada de capas de terciopelo, camisas de satín, plumas de gavilán ni aguas de colonia. Había empacado todo en un morral amarillento que le había dado Maria Josie. El cuero estaba liso de lo desgastado y parecía un riñón seco. Era engañosamente grande: se tragó barras de jabón, un cepillo de cerdas de jabalí, pantalones y camisas de vestir. Diego vendió o regaló casi todo lo demás. En cuanto a las víboras, en su última noche en Denver, Luz lo siguió mientras las bajaba en su canasta de mimbre por las escaleras del edificio hasta salir a la calle. Era el crepúsculo. Todos los faroles estaban prendidos. El aire era nítido.

—Nos puedes acompañar hasta el arroyo —le dijo—. O quedarte. Tú decides.

—No lo puedo ver —dijo Luz.

Diego se inclinó el sombrero.

—Un palazo rápido en el cuello y ya.

—¿Por qué no se pueden quedar con nosotras?

Diego alzó un poco la canasta y la giró con el mango de mecate.

—No pueden estar sin mí. Además, Maria Josie las mataría de todos modos.

Luz saludó a las víboras una última vez con un golpecito a la canasta antes de quitarle la tapa. En el fondo, Reina estaba encima de Corporal, dormida sobre su lomo como si fuera un catre. Luz llevaba casi media vida conociendo a las serpientes. Las iba a extrañar, despiertas a medianoche, frías y removiéndose como la tierra, a un cuarto de distancia. Parecían protegerlos. Protegerlos de qué, no estaba segura.

—Son mías, Little Light —dijo Diego, como si sintiera su reticencia.

—Bueno, pues —dijo ella—. Adiós, víboras.

Diego regresó poco después de las once. Luz oyó su llave, el chirriar de las bisagras. Estaba sentada sola a la mesa de la cocina, con el radio en un noticiero. Buscaban a Bonnie Parker y a Clyde Barrow de nuevo, ahora por homicidio. Se habían escondido en Dallas, pero lo arriesgaron todo por ver a sus familias. Luz entendía por qué un forajido haría eso. Te has de sentir solo yendo de pueblo en pueblo. Un gran jurado en Dallas les acababa de levantar cargos por homicidio, y Luz se preguntaba qué significaría eso.

Diego le lanzó una mirada temerosa y el cuarto se cargó de un nuevo sentimiento. Duelo. Traía un overol y el pelo corto. Tenía la cara bien rasurada y caminó, con los hombros caídos y unas botas de trabajo nuevas, hasta sentarse frente a ella. Echó un sobre en la mesa.

—Anda —dijo—. Ábrelo.

Luz rompió el sello con el diente de un tenedor y reveló cincuenta dólares y un pendiente de garra de oso de plata.

—Gracias, hermano.

—Empeñé la cadena, pero el dije es bonito. Debería cubrir parte de la renta del mes que entra.

—¿Fue rápido? ¿Reina y Corporal?

Diego se talló la cara con ambas manos, como si pudiera quitarse la piel, remoldear su expresión a algo menos revelador.

—¿Y si me lees?

—¿El té?

—No, el final de *Don Quijote*. Claro que el té.

—No quiero, Diego. No quiero ver nada más.

En el radio, una mujer aulló y el detective gritó: *De todos los callejones acechabas este, hijo de puta*. Diego se estiró desde su silla y apagó el radio.

—Despídeme con un poco de esperanza.

Luz asintió al fin, hirvió agua en la estufa, la tetera chilló. Vertió el agua humeante en una taza de porcelana con florecitas azules en el borde. Era té rooibos, y Luz vio con atención cómo lo sorbía Diego. Le estudió la cara, se prometió recordarla. Quién sabe cuándo lo iba a volver a ver. Tenía un pliegue en el cuello, una arruga leve que le cortaba el cogote. Los labios pelados de morado por abajo. Había sanado un poco, y Alfonso había conseguido que un amigo le pusiera dientes de porcelana a cambio de una deuda. Su mandíbula casi había vuelto a la normalidad, aunque pareciera más cuadrada que antes. Luz pensó que era raro cuántas cosas podían cambiar en una sola noche.

Diego se terminó el té. Le dio la taza a su hermana.

—Antes de que empieces, ¿cómo funciona? Lo que ves.

Luz se sorprendió. Diego no solía preguntarles cosas a los demás. La taza estaba fría, como si nunca hubiera contenido té.

—Ya sabes cómo funciona.

—¿Ves el futuro?

—No, es como un camino. A veces, incluso con mis recuerdos, me confundo. No sé si algo pasó o si podría haber pasado. La gente es impredecible, pero no hay tantos caminos, no son infinitos.

—Eso no es adivinación —dijo con una sonrisa burlona—. Vas, pues.

Luz contempló la taza. Las hojas negras estaban recargadas de un lado, goteando café como tabaco escupido. Las hojuelas oscuras se difuminaron y Luz no tardó en oír los ruidos agudos de una navaja con mango de nácar contra la piel. Parecía temprano por la mañana, y vio en su mente a su padre parado en un único haz de luz frente a una ventana abierta. No traía camisa y miraba un espejo colgado de un alambre a su izquierda, con los tirantes descansando contra sus caderas y círculos de luz perlándole el cuerpo pálido. Conforme caía el pelo de su cara, Luz pudo ver sus cachetes, la sorpresa hermosa de sus pómulos delicados y hoyuelos profundos. Era una niñita de nuevo, antes de que su padre los abandonara, antes de que le rompiera el corazón a los ocho años y llorara hasta quedarse dormida todas las noches, hasta que Diego la abrazara y le dijera que todo iba a estar bien. Luz sacudió la cabeza. Sin importar cuántos años hubieran pasado desde que se había ido, su imagen seguía dándole ganas de llorar.

—Papá —dijo por fin—. Solo veo a Papá. Nada más.

Diego se rio con morbo.

—¿Cómo está ese inútil?

—Tienes su marca —dijo Luz—. Como cicatriz.

—Pues chale —dijo Diego—. Pero, bueno, ¿quién se cree esas chingaderas?

—Yo —dijo Luz.

Antes de irse definitivamente por la noche, Diego se quedó parado en la banqueta con su morral y su sombrero. El barrio estaba teñido de blanco y negro, la luna llena refulgía con abundante luz. Los gatos callejeros patrullaban su territorio y los montones salobres de nieve sucia descansaban en las alcantarillas, derritiéndose lentamente en la oscuridad. Caminaría a la estación de trenes, y de ahí, Luz no tenía idea a dónde iría su hermano. Sentía su sensación de impotencia. El viento nocturno soplaba, feo, por entre árboles esqueléticos.

—Nuestra gente nunca ha estado tan al norte, adonde yo voy —dijo Diego.

—Tal vez te guste más.

—Puta, todavía extraño la Tierra Perdida. Ese es nuestro hogar. Todo lo demás son bordes.

—Te voy a escribir cada que pueda —dijo Luz—. Te voy a contar todo sobre el barrio, todo sobre Lizette, los bailes. Todo.

Él le alisó el pelo y le besó la frente con su boca dañada.

—Te quiero, Little Light, y te prometo que voy a volver por ti.

Horas después, Maria Josie metió la frialdad de la noche al departamento en el caparazón de su chamarra. Saludó a Luz como si nada y colgó su abrigo en el pasillo. Tenía cortaditas en los nudillos y muñecas, tajaditas de esquirlas de espejo que luego cubriría con ungüento de piñón. Se pasó un palillo de un lado de la boca al otro. Luz le estudió la cara mientras estaban paradas frente a frente bajo la luz vacilante del pasillo. Tenía sombras bajo las pestañas, gruesos abanicos. Estaban a pulgadas de distancia, y la base de arcilla de la piel de Maria Josie refulgía.

—¿Por qué le haces esto a Diego? —preguntó Luz.

—Tengo mis razones, Luz —Maria Josie se aclaró la garganta y se quitó el palillo con un giro de la muñeca—. Ahora te sientes de una forma, pero ya cambiará con el tiempo.

—No, claro que no. Ya no tengo hermano. Estoy sola.

—¿Te acuerdas cuando llegaste aquí? Cuando te dejó tu papá —dijo Maria Josie—. Te prometo que eso es lo peor que te vas a sentir en tu vida. Ningún hombre te va a hacer sentir peor. Ni siquiera Diego.

El pasillo parecía una cueva con aire húmedo y paredes encorvadas donde Luz veía sus sombras como marionetas. Estaba enojada con Maria Josie, sentía cómo su ira se filtraba al departamento. ¿Acaso no había nada que pudiera controlar? ¿Ninguna constante aparte del trabajo y la pérdida de sus seres queridos? A sus diecisiete, le dolía la espalda por jalar ropa sucia por toda la ciudad, tenía rotas las uñas por usar zapatos demasiado chicos y se le estaba formando una arruga de inquietud en la frente, como una grieta en el cráneo.

—Lo que pasa es que odias a todos los hombres —dijo Luz y esperó la cachetada, pero no llegó.

Maria Josie metió las manos en las bolsas. Tenía los antebrazos nervados y olía a arena.

—Cuando llegaste aquí, a este departamento, te sentaste en mi piso con una fundita de almohada que traía tus zapatos buenos y calzones limpios. Nada más. No tenías mamá ni papá. Solo a mí y a Diego, ¿y qué les dije? Les dije que podían quedarse conmigo si eran buenas personas, si aportaban su parte, si no se volvían hirientes o crueles por el destino que les había tocado. Desde que eran chicos los he protegido y cuidado. Si yo digo que es hora de que Diego siga su camino, se tiene que ir. Confía en mí, Luz —dicho eso, Maria Josie se fue a su cuarto y solo volteó un segundo—. Tienes una gran luz en tu interior, y lamento que hayas perdido tanto tan joven.

Cerró la puerta con cuidado.

SIETE

Un coche para huir

La Tierra Perdida, 1922-1924

Maria Josie se había aparecido una vez en la cabaña en la que vivía Luz con su madre y su padre y Diego, en lo alto de las montañas del desierto, en aquel lugar llamado Huérfano. Como si la hubiera invocado una torva de viento y aguanieve, llegó en verano sin carreta ni automóvil, ni siquiera caballo. Era de noche y el cielo estaba jaspeado de estrellas. Traía el pelo en un chongo apretado; sus aretes largos de cuentas le fluían como agua sobre las clavículas. Se veía frenética, lloraba. Estaba fuerte y hermosa en un vestido estampado de flores. Y embarazada. Luz la vio de inmediato, la hinchazón de vida en su centro.

—Ven conmigo por favor, hermana —imploró Maria Josie—. Te lo ruego. No puedes vivir a merced de un tipo que te golpea, que ni siquiera se va a casar contigo.

Hubo gritos, su mamá parada ante la puerta, empujando fuerte con la palma abierta, rechazando a su propia hermana.

—¿Y qué quieres que haga? ¿Que abandone a mi familia?

—Tráetelos —gritó Maria Josie. Volteó a ver a Luz, asomada por la puerta de la cabaña—. Luz, chiquita, vente conmigo. Soy tu auntie. Vine por ustedes.

Su mamá estaba cerrando la puerta, el cuarto pasaba de la luz de las estrellas a unas tinieblas emparedadas.

—Ya va a regresar de la cantina. ¿Quieres que nos mate a todos?

Luz se quedó inmóvil en la penumbra, permitiendo que se ampliara su pavor, que barriera el piso de tierra, la estufa y el fregadero y la mecedora. Su madre y su auntie empezaron a hablar un idioma que no conocía. No era el español que hablaban ellos ni inglés, ni tampoco el francés de su padre. Era tihua, le dijo Diego después, y a Luz le pareció precioso, aunque Maria Josie gritara en esos sonidos antes de abrazar a su hermana y cruzar corriendo la cabaña para abrazar a Luz y a Diego, su panza apretada contra ellos con fuerza. Luego desapareció en la noche igual que había llegado.

—¿Qué ves? —le preguntó Luz a Diego un par de años después, parados en una peña de granito. Era 1924 y tenía ocho años. El paisaje se extendía con los movimientos y el temperamento de los volcanes durmientes, el polvo del alto desierto y aquella larga veta de carbón bajo sus pies—. ¿Una trampa?

Diego estaba encorvado sobre una larga grieta en la tierra, dándole la espalda a su hermanita. No traía sombrero, el pelo negro le formaba picos sobre el cuello. Estaban entre flores silvestres moradas, pastos altos y sauces rojos, la risa de un arroyo. *Esas montañas de allá*, decía su madre, apuntando hacia el sur. *Su abuelo nació de ellas, y esas de acá,* añadía, *acunan el río Grande.* Les enseñó a alzar las manos contra el sol y el viento, a sentir la sensación de hogar contra sus palmas. *Santuario,* les decía mientras colgaba ropa en el tendedero, recogía capulines a la orilla del río, recolectaba salvia y oshá de las cunetas.

Aquella mañana, había una nota en la puerta de la escuela. La señora Oberdorf estaba enferma, leyó Diego, y los niños no debían entrar a la escuela de salón único bajo ninguna circunstancia. A Luz le parecía más un granero que un lugar de enseñanza. Odiaba cómo la hacía sentir la señora Oberdorf. Les hablaba a los niños del campamento minero muy lento, como si no entendieran inglés, y solo los alumnos anglos podían sentarse al frente. El español y el indio y todos los demás idiomas estaban prohibidos, y Diego, quien muy frecuentemente difuminaba varias lenguas a la vez, recibía a menudo un reglazo en la mano o hasta una bofetada. Pero aquella mañana apacible de principios de octubre, se habían cancelado las clases y la señora Oberdorf estaba en casa *tosiendo sangre en un lavabo,* según Diego. *Ojalá que sea tuberculosis.*

Diego soltó de pronto un gañido salvaje al borde de esa fisura en la roca del tamaño de una persona. El aire estaba más frío encima de la grieta, asentado como aceite en agua. Diego había tomado su bastón trenzado y lo azotó contra las entrañas de la tierra.

—¡Santo Dios! —gritó y acuchilló la brecha para sacar una cría de víbora de cascabel de las profundidades, enroscada en el extremo torcido del bastón—. Mira —le dijo a Luz alzando el báculo con la víbora colgando inmóvil.

—Guácala —dijo Luz—. Quítame ese bicho de encima.

—No es un bicho —dijo Diego—. Es niña, ¿no ves?

—Nooo —negó con la cabeza Luz—. ¿Qué hacía ahí abajo?

—Alguien quería deshacerse de ella —dijo Diego—. Pero la voy a salvar.

La viborita se desenroscó, estirando su cuerpo escamado por todo lo largo del bastón, hasta sacar la lengua bífida y rozar con ella el borde de la diestra de Diego.

—Reina —dijo él—. Así te voy a poner.

Diego alzó el bastón con vigor como si se enfrentara a un gran mar y golpeó sin querer una rama que los cubría. Un zumbido de ira estalló del panal envuelto como momia que yacía quebrado a sus pies.

Las avispas inundaron el cielo.

—Die-go —tartamudeó Luz.

—Corre —aulló Diego—. Rápido, hacia el agua.

Separó a Reina del bastón y le sacudió las avispas de la cara antes de meterla en su morral de la escuela.

Luz bajó a trompicones por el cerro, pateando piedras y tierra suelta con los botines mientras cubría el suelo de pasitos. El sol de la mañana estaba dando pie a la tarde, un orbe grande y caliente rodeado de avispas, como si los ojos de Luz se hubieran rasgado en amarillos y negros. El corazón le retumbaba como tambor en el pecho, y le gritó a Diego:

—¿Te agarraron, hermano? ¿Te agarraron?

Luego, un salto. Un salpicón. Un dolor rojo y caliente vuelto frío.

Picados e hinchados, algo secos, pero aún mojados en general, los niños subieron la ladera hacia su bloque de cabañas de la compañía. Su madre estaba en el pueblo grande, Saguarita, igual que todos los miércoles, vendiendo frascos de mermelada de capulín en canastas tejidas para la ocasión. Su padre estaba en lo profundo del subsuelo, en las minas de carbón. Trabajaba en los recovecos, en los tiros sin sol donde cada tanto un hombre explotaba, se sofocaba, quedaba atrapado. Los mineros tenían canarios amarillos en jaulas cuadradas. Sus pulmones y los de sus esposas e hijos estaban cubiertos de telarañas de flema oscura como la noche.

—Prefiero que me mate un oso —dijo Luz, pragmática. Sentía dolor en la muñeca izquierda y el cuello, pero no encontraba marcas, y mientras corrían a casa, les rogó a los cerros que no dejaran que una criatura tan molesta como una avispa los acabara de matar—. Por lo menos eso sería extraordinario.

Diego habló con una consciencia extraña.

—No digas eso, Little Light. Me da mala espina.

Iban a estar bien, solo necesitaban pomada, le explicó, y Diego sabía dónde la guardaba su madre en la cocina, con todas sus tinturas y flores secas, raíces y hierbas. Ya lo habían mordido víboras y arañas, y sabía que algunos insectos y plantas estaban llenos de veneno.

—En realidad son maneras de protegerse —le dijo a su hermanita—. No lo hacen para lastimarnos. Nomás no se quieren morir.

—Nadie se quiere morir —dijo Luz—. Pero yo no ando picando y lastimando a la gente.

Mientras caminaban por el borde exterior de las cabañas, Diego le jaló la trenza con delicadeza a su hermanita.

—Tal vez algún día lo hagas.

Superaron la ladera rocosa y se asomaron a su cabaña de un solo cuarto, la tercera a la izquierda, lejos de los hornos de carbón. El aire estaba sofocado de humo negro, y en todos lados la ropa recién lavada ondeaba en los tendederos, sucia de nuevo, absorbiendo polvo.

Entonces vieron algo que Luz nunca había visto antes.

—¿Y eso qué es? —preguntó mientras recorrían el sendero, apuntando con sorpresa hacia un automóvil negro y redondo como cucaracha que estaba estacionado junto a su cabaña.

—Un Modelo T —Diego dejó de caminar—. El superintendente de la mina tiene uno. Unos niños mayores, italianos y negros, se subieron una vez.

Diego se sacó el morral del hombro derecho y se detuvo en un viejo huacal de fruta. Sacó delicadamente a la cría de víbora como si quitara una pestaña de una mejilla.

—Shhhh —le dijo antes de meterla al huacal y hacerle una seña a Luz para que lo siguiera al interior de la cabaña.

—Guau —dijo Luz—. ¿Crees que nos dejen subirnos al coche?

—No creo —susurró él mientras cruzaban la puerta.

En la cabaña dividida con sábanas alguna vez blancas, su padre estaba parado entre las telas, con muchos papeles en las manos. El cuarto olía a aceite y a cuero, con pizcas de chile piquín. Tenía los hombros visibles en tirantes delgados y la mandíbula delineada. Su padre vio a sus hijos con una sorpresa ofendida mientras metía documentos en un baúl de viaje. Traía prisa, casi no tenía aliento.

—¿Por qué no están en la escuela? —preguntó con irritación punzante.

—Papá —dijo Luz, alzando los brazos—. ¡Nos picaron las avispas!

—Se cancelaron las clases —dijo Diego mientras se acercaba a la colección de medicinas de su madre en el alféizar.

Tomó un frasco de vidrio de una repisa de madera baja. Empezó a aplicarle líquido a Luz en los brazos y luego se puso en el cuello—. La señora Oberdorf está enferma —explicó, y luego, después de pensarlo, añadió—. Está tosiendo sangre.

—¿Sangre? —dijo Benny con un cerrado acento franco-belga—. Mejor no se le acerquen.

—¿Qué haces en la casa, papá? —preguntó Luz con dulzura.

Corrió junto a su padre y le abrazó con fuerza las piernas correosas.

Benny se hincó. Le pasó las manos por la trenza negra y le besó la frente.

—Tengo que irme de viaje, nenita.

—En el automóvil.

—Sí, nenita.

Cerca de los pies de su padre, el baúl de viaje estaba lleno de abrigos de lana y botas de trabajo, una pizca de textos y un poco de dinero del gobierno. Luz esperaba un castigo severo por haberse dejado picar, pero su padre solo metió más papeles en el baúl y azotó la tapa con su cerrojo de latón. Luego se paró y rozó con los hombros las sábanas colgadas; la tela batió como viento visible.

—Ayúdenme a subir todo al coche. Este baúl de aquí y el que está allá atrás.

Diego rodeó con cuidado a su padre, mirando el baúl.

—¿Por qué tienes el dinero de mamá ahí adentro? —preguntó—. ¿Su plata, sus turquesas?

Benny endureció la postura.

—¿El dinero de tu madre?

—Sí —siseó Diego—. Necesitamos ese dinero para salir de este pinche campamento minero algún día.

Su padre dudó un momento antes de alzar el brazo derecho y abofetear a Diego, con todas sus fuerzas, con la palma contra el rostro. Sonó a madera cortada.

—Todo lo que hay aquí es mío —dijo.

Diego soltó un quejido, pero apretó la boca y mantuvo el resto adentro.

Luz dio un paso atrás por reflejo. Estaba acostumbrada al mal genio de su padre. De repente estaba eufórico, cantando canciones belgas, rasgueando el mandolín, besando a su madre y levantando a Luz por el aire, meciéndola con alegría por la cabaña, pero, como temporal que inunda los llanos, su padre cambiaba de pronto, le estallaba violencia de la boca y las manos, casi siempre dirigida contra su madre. Cuando eso ocurría, Diego sacaba a pasear a Luz por el campamento, le contaba cuentos de las montañas, los nombres de los árboles, las imágenes en las estrellas.

—No me cuestiones, hijo —dijo Benny—. Ve por los baúles.

Diego le ayudó a su padre a subir las cosas al automóvil con expresión dolida. Luz se quedó sentada en un tocón de árbol, rodeada por la neblina de polvo que levantaban sus pies de cargadores. Cuando terminaron y el coche cucaracha estaba lleno con todos los cachivaches de la vida de su padre, Benny cruzó la cascada de sol y se sentó al volante. Encendió el motor y se alejó con un gruñido, el coche ganó velocidad, un pilar brumoso se dispersó en el aire. Siguió así durante un rato, meciéndose de ida y vuelta hasta que, de pronto, el carro se detuvo y Benny abrió la puerta de golpe. Se bajó y corrió hacia la cabaña.

—¿Se te olvidó algo, papá? —gritó Luz.

—Sí —dijo mientras trotaba hacia ella.

Se inclinó respirando muy hondo. La tomó en sus brazos y la alzó hacia el cielo formando un círculo con ella; el mundo entero se difuminó en un borrón colorido. Ella se concentró en la cara de su padre: sus cachetes recién rasurados, sus ojos verdes, la ligera curva de su labio superior. Cuando la bajó de vuelta, le besó la cara y le tocó el pelo por última vez. Luz se quedó viendo cómo se le inundaban los ojos enrojecidos de lágrimas. Benny le dio la espalda, escondiendo su llanto contra el paisaje.

Era la primera vez que ocurría, la primera vez que Luz comprendió de pronto algo no dicho. Lo supo, lo sintió en las manos y el corazón, la sensación se extendió como agua helada hacia su mente. Su padre era un mentiroso, se estaba yendo para no volver.

Empezó a llorar como cuando era bebé, un llanto denso, ondulante, gutural. Le agarró las mangas de la camisa, le jaló las manos hacia su cara.

—Papá —dijo en agonía.

Él alejó a su hija de su piel clara, y entre la prisa de su partida dijo:

—Sé buena niña, mi nenita, mi little light.

Luz recordaría aquel día con cierta vergüenza. Incluso entonces, a sus ocho años, se sintió tonta por no presentir lo que vendría: el largo invierno sin comida adecuada, las noches de ventisca cuando se formaba hielo en el fogón dentro de la cabaña de la compañía, y las cosas más y más horribles que tuvo que soportar su madre en ese campamento minero lleno de hombres. Pero ¿cómo iba a predecir que su padre,

Benny Alphonse Dumont, abandonaría a su familia tan tranquilamente como si se estuviera deshaciendo de un par de botas muy usadas? Y, lo más importante, ¿cómo iba a saber Luz, a una edad tan tierna, que todo, bueno o malo, acaba por terminarse?

SEGUNDA
PARTE

OCHO

El yo interior

La Tierra Perdida, 1892

Pidre se asentó en una ciudad llamada Ánimas, plural del yo interior, del alma. Descansaba contra el ferrocarril y un amplio río que fluía desde las montañas de San Juan, cerca del punto de surgimiento, donde su pueblo había emergido de la tierra al inicio de los tiempos. Conseguía chambitas en cantinas, barría establos y guardaba su dinero debajo un colchón de crin de caballo en la pensión en la que se quedaba. Era trabajo demandante, pero sabía que podía convertir cada centavo que ganaba en diez más.

La ciudad era distinta a su pueblo. El vapor del tren recorría el cielo como un fantasma flotante, cubriendo todo a su paso de hollín oscuro. Franceses, españoles, diné, apaches, cualquier tipo de hombre imaginable frecuentaba la ciudad. Pidre caminaba por las calles fangosas y abarrotadas con una sensación de reverencia y determinación. Inclinaba la gorra de castor ante otros indios vestidos como europeos y ante los libertos de traje elegante. Saboreaba cosas horneadas por mujeres de tierras tan lejanas como Grecia e Italia. En los puestos de comida, armado con su cubeta de hojalata, sonreía y saludaba y comparaba la forma de sus ojos con la de la gente de Oriente: los ferrocarrileros chinos y los jornaleros japoneses. Al igual que en Pardona, los ciudadanos de Ánimas disfrutaban su optimismo, su ética laboral inagotable, su asombro infantil ante la belleza más sencilla como el estallido de un atardecer o pelar una toronja traída de las costas de Califas. Pero Ánimas también podía ser un lugar feo, donde colgaban en la plaza central a quienes consideraban criminales. La muerte en el cadalso: una sed de sangre característica de los Estados Unidos.

Luego de tres años en la ciudad, Pidre había ganado suficiente dinero para hacer una inversión. Consideró sus opciones con cuidado. Muchos de sus compadres habían desperdiciado sus ahorros en concesiones de plata que se secaban en unos meses. Podía pagar el enganche de un hotel, un ranchito ganadero, tal vez un burdel, o quizá una cantina. Una mañana, mientras iba y venía por los delgados pasillos de su pensión, considerando sus muchas opciones con las manos retorcidas en su centro, un minero irlandés y colocatario de nombre Michael "Mickey" Garrett lo detuvo frente a las escaleras. Traía unas botas nuevas que decía que estaban hechas de avestruz. Eran moradas, con motas negras y picos elevados. Se paró frente a Pidre en el escalón de en medio, alzó el pie derecho y dijo:

—Mira. Cuánto a que saben a pollo.

Pidre contempló las botas varios segundos.

—Están chulas, Mickey —dijo.

Mickey subió pesadamente las escaleras y se quedó ante las angostas ventanas que daban a la Calle Principal. Agarró a Pidre del antebrazo para guiarlo hacia la que daba hacia el este. Los hombres salían de burdeles y cantinas con los ojos irritados. Se llevaban la mano a la frente y se tambaleaban hacia sus caballos y pensiones. El sol brillaba sobre las calles lodosas y las construcciones de ladrillo; aunque fuera por unos minutos, la ciudad se veía prístina.

—¿Quieres que te diga de dónde las saqué?

—No, la verdad que no —dijo Pidre.

Mickey se rio. Tenía la nariz rubicunda y la barba sucia. Pidre estiró la mano y le alisó el cuello.

—Ponte un poco de ungüento. Las damas te lo van a agradecer.

—No he visto a una mujer de verdad desde que me fui de Dublín —sus ojos azulados se abrieron mientras apuntaba hacia la Cuarta Avenida—. Ese tipo de allá —dijo—. El del bastón. Él me vendió las botas.

Un hombre delgado con un sombrero de copa francés recorría la calle a pasos lánguidos. Traía un bastón decorativo con mango de plata en la mano izquierda, aunque apenas si tocaba el suelo al avanzar. No se detenía cada tanto para saludar con la cabeza ni hacerles comentarios matutinos a los tenderos ni a los viandantes. Simplemente seguía adelante como si no conociera a nadie ni quisiera conocerlos. Parecía un hombre interesante, hasta eminente.

—¿Y a mí qué me importa? —preguntó Pidre.

—Bueno —dijo Mickey—, pues porque tiene algo para ti. No te lo quieres perder.

———

Al final de la semana, Mickey y Pidre cabalgaron hasta el rincón más remoto de la ciudad, una sección que no estaba incorporada a Ánimas. Era una tierra de nadie perdida en la Tierra Perdida, y no estaba marcada por fronteras imaginarias ni geográficas. Casi anochecía. Se acercaron a una cabaña de madera junto a una curva en el río tan amplia y profunda que parecía un lago azul tenue. Eran principios de otoño. Los álamos temblones estaban en llamas. Los hombres caminaban en botas, y el ruido de los cactus aplastados bajo sus pies tardaba en mitigarse en los desfiladeros de arenisca roja del cañón. Entraron a la cabaña con sombrero en mano y pistola en la manga.

Se llamaba Otto Fitzpatrick y estaba sentado en una mecedora frente a la chimenea, con una escupidera a sus pies y sus canas en mechones alrededor de la cara cavernosa. De no haber sabido quién era, habrían supuesto que se trataba de un salvaje que vivía de la tierra y comía sobre todo cuervos y ardillas. Pero Otto Fitzpatrick, comerciante, había llegado hacía poco en tren desde la ciudad de Nueva York y traído consigo baúles repletos con el último grito de la moda parisiense masculina, lámparas eléctricas, libros de antropología sobre los pueblos nativos del Oeste, buenos licores y tarjetas coleccionables. La cabaña era un bazar que solo abría por invitación. Pidre nunca había conocido a un comerciante como él. Mickey le dijo que venía de una familia de inversionistas de Wall Street y grandes terratenientes del Sur.

—Para él es un juego —dijo en el trayecto en carreta—. Es un cabrón competitivo.

Luego, cuando llegaron a la cabaña, Mickey habló en voz alta y se hincó en su pierna izquierda.

—Señor Fitzpatrick, le traje a un amigo.

Otto miraba el fuego. Escupió tabaco a sus pies. Sonó como una bala entre la lluvia.

—Repítelo. No entendí nada.

Mickey iba a hablar otra vez, pero Pidre lo interrumpió.

—Oí que tiene algo que enseñarme —dijo en tihua.

Otto no estaba rasurado, y al oír los sonidos de la lengua materna de Pidre, enrolló los cachetes velludos para formar una suerte de sonrisa portentosa, pero hospitalaria. Contestó en tihua, con una pronunciación casi impecable.

—¿Pueblo del norte? Es de la gente más resiliente que he conocido. ¿Cuál es tu clan exactamente, hijo?

—Pardona —dijo Pidre—. Vengo de la Profeta Somnolienta. Ella me crio, pero antes de eso, no saben. Soy del pueblo invernal.

Mickey caminó hacia la chimenea, sacudió el marco y tiró un cráneo de coyote que soltó un crujido contra el piso.

—A mí no me oyen hablar gaélico solo porque puedo.

Otto se pasó los dedos lentos por la mandíbula y se puso de pie. Un aroma a cuero y cedro llenó el cuarto.

—Ah, el irlandés también tiene talento lingüístico. Bueno, acompáñenme. Vamos atrás.

Era difícil de creer que existiera algo así. A unas veinte yardas detrás de la cabaña de Otto había un sendero bajo que desaparecía entre arbustos de enebro y desembocaba en un prado rodeado de acantilados rojos. En el centro de ellos, a unos cincuenta pies de alto, se asomaba una enorme cueva boquiabierta y desdentada en el muro de roca. En el centro crecía un cedro. Estaba vestido de sol, una túnica luminosa y llameante. Durante varios minutos, los colores de la cueva pasaron del escarlata al violeta; una sección quemada del cedro era la única indicación de un color neutro.

—Síganme —dijo Otto mientras se dirigía a una escalera de madera a la izquierda de la cueva. Parecía como si se fuera a trozar con un vendaval.

Mickey y Pidre tiritaron dentro de la cueva, unos veinte grados más fría que el exterior. Otto sacó un quinqué de su morral y alumbró la superficie de piedra con una luz cálida. El sol se puso mientras los hombres caminaban entre ecos ensordecedores por el espacio frío. El musgo florecía en el muro trasero, donde goteaba agua de la meseta sobre sus cabezas. El cedro, la única vegetación aparte del musgo, torcía el tronco hacia la luz en el techo. Pidre sonrió al ver a Venus. El planeta violeta titilaba por una grieta en el techo de piedra. Los muros estaban ennegrecidos por un humo de tres siglos.

—Los antiguos —dijo Pidre— vivieron aquí y lo abandonaron.

—A veces es mejor seguir adelante —dijo Otto mientras pasaba las manos por la roca fría—. Tal vez los esperara algo mejor en otro lado.

—Tal vez. Tal vez —dijo Pidre.

Vio cómo aparecían más estrellas, una colcha refulgente de cielo. Pateó la base del centro. Caminó de puntitas entre senderos desgastados. Pasó las manos por los muros manchados de humo. El aire tenía un aroma agudo a follaje y tierra, a un suelo rico, a una calma ventosa. En el techo de piedra descubrió la huella de la mano de un antiguo, permanente en el humo negro.

—¿Para qué crees que sirva este lugar en nuestro mundo actual, Otto?

Otto se quitó las canas de la cara. Alzó la mano izquierda, desaliñada. Les dijo que escucharan. Juntó aire en los pulmones y cantó una nota larga y conmovedora. *Mi hogar, mi hogar en la sierra.* Las notas se escurrieron entre rocas y cedro y viento durante doce o más ecos, repitiéndose y jugando contra los cuatro rumbos a través de la tierra, de las estrellas, viajando dentro de sus corazones.

—Es un teatro —dijo Otto—. Un buen teatro.

Pidre tomó a Mickey por los hombros, como diciendo: *Buen trabajo, hermano.*

—¿Cuánto quieres?

Otto se hincó. Recogió algunos guijarros y los desperdigó al aire, salieron del borde de la cueva.

—Me gustaría que hubiera un buen negocio aquí. Un lugar que ponga a Ánimas en el mapa. Y alguien que sepa atraer gente. Mi cabaña va incluida.

—¿Y cuánto es eso en divisa estadounidense? —Pidre hizo eco de los ademanes de Otto, recogió guijarros del piso, los lanzó por el borde.

—Mil dólares. Y quiero el 10% de las ganancias mensuales durante los primeros tres años. Si estás de acuerdo con los términos, haré que redacten papeles, para hacerlo oficial.

Pidre no admitió que no podía leer papeles, pero le alegraba haber encontrado un amigo que pudiera descifrar la lengua escrita de los blancos.

Mickey asintió y dijo:

—Y yo puedo ayudar con los detalles finos.

Pidre volteó a ver el cielo nocturno, donde la cara antigua y agrietada de la Profeta Somnolienta apareció en una nube estrellada. Tenía los ojos cerrados y la boca en una mueca tensa de desdén. Pidre se metió la mano a la bolsa del pantalón, encontró su pipa y su lata y la llenó de tabaco húmedo. Les ofreció una pizca a Mickey y a Otto. Los tres fumaron en la cueva gigante y vacía bajo las estrellas, el ruido de sus encendedores chasqueó contra las piedras, los ecos de su respiración sonaban pesados contra la arena.

Aquella noche, sudando frío, Pidre vio su teatro floreciendo ante él y sintió la presencia de una mujer viajando en carreta; de alguna forma, más veloz que el caballo de hierro.

ESPOSO DE FRANCOTIRADORA MEXICANA SUFRE MUERTE ESPELUZNANTE

SANTA FE, N.M., 12 DE SEPTIEMBRE DE 1887. La francotiradora mexicana Simodecea Salazar-Smith dispara tiro mortal contra la cara de su esposo Wiley Smith durante circo del Salvaje Oeste, matándolo al instante. Un oso negro enjaulado había escapado y embistió a la Sra. Salazar-Smith durante su presentación, durante la cual disparaba contra una baraja sobre la cabeza de su esposo. La Sra. Salazar-Smith se recupera de huesos rotos en ambas piernas, donde fue herida por el oso negro. El animal pesaba 250 libras.

El Espectáculo del Salvaje Oeste de Jack Wesley llegó a Ánimas a finales del verano. Los carteles cubrieron los postes callejeros y los establos, rótulos con letras rojas y azules que anunciaban luchadores de osos, vaqueros, escaramuzas, francotiradores y más. La gente de la ciudad no sabía qué esperar del infame espectáculo de Jack Wesley. Había murmullos en las cantinas y las tiendas: rumores de un desfile de estreno, menciones de recreaciones de batallas históricas, el gran drama edulcorado de cómo se ganó el Oeste o, desde el punto de vista de Pidre, de cómo se perdió. Llevaba varios meses esperando la llegada del espectáculo. Los artistas habían terminado una gira europea, varias paradas en la Costa Este y el trayecto al interior hacia ciudades industriales como Indianápolis, Detroit y Kansas City. Mickey fue el primero en contarle a Pidre de los espectáculos del Salvaje Oeste. Le explicó que ahí podría encontrar artistas para llenar su anfiteatro con una lista casi infinita de talentos.

—Me dicen que el contrato del de los osos se termina después de estas últimas paradas —le dijo a Pidre mientras compartían una botella de mezcal.

Estaban rodeados de la madera oscura de la destilería de ginebra de Ma Chelington. Haces ámbar de sol lamían la duela desigual cada vez que un cliente nuevo cruzaba las puertas abatibles. La cantina olía mucho a hombre: a sudor acre, pólvora y centeno.

Pidre le dio un trago a su bebida. Se limpió la boca con un pañuelo negro.

—No quiero animales salvajes. Acepto a los jinetes, pero ¿un oso? No me parece correcto.

—¡E imagínate la caca! Bueno, supongo que no es peor que la de caballo —se rio Mickey con una risa bronca y se palmeó el muslo; sus pantalones polvorientos soltaron una niebla parda entre los dos.

Pidre sonrió y negó con la cabeza.

—Prefiero mantenerme alejado de los osos.

—Como quieras —dijo Mickey—. Pero a esos hijos de puta les gusta estar a una pulgada de la muerte.

Pidre se asomó por las ventanas turbias de la cantina. Afuera, bajo el sol de la tarde, los caballos y los viandantes se movían como entre sombras, como una representación superficial y brumosa de sí mismos. Le recordó las horas antes de despertar, mucho después de que la mente se fue a dormir, cuando nuestro mundo se encuentra con el siguiente y los espíritus se remueven silenciosos por la noche.

Un miércoles por la mañana, el Espectáculo del Salvaje Oeste de Jack Wesley llegó en tren a Ánimas. Eran docenas de vagones negros y rojos cargando desde el este, con esmog lloviendo en reversa hacia el cielo. Aquella mañana era demasiado caliente, y cuando los artistas abrieron las puertas de sus vagones y salieron a los andenes angostos, se veían brillantes bajo el sol blanco. Las mujeres traían faldas cortas de cuero envueltas en flequillos y paseaban sus brazos capaces por la brisa seca de la sierra. Los vaqueros se inclinaban sobre los barandales, agarrados de las escaleras del tren con sus guantes de ante. La gente de Ánimas soltaba gritos de asombro y vítores, y regaba a los artistas con puños de dulces y cigarros. Gráciles corceles blancos descansaban el hocico en los resquicios de sus carros. El aire estaba henchido del hedor a pólvora y estiércol.

Desde la ladera de una colina, Pidre estudió la conmoción acuclillado sobre sus espuelas, rodando un pedazo de salvia blanca en la palma de la mano. Había algo ominoso en el advenimiento del Espectáculo del Salvaje Oeste de Jack Wesley. Y aunque no lograra asir las consecuencias finales de aquel día, mientras veía esos vagones jubilosos chirriando al detenerse, Pidre sintió que una piedra incognoscible caía en la poza de su destino.

Aquella noche, Mickey y Pidre se pusieron sus mejores ropas: gabanes y pieles de castor, botas de avestruz y hebillas de plata. Partieron hacia el improvisado recinto de la feria. Los haces blancos de los reflectores de gas eclipsaban el cielo y parecían arrollar y aplanar las estrellas. El ruido del espectáculo del Salvaje Oeste retumbaba por los acantilados: el chasquido de una pistola, la bala rasante de un rifle largo, el relincho exasperado de un caballo, el alarido de una escaramuza, el rugido del público hambriento. Había caído la temperatura y los hombres respiraban bruma al cruzar el arco alumbrado de madera del carnaval. El escenario principal estaba alojado en una carpa roja, el pico más alto del conjunto, tal como había visto Pidre que funcionaba en los demás circos itinerantes que cruzaban la Tierra Perdida. Pero el espectáculo de Jack Wesley era distinto.

Mientras recorrían la feria abarrotada, Pidre tomó nota de los distintos actos. Una carpa lateral presentaba un asalto a un tren auténtico en vivo, y otra presumía en un letrero iluminado: RECREACIÓN DE BATALLA CON INDIOS. Casi todos los asistentes eran anglos de Ánimas y los ranchos y pueblos cercanos. Entraban hambrientos a las carpas, con los ojos desorbitados de asombro y las bocas abiertas y llenas de palomitas a medio mascar. En ese momento, Pidre se dio cuenta de que había ingresado al extraño mundo del mito anglo; los personajes resucitados del lenguaje de las historias poblaban el reino de los vivos, ahí, al alcance de la mano, aunque solo fuera por una noche, única función. Pidre venía de un pueblo de cuentacuentos, pero al pasar junto a una carpa grande dedicada a la recreación de *La última batalla de Custer*, no pudo evitar pensar que tal vez los anglos fueran los cuentacuentos más peligrosos del mundo, porque se creían sus propias palabras y permitían que sus cuentos aplastaran las verdades de casi todos los demás hombres.

Poco después de las ocho, Mickey y Pidre ocuparon sus asientos en la última fila de la carpa principal. Las gradas de madera estaban pegajosas de cerveza y los muros carmesíes de la carpa coloreaban la arena como herida. El piso de aserrín estaba cacarizo y desigual, con grumos donde habían vomitado los borrachos o habían sido demasiado flojos para descargarse en los urinarios de afuera. Las gradas estaban llenas de hombres solteros, mujeres trabajadoras y niños pequeños con la cara embarrada de carbón. Aunque Pidre reconociera a varios de los habitantes de la ciudad, la multitud era mucho más grande de lo que esperaba. Habían acudido por la atracción principal, un luchador de osos llamado Wilston Montez, de Wyoming. Se rumoreaba que era de ascendencia española y alemana, y era un hombre sólido con una enorme cabeza de huevo y la cara tatuada en senderos de tinta alrededor de boca y nariz. Tenía el pecho descubierto y usaba pantalones de cuero, extrañamente, color piel. De cierta forma, Pidre notó que Wilston Montez parecía él mismo un oso vencido y desollado.

Mickey le pasó una anforita llena de whisky que se sacó del abrigo y apuntó al centro de la arena, donde un vasto telón de seda colgaba del techo con cuerdas. Había un payaso desaliñado sentado en un barril —cabeza gacha, piernas cruzadas—, silencioso bajo el reflector más tenue. No parecía hombre ni mujer, sino algún estado intermedio. Traía la cara pintada de naranja y rojo, y el pelo de un azul maravilloso. Atraía miradas silenciosas mientras golpeaba el barril con su largo zapato derecho, un porrazo fuerte y rítmico. Luego, apareció una línea de tambor y la carpa roja estalló en una marcha. El telón de tela ondeó y se izó como si se lo llevara un vendaval y Wilston Montez se materializó en el centro de la arena. La figura en el barril se levantó y se fue tambaleándose. Wilston se bajó de la caja y reveló toda la extensión de su musculatura ondulante.

—Es un salvaje —dijo Mickey con un brillo en la voz—. Cazó leones, navegó con piratas, traficó armas.

—Y ahora mata osos —dijo Pidre, irritado—. Supongo que entonces todos somos animales para él.

Si Mickey oyó su comentario, no lo hizo notar. Le dio un trago fuerte a su anforita. La arena quedó a oscuras y las luces se reflejaron en los ojos del público. Estaban en silencio, ansiosos. Saboreaban la muerte.

Y entonces, el oso.

El animal surgió de la puerta abierta de la carpa en grilletes de hierro. Media docena de hombres dirigían a la bestia negra, atada y ya ensangrentada, con las garras dobladas hacia adentro y deformes. La parte rosa y carnosa de sus patas estaba cadavérica, como si tuviera estigmas. Debajo de las befas crecientes del público, Pidre alcanzaba a oír los chillidos de agonía del oso, un ruego extendido y solitario.

—Dios mío, Mickey —dijo Pidre, dejando caer la cara entre sus manos—. Me lleva el carajo, ya casi está muerto.

Los domadores habían desencadenado al oso y lo habían puesto cara a cara contra Wilston, quien agarró sin dudar el hocico lleno de cicatrices del animal y empujó su cara contorsionada contra el aserrín rancio. Empezó a golpearle el lomo encorvado con el puño. El oso se quejó y Wilston tomó las cadenas que habían dejado tiradas. Se las pasó por el cuello al oso y jaló, impresionante en su capacidad de arrastrar a la criatura hasta formar una media luna. Pero el oso se veía enfermizo, desnutrido, y Pidre sabía que desde hacía tiempo lo tenían al borde de la muerte, aunque lo mantuvieran aún con vida. Era un estado peligroso —la línea entre los vivos y los muertos derrumbada— y solo el mal podía surgir de ahí. Wilston se detuvo y se llevó la mano derecha al oído, haciéndole señas al público para que gritara. Soltó una risa maniaca. Sonrió con dientes mohosos. Se sacó un cuchillo de los pantalones color piel, burlándose del animal con la hoja refulgente. El oso lloró. No hay otra manera de decirlo. A Pidre se le agolparon las lágrimas mientras el oso gemía agónico con la boca abierta hacia el público. Por primera vez, Pidre vio que le habían quitado a las prisas todos los dientes. Solo habían dejado una cama serrada de encías ennegrecidas.

—Vámonos —le dijo a Mickey—. Ya no quiero ver más.

Mickey ya estaba muy borracho. Era un hombre afable y se encogió de hombros sin protestar.

—Tú mandas —dijo.

Se pararon para salir de la carpa y navegaron por entre las gradas, mientras Pidre evitaba ver la tragedia del oso azotado con tiras de cuero por Wilston Montez. El público estaba más ruidoso que nunca y los olores maduros de su transpiración y del licor abundante se mezclaron con el aroma del miedo glandular del oso.

Casi habían salido de la feria cuando Mickey señaló una carpa lateral, un vientre azulado y oblongo: SIMODECEA SALAZAR-SMITH, LA VIUDA NEGRA MEXICANA. ¡MEJOR PUNTERÍA QUE CUALQUIER HOMBRE! ¡VÉANLA BALEAR CARTAS, CANICAS DE VIDRIO, BOTELLAS, PLATOS, HACER HOYOS EN MONEDAS, APAGAR VELAS Y MUCHO MÁS!

—Qué historia tan triste —dijo Mickey acercándose al tablón de anuncios y pasando la mano por las tablas polvorientas—. Ella fue la que mató a su amor verdadero. La bala le atravesó la cabeza, le arrancó media cara. Dicen que no lo pudieron velar con la caja abierta.

Pidre miró el letrero y soltó un bufido.

—¿Y se sigue presentando después de todo eso?

—Dicen que empezó a los once años. Es la única vida que conoce.

Pidre se acarició la mandíbula suave y se asomó por una apertura en la puerta, detrás de los anuncios. El escenario redondo era la mitad de grande que la carpa principal y estaba nebuloso de humo. Algo sonaba como pájaros cantores confundidos por la noche. Silbidos desolados. Un grito ahogado esterlino. Como si un abrazo invisible lo jalara hacia adentro, Pidre entró guiando a Mickey a la pequeña carpa. El público era escaso y el aserrín estaba limpio; olía a pino.

Al principio, costaba trabajo ver qué atraía la mirada firme de la audiencia serena. Sus ojos eran pozos de concentración y sus caras brillaban de gratitud, como si las visitara un santo. Pidre oyó el chasquido sonoro de la pólvora. En lo alto de una plataforma de madera había una mujer señorial en un vestido de cuentas que brillaba en flequillos blancos y con el pelo negro atado en una trenza que le caía por la espalda. Simodecea Salazar-Smith miró por una esquirla de espejo roto que parecía un relámpago en su mano izquierda. Y luego, con su largo rifle apuntado sobre el hombro derecho, disparó.

—¿A qué le dispara, Mickey? —preguntó Pidre, perplejo.

Mickey se rio. Le dio un codazo ligero.

—Mira, está recargando.

Simodecea se inclinó sobre su percha y saludó al público. Hubo murmullos de admiración como si estuvieran enamorados. Uno de los empleados de Jack Wesley había entrado a la pista. Estaba vestido de negro y cargaba una cubeta de metal. Simodecea lo miró a los ojos y pareció gesticular una cuenta regresiva. Entonces, como si le aterrara su puntería, el tipo aventó la cubeta hacia arriba y corrió por su vida. El agua salpicó a su alrededor como un domo. Simodecea reacomodó su rifle y jaló el gatillo. El tipo de negro volvió a aparecer y movió las manos entre el aserrín hasta levantar una moneda de oro con un hoyo en el centro. El público soltó un grito ahogado de júbilo. Simodecea se rio y giró su trenza.

—El tipo plantó la moneda —gritó un miembro de la audiencia—. Qué farsa. Devuélvanme mi dinero, ladrones. Bola de charlatanes.

Vaciló, meándose de borracho cerca de las gradas de la izquierda. Traía un vaso de hojalata repleto de la cerveza aguada de Jack Wesley en la mano derecha.

Mickey se rio.

—Cristo redentor. Ten un poco de fe —le dio una palmadita en la espalda a Pidre—. Yo no la pondría a prueba.

Pidre observó muy interesado la reacción de Simodecea. Ella hizo una mueca al ver que el tipo seguía gritándole desde abajo. Parte del público le gritó que se callara. Le aventaron palomitas. Le hicieron ¡shh! y se cambiaron de asiento. Pero el borracho no se detenía y Simodecea parecía distraída de su siguiente truco. Su cara titiló de irritación al ver que su audiencia ya escasa se paraba para irse. Se dobló por el borde, aseguró las piernas enfaldadas al canto, se desenrolló de cabeza y quedó colgada como un insecto elegante. Apuntó con el rifle y disparó.

La cerveza del borracho le estalló contra la cara y el pecho. Gritó, agudo e infantil, mientras se hurgaba el cuerpo con las manos.

—¡Esa perra me disparó!

—Largo —dijo Simodecea mientras se enderezaba—. Ya.

El tipo salió de la carpa a trompicones, temblando y desorientado. Pidre se rio y sintió que le galopaba el corazón.

—Ella es la buena —dijo.

Mickey se quitó el sombrero y se encogió de hombros.

—¿Y cómo pretendes convencerla de dejar esta chamba refulgente?

Más tarde, afuera del camerino de Simodecea, Pidre sostenía el sombrero entre las manos, deseando tener un ramo de rosas en vez de las palmas húmedas de miedo. Mickey montó guardia por si llegaba algún supervisor que los corriera antes de que Pidre pudiera hacerle su oferta a Simodecea, pero no tuvieron que esperar mucho tiempo, porque salió apurada en una oleada de flequillos. Se quitó el tocado de cuentas con manos veloces y traía su arma enfundada a la espalda con una delgada tira de cuero. Al acercarse a la puerta de su camerino, vio a Pidre y peló los ojos delirantemente negros. Pidre se rio y le extendió la mano.

Simodecea miró su mano como si le hubiera ofrecido un sándwich masticado y siguió de largo hacia su camerino. Dejó la puerta abierta y se sentó en su tocador, observándose con severidad en el espejo ovalado.

—¿Qué quieres? —preguntó.

—Señorita —dijo Pidre—, la acabo de ver y me sentí impelido a conocerla. Me invadió el sentimiento más potente.

—Es señora, señora Salazar-Smith.

Pidre se disculpó. Le dijo que tenía razón.

—¿Puedo preguntarle si está contenta con su contrato actual?

Simodecea echó la cabeza hacia atrás. Se estaba deshaciendo la trenza y su risa encendió el fuego a su alrededor.

—¿Eres un cazatalentos? Ay, cariño. Ya nadie me quiere cazar. Llegas cinco años tarde.

—¿Y eso?

—Porque ya no disparo a blancos vivos. Bueno, a menos que sean unos pendejos.

Pidre le dijo que la entendía. Dio un ligero paso para entrar a su camerino, vacilando en continuar hasta que ella lo miró a los ojos y asintió.

—Si me disculpa —dijo Pidre—. Creo que su talento y destreza hablan por sí mismos. Embelesa sin muerte.

—Yo soy la muerte, ¿no sabías?

—No, la muerte la protege. La rodea entera, incluso ahora.

—¿Con qué circo itinerante está usted, señor…?

—Lopez, Pidre Lopez, y no soy cirquero. Tengo un teatro hecho de piedra roja. Necesito una estrella, y la quiero a usted.

Simodecea se rio y volteó de perfil hacia su tocador. Se quitó las medias con la pierna izquierda alzada hacia el cielo.

—Pues qué lindo eres, Pidre Lopez.

—Puede decir su precio —dijo Pidre.

Simodecea se lo pensó un momento.

—¿Sin blancos vivos? ¿Sin movernos de aquí para allá?

—No. Nada de eso.

—Una cosa más —dijo Simodecea—. Que no haya ni un pinche oso.

NUEVE

Mujeres sin hombres

Denver, 1934

Luz hundió una sábana blanca con manchas de sangre en una cubeta de agua jabonosa, presionando contra un tallador con nervaduras de vidrio. Aun así, la sangre insistía y Luz soltó una palabrota. Era enero y la lavandería estaba espaciosa, con pisos de linóleo, grandes tinajas de acero, madres e hijas gritándose entre la acritud de la lejía.

—¿Por qué no las tiran y ya? —le dijo a Lizette, quien estaba doblando camisas de hombre en una mesa de metal junto a ella—. No les falta el dinero.

Lizette miró de soslayo la sábana.

—Por tacaños. Usa agua fría —dijo—. Mamá me enseñó. Una vez tenía una blusa de una señora toda cubierta de sangre, sobre todo la pechera de encaje. Dijo que me pagaría extra si se la sacaba. Limón y agua helada.

—¿Qué le pasó a su blusa? —preguntó Luz, preocupada.

Lizette se encogió de hombros:

—¿Le sangraba la nariz?

—Claro —dijo Luz con un mal presentimiento, sabiendo que seguramente esa no era la verdad. Había visto a su propia madre cubierta en sangre por los golpes de su padre más veces de las que quería recordar.

Un niñito de overol pasó junto a ellas empujando una carretilla de metal, mirando todo con curiosidad, con los ojos cafés como sartenes aceitados. Se paró en la base de la carretilla y soltó ruiditos de alegría; su voz se trepó por las paredes de la lavandería.

Lizette resopló y estiró de un golpe la manga reluciente de una camisa blanca sobre la mesa.

—Vete de aquí, escuincle —dijo.

El niño la miró desafiante.

—¿Adónde?

—Aquí no —dijo ella.

—Pero estoy aburrido —contestó mirando a su madre a unas mesas de distancia, totalmente cubierta de niños. Un bebé le colgaba del cuerpo en un rebozo; traía otro en una carriola a su lado, y la mayor le ayudaba a lavar.

La madre parecía una muñeca cuentacuentos, como esas de arcilla que Luz había visto entre las cosas viejas que Maria Josie tenía escondidas en la caja de cedro debajo de su cama.

—No pasa nada —dijo Luz—. Solo está jugando.

—Pues, por favor, vete a jugar junto al baño —dijo Lizette—. Esa zona está vacía.

El niño asintió.

—Bueno —dijo viendo a Luz—, pero solo porque tú fuiste amable.

Empujó la carretilla chirriante hacia el ruido de un excusado al que le estaban jalando. Luz volteó a ver cómo Lizette presionaba la tela con sus brazos fuertes, cómo alisaba y despejaba, cómo aplanaba los cuellos.

—¿Te da miedo?

—¿Qué, Luz?

—Eso —susurró—. Tener un bebé. Un hijo, pues.

Lizette le dijo que no tenía idea de qué hablaba.

—¿Por qué le tendría miedo a eso?

Estaba claro que su prima le escondía la verdad, algo muy parecido a mentir.

—Porque —susurró— tú y Alfonso… —Luz frunció los labios—. A mí me daría miedo.

Otro bebé lloró. Estaba en el piso, con los calcetines sucios. Jalaba suavemente a su madre por el dobladillo de la falda. Luz se vio en ese tironeo, recordó la manera en la que estiraba los brazos hacia la cintura de su madre. *Levántame, levántame.* Cuando se fue su padre, ella bebía tanto que no distinguía el día de la noche. Sus ojos no enfocaban, brillaban negros y húmedos, como si viviera en un reino sin amanecer, encerrada en un éter de su propia creación. Se negaba a salir de ese lugar, convencida de que Benny volvería por ella algún día.

Cuando Luz pensaba en su madre, casi siempre lloraba y, con el tiempo, fue como si una gran luna hubiera eclipsado sus recuerdos de ella. De todos modos, a veces las imágenes de su pasado llegaban raudas. Una vez hubo un hombre que se tambaleó hasta el otro lado de la cabaña, cruzó las sábanas colgadas y se metió a su cama. Diego se despertó, blandió un cuchillo y se lo pegó a la garganta del tipo hasta que salió a trompicones de su cabaña con las botas desamarradas y los pantalones de mezclilla desabotonados.

—Apuesto a que es difícil tener hijos, ser madre —dijo Luz después de un rato.

Lizette se aclaró la garganta. Agarró otra camisa.

—Hay formas de evitarlo. No tienes que hacer un hijo cada vez. Ay, prima. ¿Qué? ¿No sabías?

Luz no lo sabía, pero hizo como que sí.

—Maria Josie hace parecer como si te fueras a arruinar la vida solo por un beso.

Lizette se rio.

—Mira, a veces solo quieres sentir rico. Si no, alguien como Diego ya debería tener un millón de hijos.

—Puta —dijo Luz—. ¿Y si sí?

Las dos se rieron mucho tiempo, hasta que Luz sintió que le caía un pedrusco de tristeza en las entrañas.

Aquella noche, Luz vaciló entre el insomnio y los sueños. Extrañaba a Diego más de lo que creía posible. Su almohada estaba empapada de lágrimas silenciosas, y el pecho le dolía con la sensación de tener vaciadas las entrañas. En la penumbra del cuarto, recordó cuando llegaron a Denver en el vagón de ganado de la gente que viajaba desde la Tierra Perdida, con piojos y hedor saltándoles del cuerpo. Los viejos hablaban su dialecto de español. Algunos rezaban en tehua o en tihua, otros en diné. Era de noche y hacía mucho frío. Las montañas eran picos escarpados. Luz había visto titilar las estrellas por el techo.

—¿Ya casi llegamos? —preguntó jalándole la manga a Diego.

—Ya casi, Little Light —dijo él.

Estaban sentados junto a un viejo que traía las trenzas saladas de sudor metidas debajo de un paliacate negro. Estaba sentado en un tronco desgastado que olía a copal, con las rodillas empantalonadas protuberando como raíces. Sus ojos eran pozas blancuzcas y su boca estaba doblada como una hoja marchita y caída. "Apache", notó Luz por la bolsa de medicina de ante con un hombre a caballo bordado en cuentas azules y negras que le colgaba del cuello. Hablaba su lengua hacia el aire, con la cara viendo al frente y los ojos fijos en algún punto desconocido en el espacio. Cuando ni Luz ni Diego contestaron, el viejo habló de nuevo, ahora en español, y les preguntó quién era su gente.

—Los Lopez de Ánimas —dijo Diego.

El viejo se volvió y alzó su palma cerosa y gorda, y la posó sobre la frente de Luz. Le entró una frescura.

—Tus ancianos están en la pequeña —el viejo se rio y picó a Diego con su brazo escueto—. Cuídala.

Diego ya llevaba más de dos meses lejos. Maria Josie trabajaba más tiempo y más duro que nunca, pero seguía siendo mujer y así le pagaban, así que buscaron un inquilino, alguien que aportara la parte de la renta de Diego, que cooperara para la harina y los frijoles, que la gente supiera que ahí vivía un hombre. No era que Maria Josie creyera que un hombre pudiera protegerlas mejor que ella, pero la imagen de un hombre tenía su utilidad, al igual que esos tecolotes de madera pintada posados en las escaleras para incendios. Un espantapájaros, nada más. Por eso, Maira Josie tuvo que tener mucho cuidado con su elección.

—No puedes confiar en los hombres —le explicó a Luz—. Casi todos tienen alguna deficiencia, alguna malformación. Los han lastimado mucho, pero también son los que más lastiman.

Hubo recomendaciones de tías en san Cayetano, sus sobrinos o ahijados, ferrocarrileros de veintipocos, hombres solitarios que vagaban por los cerros y los llanos; muchos de ellos habían crecido viendo a sus padres golpear a sus madres como perros. Los primeros tres a los que entrevistó Maria Josie la dejaron con una sensación fría, como si una parte de ellos la odiara solo por ser mujer, y Luz dijo que uno de ellos, un chaparrito que olía a calcetines, le rozó las nalgas al pasar para salir del vestíbulo. Después de eso, Maria Josie dijo que al diablo con los hombres, y aceptó a una joven de nombre Milli Alonzo, la prima del cartero, que venía huyendo de la tiranía del rancho de su padre en la Tierra Perdida. Al principio, las cosas fueron bien. Milli se quedaba en la estancia principal y solo salía en una nube de perfume Shalimar por las noches, para ir a su turno en un club privado llamado Michael J's. Pero tras unas semanas fue evidente que no trabajaba en el club. Se iba a la estación de tren. Ahí chambeaban todas esas muchachas. Maria Josie le dijo a Luz que le importaba un carajo que Milli esperara a que bajaran los soldados del tren y se los llevara a esos cuartos para cobrarles por hora. Pero lo que no podía tolerar era una ladrona. Milli le robó un rosario de cuarzo que le había regalado su madre. Decía *Simo* tallado en el broche.

—Si no fuiste tú —le dijo el día que la corrió—, entonces fue Luz. Y mi sangre no roba, al menos no de los suyos.

Después de eso, Luz y Maria Josie se las arreglaron sin inquilinos. Su auntie vendió los pocos muebles que había dejado Diego. Luz no la culpó. Les hacía falta el dinero y, de cierta forma, le alegró que ya no estuvieran las cosas de Diego. Sus objetos se sentían cargados con una parte de él. Su madre solía decir que eso formaba parte de su don, la capacidad de presentir a una persona en sus pertenencias. Luz podía sentir a Diego en cualquier cosa que hubiera tocado, hasta en las cartas que le mandaba.

La primera llegó varias semanas después de que se fuera. Luz sonrió al ver su hermosa cursiva en el sobre.

Estoy conociendo a mucha gente interesante. Estamos viajando en camiones cubiertos que medio se parecen a las carretas de antaño. Dicen que este lugar se llama Wyoming. Sigue sin haber trabajo estable hasta el verano, pero he logrado ganarme unos dólares haciendo trucos de cartas. Los campos del norte se parecen a como me imagino que se ve el mar, pero gris invierno. El frío y el viento son horribles. El dinero que les mando debería ayudar con la renta. Te quiero mucho y a Maria Josie también.

El sobre no incluía dinero; había llegado roto de la esquina izquierda. Maria Josie fue con Luz a la oficina de correos. Luego de esperar en una fila de personas como hormigas, el cartero dijo que no había nada que hacer, sobre todo porque no había manera de comprobar que se hubieran robado dinero.

—¿Y entonces para qué es este hoyo? —dijo Maria Josie firme y fuerte, metiendo el índice al sobre como una tetera inclinada de lado, vacía por haberlo regado todo—. ¿Cree que solo se asomaron para ver la excelente caligrafía de mi sobrino?

Cuando los hermanos llegaron a Denver, Maria Josie les regaló libros de caligrafía. *Tienen que aprender a hablar y a escribir como ellos,* les explicó, *o los van a engañar como siempre nos engañan.*

El cartero acabó acusando a Maria Josie de haber hecho el hoyo ella misma, y estaba claro que no iban a escucharla, por mucho que gritara. Salieron apuradas de la oficina de correos y pasaron junto a uno de los edificios de gobierno con carneros de mármol y una inscripción blanca: SI DESEÁIS DESCANSO, NO DESEÉIS DEMASIADO.

Un poco después, en la calle abarrotada, había desempleados en abrigos grises arrugados formados en fila para conseguir sopa gratis. Sus boinas deformes se extendían hasta el horizonte como piedras en un río.

Luego llegó una noche a principios de febrero en la que Luz se despertó con un cosquilleo. Tenía la cara y el cuello endurecidos de frío. Su pelo se sentía congelado, como una escoba negra sobre su almohada. Entraba luz tenue desde el pasillo. Había ruidos de hierro contra hierro, los tintineos y chasquidos de una reparación lejana. La ventana estaba cubierta en escamas de hielo que volvían más profundos los colores del cuarto. Luz se quejó en un bostezo elongado y su aliento se disipó en bruma. Se tanteó el cuerpo en busca de las cobijas y le sorprendió encontrar una capa extra de lana. Seguramente Maria Josie se la había llevado en la noche. Luz se paró y sintió la duela dolorosamente fría bajo los pies desnudos. Se echó la cobija a los hombros como una gran palomilla inconsolable.

Maria Josie estaba en la cocina, hincada frente al radiador. Un quinqué brillaba junto a sus pies metidos en botas de trabajo. Se había quitado la ropa de dormir y puesto mezclilla azul y un abrigo de invierno con capucha revestida de zorro. La válvula lateral del radiador plateado estaba desgoznada y yacía en el piso junto a llaves de tres tamaños. Su auntie sangraba un poco del dorso de la mano izquierda. Parecía que llevara horas batallando en el mismo lugar. Tenía el pelo corto enrojecido por el queroseno.

—¿Se descompuso otra vez? —preguntó Luz.

Maria Josie negó con la cabeza.

—El casero nunca arregla un carajo.

—Puedo ver mi respiración —dijo Luz. El frío le engarrotaba los dedos y las articulaciones.

Su auntie suspiró y su aliento se aglomeró en el aire. Asintió con fuerza y levantó la llave más grande del piso. La lanzó con furia a las entrañas del radiador. Maniobró hasta quedar a gatas, de modo que su espalda quedó arqueada y sus caderas expuestas, resilientes y amplias. Traqueteó varios minutos hasta probar con otra llave, más pequeña. Maria Josie podía arreglar cualquier cosa. Un automóvil, un reloj descompuesto, ventanas rotas, rejas aplastadas. Claro que Diego le había ayudado alguna vez, pero ella era la que guiaba las reparaciones y conocía la anatomía de casi cualquier aparato. Apenas tenía treinta y cinco años, pero por un instante, en esa cocina helada, a Luz le preocupó que se estuviera volviendo vieja. Su boca apretada tenía un tono azul horrible y se torcía las manos como si le dolieran.

—Me lleva —se puso de pie de un salto—. Lo siento —dijo limpiándose la llave contra el interior del abrigo mientras rodeaba el mango con fuerza con los brazos nervudos—, no tengo las herramientas adecuadas.

—Pinche Diego —maldijo Luz.

—No digas eso. Él no podría encantar un radiador ni en defensa propia.

Maria Josie caminó hasta el clóset de la entrada y se quitó el abrigo de zorro y sus guantes de borrego. Se los pasó a Luz. Luego alisó una gorra de lana con orejeras colgantes sobre la cabeza de su sobrina.

—Hay que tratar de dormir. En la mañana busco quién lo arregle.

—Hace mucho frío —le rogó Luz.

—Vamos a estar bien por ahora —Maria Josie abrió una alacena junto al refrigerador. Sacó un gran tazón de porcelana. Le pasó varias velas que sacó de un cajón en la cocina—. Ponlas en el piso junto a mi cama. Vamos a hacer un calentador.

—¿Y mi lado del cuarto?

—Calor corporal, Luz.

Se acostaron juntas en la cama, tiritando entre capas de ropa y cobijas. La respiración de su auntie le calentaba la nuca y Luz se sintió agradecida de no estar sola. El calentador hechizo brillaba como luminarias de papel en el piso de roble. La sábana colgada a mitad del cuarto proyectaba sombras dramáticas, y Luz alzó la mano en el frío, moviendo los dedos para formar un lobo, lo hizo abrir y cerrar la boca. El cuarto crujió como si el departamento se burlara de ellas con su frialdad, como si amenazara con tuberías congeladas y reventadas. Luz pasaba de la desesperanza al enojo. ¿Por qué no merecían calor? Habían pagado la renta, lo habían logrado con collares empeñados y muebles intercambiados y manos descarnadas por lavar la ropa ensangrentada de las blancas. Luz tenía la cara roja, hirviendo, y por un instante agradeció su mal humor. Al menos la mantenía en calor.

Aquella noche, no soñó nada: solo rezó porque llegara la mañana.

DIEZ

Calor

—Me llamo Avel, Avel Cosme —el manitas se quitó el Stetson de ala ancha al cruzar la puerta.

Habían pasado varios días desde que Maria Josie recibió una nota del casero. No iba a cubrir el costo de los problemas de calefacción e insinuaba que los desperfectos del radiador estaban causados por mal uso.

—No, hasta donde se alcanza a ver, no —dijo Avel acuclillado en sus botas de vaquero color crema—. Es desgaste de uso normal. Lo veo todos los días.

Luz estaba sentada a la mesa de la cocina, con las rodillas apretadas contra el pecho bajo su cobija de lana. Su radio de madera descansaba junto al alféizar y sintonizaba la hora vespertina de Leon Jacob. *Levántense*, gritaba por el espectro radiofónico. *¡No dejen que el gobernador permita que sus hermanos y hermanas mueran de hambre! Salarios justos ya.* Luz entornó los ojos para ver a Avel, quien caminaba erguido con un paso atractivo y capaz. No recordaba la última vez que un hombre que no fuera Diego o los posibles inquilinos había entrado a su casa. El techo se sentía más bajo por estar sobre su cabeza.

Avel examinó las tuberías de hierro forjado y pasó los dedos por las volutas.

—¿Lo drenaron?

Maria Josie estaba parada junto a él, vestida para salir.

—Por más que me esfuerzo, no encuentro la llave. Así que, para contestar tu pregunta, no.

Avel se tentó los bolsillos.

—Yo debería traer una. Oye —dijo—, ¿me prestas eso? —Señaló un trapo a cuadros que colgaba guango de la estufa.

Luz se levantó de su silla, tomó el trapo y se lo pasó. Avel lo recibió y sus manos se tocaron brevemente, un choque eléctrico. Él sonrió rápido; sus expresivos ojos cafés eran de un color profundo.

—¿Lo puedes arreglar? —preguntó Luz.

—Claro que sí. Soy lo que llaman un todólogo.

Luz pensó que los todólogos normalmente no eran muy buenos en nada en particular.

—Ay, sí puedo hacer de todo —dijo Avel, como si le hubiera leído la mente.

Desempolvó el radiador con un pañuelo rojo que se sacó de la bolsa, y abrió y cerró las válvulas. Puso el trapo sobre el piso torcido de roble y sacó una llave de latón de su larga cadena. La metió al radiador y giró un tornillo hasta dejar escapar un fuerte siseo. El agua caliente escurrió en el trapo. Avel pasó su mirada por el cuarto y se asomó por el pasillo hacia el cuarto de Luz y Maria Josie. Su calentador improvisado era visible en el suelo.

—Parece que les vendría bien tener un hombre en casa.

Maria Josie se chupó los labios como para evitar reírse. El siseo se detuvo.

—¿Funcionó? —preguntó.

Avel posó la palma en el metal grabado del radiador. Negó con la cabeza.

—Sigue frío. Parece ser un problema más grave. Creo que vamos a tener que abrir el muro.

Con un ligero rebote en sus pasos, Avel se paró y caminó hacia la repisa de la entrada. Levantó un fundido en bronce de los zapatitos de bebé de Luz y los sostuvo en las manos como para sopesarlos. Satisfecho, los devolvió a su sitio.

—Qué padre —dijo señalando con el sombrero hacia el cuarto a través del pasillo—. Mi mamá tiene un altar igualito—. A través de la puerta abierta, Avel vio las flores de cempasúchil secas y las fotos viejas de Luz—. No había visto otro desde que me fui de Califas.

Luz se sintió expuesta. Estrujó la cara. ¿Por qué andaba meticheando en su casa?

—Disculpa —dijo Maria Josie—. ¿Cuánto nos va a costar esto?

—Por las partes y la mano de obra, tal vez sean unos veinte dólares. No puedo saber hasta que abra el muro.

—Podría comprarme un radiador nuevo por treinta —dijo Maria Josie.

—Podría comprarse un radiador usado por treinta dólares. Los modelos nuevos están a más de cincuenta.

—¿Según quién?

—Sears Roebuck, jefecita.

Maria Josie se aclaró la garganta y, por un instante, a Luz le preocupó que escupiera ahí mismo, en el piso.

—Diez dólares. No nos alcanza para más.

—Normalmente no haría esto, pero como parece que están en condiciones atenuantes, puedo hacerlo por quince.

—¿Quince? —dijo Luz, irritada—. No podemos conseguir tanto. Solo es calor. ¡Debería ser gratis!

Maria Josie se paró junto al radiador y lo golpeó con el puño.

—Nos vamos a congelar.

Avel volteó a ver a Luz. Cuando ella notó que la observaba, se bajó por instinto la cobija que traía en los hombros, para revelar toda la extensión de sus clavículas largas y rígidas. Luego alzó la barbilla hacia una corriente de sol para darle una vista completa de lo que sabía que algunas personas consideraban una cara sobresaliente y bonita.

—¿No tienen un lugar al que puedan ir, dónde quedarse? —dijo Avel con ternura.

—Aquí vivimos —bramó Luz, y Avel se encogió.

Avel suavizó la mirada y reveló sus hoyuelos. Era guapo, capaz. Luz desvió los ojos.

—Lo siento, damitas. No me puedo bajar de quince dólares.

Maria Josie soltó una palabrota y sacudió la cabeza, enojada.

—No tenemos tanto ahorita. Nos va a tomar un tiempo.

Avel no habló por un momento. Parecía estar pensando, su cara flotó hacia Luz.

—Podría volver por mi pago. ¿Tal vez la semana que entra?

—Bueno —dijo Maria Josie, irritada—. ¿Cuánto te va a tomar? Tengo que ir al trabajo.

—Un par de horas. No se preocupe, va a quedar bien arreglado.

—Agarra tus cosas —le dijo Maria Josie brusca a Luz—. Te vienes conmigo.

Luz protestó, dijo que nunca tenía días libres.

—Solo quiero oír el radio.

—Lo oyes en el taller —dijo Maria Josie y se acercó a Avel. Levantó la cara para mirarlo a los ojos—. Si tocas cualquier cosa en esta casa que no sean ese muro y este radiador, te mato con mis propias manos. Cierras la puerta al salir.

Avel sonrió como si apreciara el sentimiento. Agitó la mano en el aire para despedirse cuando salieron.

Maria Josie siempre había dicho que encontró la fábrica de espejos al dar una vuelta por accidente en la Calle Larimer. Era una caja de ladrillos color huevo de petirrojo, con un letrero de SE BUSCAN EMPLEADAS colgado de una ventana. Adentro, mujeres de todas las edades y tamaños hacían tareas normalmente reservadas para los hombres. Cortaban vidrio, tallaban madera, escupían llamas con sopletes de alto calibre. Incluso la superintendente de la fábrica era una mujer, Big Cheryl. Había contratado a Maria Josie desde el primer instante y la había puesto cerca del muelle, donde enviaban las cómodas recién hechas a todo el Oeste. Cuando Maria Josie le preguntó a Big Cheryl por qué no trabajaban hombres en la fábrica de vidrio, contestó:

—Solo las mujeres aguantan verse a sí mismas todo el día.

La verdad era que los dueños eran una familia de industriales del Este que sabía que podía pagarles mucho menos a las mujeres.

Aquella tarde, Maria Josie y Luz entraron por la puerta de entregas de la fábrica de espejos. El sol caía en cascada por el garage abierto y se zambullía por el piso de concreto. La fábrica olía a metal chamuscado y a barnices químicos. Había cuchillos, manijas y herramientas colgados de estantes empotrados. Mujeres en pantalones de vestir y cubiertas de mezclilla se movían por la fábrica. Sus ojos eran visibles bajo gogles negros, como si fueran pilotos de una aeronave con destino al espacio exterior. Maria Josie llevó a Luz a su estación y le dijo que se sentara en una silla desigual. Todo a su alrededor eran espejos apilados en estantes, recargados en el piso contra las paredes de ladrillo y parados entre mesas y caballetes. Maria Josie encendió el pequeño radio y se puso a trabajar.

Estaba terminando los bordes de un espejo cuadrado del tamaño y longitud del cuerpo de Luz, que descansaba sobre dos caballetes y reflejaba las luces del techo doblemente sobre su cara. Tenía el pelo alborotado y salido en picos de sus gogles. La fábrica de espejos era un lugar de trabajo, de trabajo real, sin hombres. Maria Josie había descrito muchos accidentes: una mano mutilada, un ojo perdido. Pulgares metidos en hielo sin esperanza de que los volvieran a coser, solo una buena idea en el momento. *Lo hubieran visto*, les dijo a Luz y a Diego durante la cena una noche, *un pulgar con la uña pintada de rojo abandonado en un congelador, con el hueso blanco asomado del muñón*.

Luz trató de oír el radio, pero los ruidos caóticos de sierras y sopletes desgarraban el espacio. El cuarto elevado y transparente de la jefa lo supervisaba todo. Luz estaba enojada, aburrida. Se paró y caminó hacia su auntie, pasando junto a cientos de espejos inacabados que dividían su reflejo en ojos y labios interminables, en bordes de narices.

Luz se detuvo ante Maria Josie. Se quedó ahí parada con las manos en la cintura.

—A Big Cheryl no le gustan las visitas a la deriva, Little Light. Vuélvete a sentar.

—No puedo oír el radio —gritó Luz, con el sonido de su propia voz tapado por las sierras.

Maria Josie señaló sus oídos. Siguió trabajando antes de quitarse los gogles y meterse los guantes a la bolsa del pantalón. Sonó una campana de descanso.

—¿No me puedo ir a la casa y ya? —preguntó Luz.

—No —susurró Maria Josie. Se sacó una pipa de la bolsa del abrigo y encendió el tabaco con un cerillo. El aire se tornó sulfúrico—. No te voy a dejar en el departamento con un tipo al que ni siquiera conocemos —se rio. Aparecieron arrugas atractivas alrededor de sus ojos—. ¿Estás loca?

Luz se le quedó viendo sin parpadear. Se le humedecieron los ojos.

—¿Y si nos está robando?

—Bueno, a ti no te va a robar, y eres lo más valioso.

—No soy una niña —dijo Luz, seria, y luego, por lo bajo—. Odio este lugar, carajo.

—Que no te oiga Big Cheryl. Le enorgullece mantener en buen estado este lugar.

—No este lugar —dijo Luz—. Me refiero a aquí, a mi interior, a esta vida.

—Esto es un regalo —dijo Maria Josie—. Es todo lo que tenemos —exhaló su humo de tabaco, contemplando las formas de su respiración—. Ahora no lo sientes, pero algún día lo sentirás. Tienes muchas cosas, Luz.

—Quiero sentir que tengo el control de mi vida ya, no algún día —dijo Luz—. Solo quiero sentirme segura, que puedo hacer lo que yo quiera.

Maria Josie inhaló rápido y exhaló lento, observando cómo el humo se enroscaba en sí mismo como el tiempo colapsándose hacia el pasado. Luz vio el aliento de su auntie desaparecer hacia las luces de la fábrica.

—Ya lo sé, Little Light —dijo—. Yo también.

ONCE

Seamos felices como emperadores

Por la mañana, Luz salió a tomar el tranvía con el pelo rizado y los labios pintados de un rosa suave. Su abrigo de invierno mostraba señas de desgaste en los codos y el cuello, así que pensó que sería mejor atraer la atención hacia arriba, hacia su cara. Iba a buscar trabajo en el Eastside, donde había dinero. Esperó en la esquina a que llegara la Línea Verde, un tranvía que casi nunca tomaba porque no la dejaban subirse con Lizette y sus costales de ropa sucia.

Cuando el tranvía superó la colina y se sacudió hasta detenerse, Luz se subió y evitó cruzar miradas con el conductor mientras pagaba la tarifa. Se bamboleó por el pasillo hacia la sección para personas españolas y de color. A veces, si estaba sola o el tranvía parecía particularmente vacío, Luz se sentaba más cerca del centro. Tenía la piel lo bastante clara, por su padre. Pero aquella mañana, el tranvía venía lleno, y todos los platos blancos se le quedaron viendo mientras se apresuraba hacia el fondo, donde otra chica no mucho más grande que ella estaba sentada con bolas de estambre coloridas en su regazo. Alzó la mirada cuando Luz se paró junto a ella y se agarró del tubo de latón. La chica señaló amablemente su pelo.

—Qué lindo —dijo.

Luz le dio las gracias y fijó la mirada en la ventana durante quince largos minutos.

El barrio finalmente se difuminó tras las pilas chaparras de las fábricas y los edificios de oficinas del centro. Luz se meció de lado a lado mientras el tranvía pasaba junto al tribunal y el Capitolio, hasta llegar a las vastas mansiones con balcones de piedra y miradores. Jaló la cadena y salió por la parte trasera. Caminó varias cuadras de arenisca contra el viento frío y llegó a la Rose Dixon Library justo antes del mediodía. El edificio estaba construido con ladrillos beige y tejas españolas rojas, mientras que leones de mármol adornaban el jardín muerto. Sus ojos blancos la asustaban, como si le advirtieran que se mantuviera lejos de su reino.

Dentro de la biblioteca, Luz se quitó el aguanieve de las botas a pisotones y estudió la sala enorme, los pisos encerados. Una esfera de luz que salía constantemente del alcance de sus pasos caía desde los vitrales. El lugar tenía un vago olor a incienso, y Luz alzó la cara hacia el techo alto, donde un mural representaba un grupo de osos con hocicos negros como tinta y patas acolchadas. Estaban bailando sobre una mesa apilada de carnes, y debajo de ellos se leía: EN ESTE MUNDO ABUNDAN LOS FAVORES, SEAMOS FELICES COMO EMPERADORES.

Al frente, tras un amplio escritorio de roble, una bibliotecaria estaba sentada bajo la luz de una lámpara verde limón.

Tenía el pelo cobrizo y un lápiz en la oreja derecha, y estaba leyendo una copia del *Rocky Mountain News*. Cambiaba de sección moviendo los brazos como acordeonista antes de decidirse por una página. Dejó el periódico sobre la mesa y alisó el pliegue central con ambas manos. Era un crucigrama, y se puso a trabajar las primeras líneas con vigor mientras Luz, agitada, se acercaba a ella.

—¿En qué te puedo ayudar? —preguntó la bibliotecaria sin despegar la cara del periódico.

—Estoy buscando los anuncios comunitarios —dijo Luz—. Donde ponen los empleos y eso.

La bibliotecaria suspiró. Dejó caer el lápiz sobre el periódico y buscó detrás de Luz. Había otro bibliotecario, un hombre mayor con panza de melón. Tenía un bigote escueto y tirantes a rayas. Estaba limpiando una pila de libros encuadernados en cuero con un trapo anaranjado.

—Disculpe —dijo Luz con una voz más alta y que parecía provenir de algún lugar debajo de su garganta, un lugar más cerca de su corazón—. ¿Los anuncios comunitarios?

La bibliotecaria la vio directo los ojos. Tenía una expresión neutra, sin mover un ápice la boca.

—Espérame aquí —dijo, y se puso de pie.

Sus tacones claquetearon mientras caminaba por el piso brillante. Los visitantes alzaron la vista de lo que estaban leyendo. Una mujer canosa se le quedó viendo a Luz. Tenía unos lentes colgados del cuello con una hilera de perlas. Traía un perro en las piernas, alguna suerte de raza pura con cara de rata que también la estaba mirando. *¿Dejan entrar perros?*

La bibliotecaria se acercó al hombre mayor que estaba limpiando los libros. Él detuvo su tarea y se inclinó mientras ella le susurraba algo al oído. Asintió y se echó el trapo naranja sobre el hombro izquierdo. Luego se dirigió hacia Luz. Tenía los ojos de un azul acuoso, con montones de sueño en cada esquina. Su bigote aleteaba como cortina al hablar:

—Lo siento, pero no tenemos anuncios comunitarios.

Luz se sintió desorientada. Miró a su alrededor con el cuerpo rígido. Entornó los ojos y señaló un tablero de corcho cerca del bebedero, detrás del hombre. Tenía volantes de conciertos y bailes sujetos con tachuelas.

—¿Y eso qué es? —preguntó.

El hombre no volteó a ver. Se rascó debajo del cuello amarillento de la camisa.

—Lo siento de nuevo, pero no tenemos anuncios comunitarios para ti.

—Pero ahí están los anuncios comunitarios, ¿no? Era todo lo que necesitaba saber, gracias —dijo Luz y empezó a caminar hacia él.

—Son anuncios comunitarios para el resto de nuestras visitas —dijo el hombre, y estiró un brazo para detenerla.

—No hay nada en español —espetó la otra bibliotecaria, que se había parado junto al otro y se estaba acomodando el delgado cinturón alrededor de su suéter lila. Había hablado como si diera un sermón dominical.

Luz sintió la piel caliente desde la cara hasta los pies, un fuego creciente y feo. Durante un instante se salió de sí misma y se imaginó a Lizette en la biblioteca, abrumando las pilas de libros con su vasta personalidad. *Les estoy hablando en inglés, ¿no?* Luz pensó en bramar.

—Si no tienes más preguntas —dijo el bibliotecario—, te pido que te retires, por favor.

Luz se quedó ahí parada un segundo. Los demás visitantes la observaban con algo como lástima u odio, o con una molestia menor. En muchos lugares le habían dicho que no podía estar: Denver Dry Goods, Elitch Gardens, encima de los muertos en Cheesman Park, y ahora ahí, en la biblioteca de un vecindario de ricos.

—Solo necesito ver los empleos —dijo.

—Nuestra propia gente necesita los empleos. Te sugiero que busques en tu propio barrio.

Pero mi barrio no tiene biblioteca. Luz lo pensó, pero no lo dijo, porque no quiso darles la satisfacción de saber que tenían más cosas que ella.

—Estoy harta de esa pinche gente —dijo Lizette mientras despedazaba un bollo sentada en un gabinete rosa.

Aunque fuera la mitad del invierno, traía puesto un vestido amarillo brillante con un listón fucsia hecho moñito alrededor del cuello. Luz se dio cuenta de que el listón provenía de un frasco de mermelada. Tenía grandes perlas falsas colgándole de cada oreja y se meneaban mientras hablaba con la boca llena. Estaba sentada junto a Alfonso. A tres cuadras de la Rose Dixon Library estaba el Park Lane Hotel, donde Alfonso trabajaba de mesero. Lizette normalmente se le unía para la comida gratis para empleados. No había problema con que no trabajara ahí, siempre y cuando compartieran el mismo plato. Faltaba una hora para que abriera el comedor. Ahí estaban los tres, sentados bajo candelabros de cristal mientras los demás meseros entraban y salían por las puertas abatibles de la cocina.

—¿Qué esperabas en esta parte de la ciudad? —preguntó Alfonso mientras enrollaba tenedores y cuchillos en servilletas de tela.

—Que me trataran como a todo el mundo.

—Pero no eres como todo el mundo. Al menos no para ellos. Solo eres una pobre lavandera india y española.

Alfonso se rio e hizo un ay ay ay sarcástico. Lizette le dio un zape en el pelo. Se inclinó para darle un beso, pero Alfonso se alejó y se estiró para asomarse sobre los muros de madera del gabinete.

Luz se mordisqueó la uña del pulgar.

—No basta con la lavada. Necesito otro trabajo.

—Tú y el resto del país —dijo Lizette.

—Mira, si de verdad te urge trabajar, pregúntale a Tikas —dijo Alfonso en voz baja.

—¿Tikas? —Lizette frunció la nariz—. Luz no sabe nada de abarrotes.

—No, no a Tikas Grande. A Dave, en el despacho. Necesita una chica.

Lizette lo tomó por el antebrazo.

—¡Bien pensado, cielo!

Alfonso le acercó algunos cubiertos y servilletas a Luz y le hizo seña de que los enrollara mientras salía del gabinete.

—Voy a preguntar en el hotel, pero ve con David. Y si te contrata, puedes comportarte como él y marchar por su oficina con una pancarta que diga: ¡SALARIOS JUSTOS, LIBERTAD DE LA POBREZA!

—¿Por qué siempre te tienes que burlar de él? —dijo Lizette—. Por lo menos está intentando mejorar las cosas.

Alfonso se rio. Parecía un pingüino sereno con su uniforme negro de botones.

—El clubcito comunista de David, con el tal Leon Jacob, es la razón por la que casi matan a diez negros el año pasado en Wash Park. Dijeron que no se dejaran, que fueran a nadar a esa playa exclusiva de blancos. Pero ¿a quién creen que fue a buscar primero esa turba de blancos?

—Ay —dijo Lizette, negando con la cabeza—. Luz solo necesita más trabajo. ¡Fue idea tuya!

—Y —dijo Alfonso mientras se paraba y se iba a la cocina— todavía creo que David es una solución viable.

Cuando estuvieron solas en el gabinete, Lizette se inclinó hacia el frente. Parecía un narcisito en su vestido de volantes.

—Bueno, ¿qué dices?

Todo a su alrededor eran meseros de frac con colas largas corriendo con charolas de plata. Luz se preguntó por la gente a la que servían, los ricos, los doctores y abogados, empresarios y magnates de la plata. Aunque compartieran las mismas calles de la ciudad, Luz pensaba a menudo que ella y los suyos solo se asfixiaban con el aire sobrante.

—Vale la pena intentarlo —dijo.

DOCE

Me dijeron que necesitas una chica

Los abarrotes olían a desinfectante de pino, mermelada de capulín y charolas de baklava. El sol que se colaba por la marquesina índigo sobre la puerta principal volvía la luz inusualmente azul. Tommy Spiegel trabajaba en la caja entre estantes de plátano y frascos de tabaco para pipa. Estaba lleno de granos y usaba varios collares, la mayoría con distintos amuletos: una estrella de David, un crucifijo, hasta algo de un dios indio llamado Krishna. Papá Tikas lo había contratado para descargar camiones de fruta en julio. Provenía de una familia judía, y su padre era un sastre reconocido. Tenía el hábito de decirles *pichoncita* y *tortolita* a todas las chicas. Cuando Luz se acercó al mostrador pasando entre el aroma cálido de las tortillas y el pan de masa madre, Tommy le dijo:

—Mira nada más quién se salió del nido.

—No sabía que trabajabas hoy, Tommy —dijo Luz, un poco irritada.

—Estoy ahorrando para nuestra gran cita. Estoy pensando en ir a Lakeside. Te gustan las montañas rusas, ¿verdad?

—¿Y David? —preguntó.

—Atrás —Tommy se ajustó los tirantes del delantal enganchando los pulgares—. Es un hombre ocupado. Yo estoy bateando a las visitas. ¿Qué asuntos tienes con el licenciado?

—Trabajo —dijo Luz.

—¿Trabajo para quién?

—Nada más ve por él, por favor —dijo Luz.

Tommy se picó un grano en la nariz. Se inclinó sobre el mostrador y desperdigó con el pecho moronas de baklava por el piso de linóleo.

—¿Te enteraste del asesinato de ayer? Lincharon a alguien en Points —asintió con los ojos cerrados—. Un negro, un artista. Creo que tocaba la trompeta. Dicen que estaba trabajando donde no debía. Lo agarró un grupo entero.

—¿Un grupo de qué? —preguntó Luz.

—¿De qué más? —dijo Tommy—. Del Klan. Pero ahora tienen un nombre nuevo y disfraces actualizados: la Legión Patriótica. Y la mayoría de ellos se viste de policía.

Luz frunció el ceño.

—Qué horror, Tommy —sintió un poco de náuseas—. Ve por David, por favor.

—Claro, pichoncita —Tommy se dio vuelta, abrió la puerta del fondo y bramó—: ¡Jefazo!

Un momento después, David salió del cuarto trasero con un fajo de documentos en una mano. Con la otra se torcía unos lentes de armazón de alambre entre los labios. Portaba una sonrisita permanente en la cara que se enroscaba de forma atractiva, como si todo el mundo fuera una broma. Se quitó los lentes de la boca y puso los documentos en el mostrador. Los vellos de sus brazos parecían marcas talladas en madera. Le dio una palmadita en el hombro derecho a Tommy y le pidió que se encargara de los estantes del fondo.

—No te pagamos para que nos espantes a las chicas guapas —dijo mientras le sonreía a Luz.

Se pasó las manos por el pelo desordenado con energía; parecía como si hubiera estado dormido en el cuarto trasero. Desde que había regresado a Denver, la mayoría de los días trabajaba en el centro, en una oficina semisubterránea entre el taller de un bolero y el de un fabricante de sillas de montar. Estaba levantando su despacho con casos pequeños: salarios impagos, deportaciones y muchos, muchos desalojos. Cada vez que Luz lo veía y le preguntaba qué era lo que más le gustaba de ser abogado, le decía que caminar a su oficina y de regreso. La ciudad estaba alineada en una retícula estricta, una certidumbre en la que se podía confiar. Los martes seguía trabajando en la tienda, para pagarle a su padre el préstamo que le había dado para fundar su despacho. Se encargaba de la contabilidad.

—¿En qué te puedo servir? —preguntó.

—Quería ver una cosa contigo —dijo Luz mientras se tentaba el cuello del vestido—. Me dijeron que necesitas una chica en la oficina.

David se puso los lentes en la cara y abrió los ojos verdes.

—Es cierto.

—Qué bien —dijo Luz—. Has de estar muy ocupado.

—Sí —dijo él—. ¿A dónde quieres llegar, Luz?

—Estaba pensando que a lo mejor me podías contratar.

—Necesito una mecanógrafa. Se va a la escuela para eso.

Luz sonrió.

—Aprendo rápido. Lavo ropa más rápido que nadie.

David se le quedó viendo. Giró la cabeza hacia un lado, equilibrada bajo el sol.

—No es lo mismo, ¿o sí?

—Los dedos son dedos.

—Estás muy chica, Luz.

—Cumplo dieciocho en unos meses.

David dijo su nombre de nuevo, pero más largo y con tono de lástima.

—Luz.

—Y otra cosa —dijo Luz—. Te puedo ayudar. Imagínate que hablaras español. Así conseguirías más clientes.

David vaciló. Tragó saliva y echó una mirada por el mercado. Luz habló en voz baja.

—Desde que se fue Diego, nos las estamos viendo negras. No quiero que nos desalojen. No quiero llegar a mi casa y encontrar nuestras cosas apiladas afuera.

—Yo tampoco —dijo él—. Pero necesito a alguien que sepa lo que hace.

Luz entonces pensó en mentir, recordó algo que había visto en un sueño, la razón por la que tenía que aceptar. Sintió sorpresa y nada de vergüenza cuando le salieron las palabras por la boca.

—Mi auntie me dijo que te preguntara.

La expresión de David cambió; torció los labios, apretó la mandíbula: se notó que iba a ceder.

TRECE

La Llorona

Denver, 1922

Cuando Maria Josie llegó por primera vez a Denver, se quedó en una pensión para mujeres en la Calle del Mercado donde la cama bajaba de una losa en la cocineta y toda la noche tenía la cabeza junto a un radiador siseante pintado de dorado. El cuarto estaba oscuro, sin una lámpara, y Maria Josie veía las luces de los trenes cruzar los muros durante horas. La pensión tenía muchas reglas, entre ellas, no lavar ropa en el lavabo. Al final de la semana, todas sus cosas estaban inmundas: su vestido de flores y sus pantalones, y toda su ropa interior pesada.

Maria Josie estaba parada en el pasillo del cuarto piso, frente a una ventana abierta tan ancha como ella era alta. Oteaba la ciudad en busca de un arroyo. Tenía que haber algo más manejable que el Platte, donde los rápidos se coronaban de blanco sobre los peñascos achatados. La retícula de la ciudad parecía colcha, con manzanas de fábricas de cuello esbelto que escupían esmog hacia el horizonte. Algunas calles estaban pavimentadas, mientras que otras eran llanos de tierra. Los tranvías y las carretas y los automóviles nuevecitos recorrían la Calle Curtis. Maria Josie señaló una zona donde la ciudad casi se difuminaba en la neblina. El cielo era maleable, el sol caía en columnas abundantes a través de nubes grises y plateadas. Puso la mano derecha en forma de pistola y se sorprendió al dispararla. *Ahí*, dijo con la brisa fresca acariciándole la cara.

Caminó por banquetas y callejones en su camisón negro, con el morral echado a la espalda. Traía el sombrero flexible en lo alto de la frente. El arroyo serpenteaba por una sección baja de la ciudad hacia el borde de un barrio del Westside, en un prado llamado Sunken Gardens. Le recordaba una tumba enorme tapizada de flores. En las márgenes crecían álamos en un orden sólido, con las hojas hacia arriba como manos de mendigo, abiertas hacia el cielo y esperando la lluvia. Las nubes estaban oscuras en el borde este de la ciudad, cuesta arriba y a contraviento, muy lejos de ahí. Tenía tiempo. La tormenta tardaría horas en llegar.

Al acercarse al arroyo, el aire se puso denso de humedad. Algunas alondras y urracas caminaban sobre ramitas mientras otras sobrevolaban la zona, flechadas de negro. Maria Josie se dirigió hacia el agua entre los pastos altos. El suelo cambiaba y pasaba de tierra pesada a arena fina. Se abrió paso entre las ramas bajas y el arroyo reveló su cauce titilante y oscuro. El agua corría rápido haciendo un sonido como de damas de faldas amplias caminando en filas. El arroyo estaba moteado de sol y sombra, y bajo los rápidos había un letrero tirado y la calza de una reja de madera desmantelada. Las márgenes eran pequeñas, estaban empinadas y cubiertas de capulines. El aire olía a grasa de motor y hojas muertas. Maria Josie buscó una zona en la que se estancara el agua. Tendría que lavar su vestido y ropa interior primero, colgarlos a secar, cambiarse y luego pasar a su camisón.

Llegó al arco de un puente de piedra. Parecía que lo habían construido a principios del siglo anterior; le faltaban bloques enteros, como si estuviera chimuelo. Tenía un arco alto y empinado y lo que parecía ser una superficie plana y sin rieles. Era un puente de transporte de un barrio a otro. Un adolescente y su padre estaban parados arriba de ella en el extremo occidental del puente, tirando sus sedales en restalleos lentos. Hablaban un idioma que no conocía. No sonaba a español ni a inglés ni a las lenguas de indios a las que estaba acostumbrada en la Tierra Perdida. Desde que había llegado a Denver unas semanas antes, había oído italiano y francés. Tal vez fuera griego. Sí, tal vez. Luego, después de pensarlo un poco, decidió que sí era.

El sol pulía la arena sin pasto detrás de Maria Josie. *Es lo mejor que voy a conseguir*, decidió y dejó caer el morral al suelo. Debajo del puente, el agua espumosa lamía un nicho de rocas de arenisca mientras que un ramillete de semillas de capulín se mantenía unido en el cauce, como huevos de araña. Maria Josie azotó el agua con su vestido de flores y se metió con fuerza al líquido frío, rogando por que el hombre y su hijo no la vieran lavando como pobre en un arroyo. Vergüenza. Rara vez la había sentido antes. Ahora controlaba toda su vida.

Se inclinó sobre el arroyo y contempló su reflejo ondulante en el agua. Odiaba su pelo café rizado, sus senos rebosantes y sus ojos negros opacos. Estudió su cuerpo, esa cosa carnosa y desconocida en la que se había convertido. El dolor en su vientre había cedido, pero le dolían los senos como si se los hubieran abierto y llenado de piedras. Le daba asco su cuerpo. ¿Por qué no se podía separar de él? Pensó en el hombre al que había amado, en su última cena juntos. Era un alemán apellidado Hauenstein. Estaba sentado frente a ella en la larga mesa de roble, cortando con gracia unas papas rojas. Era mucho mayor que ella, y la primera vez que había mostrado interés en ella en el mercado de los domingos, ella lo había tildado de cortesía, cierto tipo de amabilidad que los hombres anglos expresan ante las chicas bonitas mexicanas e indias. Pero pasaban los meses y Hauenstein la acorralaba con cumplidos, descansaba sus manos firmes en su espalda, le rozaba la piel al tomar los frascos de melaza y los costales de harina. Le echaba botellitas de perfume de gardenias en los bolsillos del vestido y monedas en el morral, hasta que, por fin, cruzó a nado el río que dividía su sección de Saguarita de la de ella.

—No se quiso casar conmigo —le contó a una desconocida amable años después— cuando le dije del bebé. Me metió algo en la comida, un veneno.

Encima de Maria Josie, en el puente, el hombre y su hijo seguían hablando en su idioma. Parecía que se estaban peleando. El muchacho alzaba la voz, fumaba tabaco y dejaba colgar las piernas por el borde del puente. Su sedal tembló. *Cuidado, que te va a agarrar la Llorona.* De niña, Maria Josie le tenía pavor a la Llorona, que volaba a la luz de la luna por los ríos y lagos, agarrando niños malportados y hombres borrachos e infieles. Una vez, en un largo verano, mientras nadaba en el río, creyó verla, toda de negro, con un velo a la española cubriéndole la cara. Estaba encorvada, trepando por el acantilado como un insecto roto. *Imposible*, pensó y nadó más rápido, tan fuerte que creyó que se le iba a parar el corazón.

Maria Josie restregó su vestido con una barra de jabón Ivory. Se le endurecieron y entumecieron las manos en el agua helada. Se imaginó que era una máquina que echaba el agua pa' atrás y pa' delante, sin nada en su interior que pudiera doler: solo engranes que oxidar, pistones que reparar. Terminó con el vestido y lo extendió sobre una roca azotada por el sol. El arroyo hacía un ruido enorme que rebotaba entre las márgenes. El agua era salobre y reflejaba el sol de la tarde. Había muchos jejenes blancos. Maria Josie veía claramente al hombre y a su hijo en el puente. El padre había recogido sus cubetas de hojalata y sus cañas, y las llevaba cargando hacia la orilla del arroyo. El hijo caminaba detrás huraño, con la cabeza gacha. Recargada en sus codos, Maria Josie giró las piernas, una metida detrás de la otra, y los observó. Las piedras que bordeaban el arroyo eran de un gris azulado suave, bonito como las sombras. El padre y el hijo estaban contentos en el sitio nuevo, y un álamo soltaba semillas como nieve.

Pero cambió el viento, una ráfaga frígida del norte que le escupió grava y esquirlas de pasto a la cara y brazos. La oscuridad cerró su telón frente al sol y el viento ululó por la superficie del arroyo. Los árboles se inclinaron y perdieron hojas y ramas débiles. El pelo de Maria Josie le azotó la boca y ojos, le hizo correr lágrimas por la cara. Un gruñido estalló río arriba, un borboteo espantoso. En la Tierra Perdida, todas las primaveras los arroyos se desbordaban de forma repentina y violenta. Se perdían manadas enteras de ganado y los camiones de trabajo flotaban como patitos de hule. Maria Josie notó la altura del arroyo contra el puente. Inclinó la cara hacia la izquierda, sintió el viento cambiar de forma plana y tibia y, en unos instantes, el cauce se había hinchado, bombardeado por limo amenazador. Una riada. El agua se agolpó interminable y opaca hasta alcanzar las márgenes y jalar al hijo a la corriente.

Solo gritó una vez, algo como *papá*, antes de que su boca y ojos quedaran abrumados de fango.

Maria Josie se zambulló en la creciente. Pataleó hacia el muchacho, se le enredaron las piernas en el largo tren hinchado de su camisón. El agua estaba tan fría y tan profunda que perdió el aliento. Con los pulmones pasmados y detenidos, se lanzó hacia el joven y sus rizos que se hundían y resurgían entre el agua turbia. Era larguirucho y esbelto, y la corriente los impulsó cerca de un conjunto de rocas. El chico casi parecía un muñeco tamaño natural. Flotaba bocabajo, y cuando Maria Josie, por fin, alcanzó su suave tobillo, había perdido un zapato y un calcetín. Le rodeó el torso con ambos brazos y trató de sacarle la cabeza del agua, pero estaba demasiado rígido y resbaladizo a contracorriente. Pataleó dentro de su camisón negro, apuntando sus cuerpos conectados hacia el peñasco inminente. Sus espaldas se estrellaron contra la superficie. Maria Josie volteó a ver al muchacho. Seguía teniendo cara de bebé, y apenas tenía catorce o quince años. Tenía las pestañas largas y los labios azulados. Maria Josie acunó su cabeza con la palma de la mano y lo arrastró hasta la orilla. El chico respiró y su espalda creció en la camisa de franela que tenía estirada sobre las costillas, pero no se despertaba.

—Por favor —dijo Maria Josie en español—, no te mueras. No tienes por qué. Todavía no, muchacho —lo echó en el pasto y trató de sacudirlo y jalonearle brazos y cara. Se puso junto a él y le miró el rostro. ¿Por qué no despertaba? Maria Josie gritó y le ardió la garganta llena de voz. Sintió como si una franja suelta de su lengua hubiera flotado hacia el cielo como papalote—. Te digo que no te tienes que morir. Es muy pronto.

Entonces, Maria Josie comprendió que no le estaba gritando al joven. Estaba discutiendo con la Muerte. En algún lado, posada en una roca, estaba segura de que la calaca doña Sebastiana estaba esperando con su carreta de almas escondida entre los árboles. Su costal ya estaba pesado. No necesitaba más. Traía un vestido largo de encaje, una capucha sobre la calavera y los brazos doblados como alas. ¿Los había estado observando todo ese tiempo? Maria Josie llevaba semanas sintiéndola cerca, desde que se le había muerto el bebé en su interior, y lo único que podía hacer era llorar.

—Pinche perra —dijo Maria Josie apretando al muchacho contra su cuerpo y bramando contra el viento—. Déjalo en paz, vieja inmunda.

Se había subido al joven a medias al regazo, como si fuera un bebé que pudiera cargar, cuando llegó su padre corriendo por la orilla. Era un hombre redondo de cara amable. Jadeaba y llamaba a gritos a su hijo.

—David —decía—. David. David.

El hijo abrió los ojos impresionantemente verdes.

Vertiendo lágrimas de agradecimiento sobre Maria Josie, el padre dijo:

—Nunca te lo podremos pagar. Nunca olvidaremos lo que hiciste.

CATORCE

Los cazacuerpos de Bakersfield, California

Denver, 1934

Luz estaba sentada a la mesa de la cocina, girando la perilla de su radio Zenith Tombstone. Aquella mañana gris, Maria Josie estaba friendo papas con montones de sal y el radio palpitaba con noticias y más noticias, radionovelas de detectives, anuncios de chocolates y caramelos rosas y duros. Hubo un largo reportaje sobre Bonnie Parker, a quien habían visto cojeando por la Tierra Perdida. El verano anterior, Clyde iba conduciendo por toda velocidad en el norte de Texas y no había visto el letrero de advertencia de un puente en ruinas. Su V-8 robado se estrelló contra una barrera a setenta millas por hora. El ácido de la batería salpicó desde el coche despedazado y le quemó la pierna derecha a Bonnie hasta el hueso. Luz se preguntaba si eso la había hecho sentirse menos enamorada de Clyde.

A veces se le quedaba viendo sin propósito al filamento del radio, como si las voces que emanaban de la caja le pintaran imágenes en la mente. Se preguntaba cómo funcionaba, los voltios, watts, ciclos y bulbos. Había onda corta y onda larga, vehículos invisibles de la voz humana. El radio olía a polvo y minerales, y de cierta forma le recordaba la lectura del té. Se parecían, ¿no? Veía imágenes y sentía cosas que le llegaban mediante sueños y visiones. Tal vez esas imágenes también le llegaran montadas en ondas invisibles. Tal vez ella había nacido con su propia antena. Se rio pensando en lo valioso que sería tener algo así, un radio empotrado en la mente.

Entonces hubo un toquido en la puerta, apagado y cortés. Maria Josie se retiró de la estufa. Puso la hornilla a fuego bajo y le dijo a Luz que vigilara la flama azul mientras se desataba el delantal con dedos grasosos. Agarró los billetes de una lata redonda que había sobre la chimenea y los llevó a la puerta entreabierta.

Un hombre alto y delgado dijo *Buenas noches* en tono alegre, y Luz se reclinó en la silla, estirando el cuello para atisbar los rasgos del manitas: Avel Cosme, con los ojos amables titilando por encima de Maria Josie en el umbral. El pasillo estaba en penumbras detrás de él, y su voz sonaba relajada en la entrada sombría. Luz le bajó al radio. Se metió el pelo detrás de las orejas. Avel tenía el sombrero color paja entre las manos, y estaba bien vestido, con una camisa del oeste formal, de rosas y costuras blancas sobre negro. Traía botas blancas y limpias, como si fuera a un baile.

Maria Josie le había entregado el dinero, pero se estaban riendo y él le devolvió un poco.

—De hecho, esa parte fue menos. No querría cobrarles de más.

—Qué honesto —dijo Maria Josie.

—Me criaron para ser honrado —dijo él.

—Bueno, pues hiciste un buen trabajo, Avel. No hemos tenido problemas desde entonces.

Él se pasó los dedos por el pelo negro, confiado y encantador.

—Gracias —hizo una ligera reverencia—. Y, oiga, ahora lo puede drenar usted sola.

Maria Josie aceptó lo que parecía una llave plateada, que se metió rápido al bolsillo trasero. Le dijo a Avel que se pasaba de dadivoso.

Hablaron un ratito más. Sus gestos se ampliaron. Maria Josie se reía un poco, mecía la cabeza y se pasaba la mano por la cintura, como hace una maestra cuando se detiene a platicar en el pupitre de un alumno. Hasta abrió la puerta por completo. Avel se asomó por encima de ella hacia el departamento. Sus ojos fueron directo hacia Luz.

Avergonzada, Luz retiró la mirada y le subió al radio.

—Te buscan —la llamó Maria Josie—. Y apaga la estufa.

Luz se sentía sonrojada. Se paró de la mesa, hizo lo que le pidieron y revisó su reflejo en la ventana teñida de noche. Se mordió los labios para hacerlos más grandes y rojos, un truco que le había aprendido a Lizette.

—¿Sí? —dijo Luz al llegar al umbral junto a su auntie.

Avel estaba sonriendo, una gran sonrisa de dientes fuertes. Olía fragante, como rosa, con un trasfondo de aguas freáticas. Traía unos boletos en la mano, orgulloso como un niño que revela un retrato hecho con crayolas.

—Unos viejos amigos le van a abrir a La Chata Noloesca hoy. Pensé que a lo mejor tú y Maria Josie querrían venir.

—¿Solo ella y yo? —preguntó Luz.

—Digo, yo también, si me dejan —se rio un poco Avel.

—Yo no puedo —dijo Maria Josie—. Tengo que arreglar unos asuntos.

—¿En serio? —preguntó Luz, sorprendida.

—Pero ve tú. Nomás regresa a las nueve.

Luz estaba aún más impactada.

—Bueno —dijo escéptica.

—Bellísimo —dijo Avel con una palmada.

—Pero escúchenme bien —dijo Maria Josie blandiendo el índice—. Ninguno de los dos cometa una imprudencia.

El Teatro Oso estaba en la planta baja de la torre del reloj de la Calle Dieciséis; era una sala octogonal a media luz con dieciséis pares de telones y los muros pintados como nubes. Al entrar al teatro aquella noche, una cantante de jazz con un iris morado prendido a su pelo brillante se mecía con la silueta de un pianista despuntando entre el humo a sus espaldas. El bar estaba denso de aroma a licor y perfumes almizcleños. Las copas tintineaban y los clientes se reían. Había un estruendo de pláticas. Las lámparas rojas en las mesas circulares iluminaban los pelos negros, las pieles cálidas, la rica combinación de gente de todos los barrios divirtiéndose. En el Teatro Oso todos eran bienvenidos, la campana del reloj repicaba sobre todos.

—Los que siguen —le dijo Avel a Luz fuerte y cálido en el oído— son mi vieja banda, Los Soñadores.

Se habían sentado al frente, a la derecha del escenario. La cantante de jazz refulgía bajo el reflector; su vestido centelleaba con miles de cuentitas blancas. Su piel negra se veía de un azul precioso.

—¿Te gusta aquí? —preguntó Avel mientras llamaba a una mesera con la tarjeta de la mesa.

—Me encanta el Oso —dijo Luz—. Mi hermano se presentaba aquí.

—¿Es músico?

—No —dijo Luz; su entusiasmo le parecía encantador—. Trabaja con víboras.

—Ha de ser un cabrón valiente.

—O loco de a madres.

Pidieron ginger ales y vieron a la cantante terminar su set con una reverencia. Avel mantenía su sombrero color paja sobre las piernas como si fuera un gatito dormido. Luz apreciaba su detallismo, su buen ojo para la ropa hermosa. Había sonreído cuando vio que se cambió para ponerse su vestido de McCall's de cuello cuadrado. Ella y Lizette habían ahorrado meses para comprarse suficiente tela para el patrón. La inspiración provenía de una versión más cara que habían visto, hecha bolas y manchada, en el fondo de su costal de ropa sucia.

Las luces aumentaron hasta un verde espeluznante y Los Soñadores, un quinteto con dos violines, una trompeta, una guitarra y una mujer de velo negro, subieron al escenario. La mujer se acercó al micrófono plateado y lo abrazó con la mano como si fuera la manzana de Eva. Abrió la boca. Dijo: *Buenas noches, Denver*, y luego aulló una nota penetrante y placentera. La banda arrancó detrás y junto a ella, y el teatro se llenó de música.

—Esa es Leonora Mondragon —dijo Avel—. Es muy buena. Es famosa allá en Califas. Canta como ángel, pero se viste como la muerte.

Luz contempló a Leonora, su cara velada con encaje fino. La canción era desgarradora y cruel, una historia de dos amantes destinados a la destrucción; la mujer gemía en el piso, abrazada a los tobillos de su hombre, rogándole que la cargara hasta su casa junto al mar. Luz nunca había visto el océano en persona y escuchaba atenta, imaginándoselo.

—Es amor verdadero —dijo Avel, y Luz se rio mientras examinaba al público, aún angustiada por el ataque contra Diego, inquieta por estarle dando la espalda a una muchedumbre.

En el Teatro Oso había chicas del Westside con prometidos mayores que ellas. Algunas eran ex-"amigas" de Maria Josie, acompañadas por sus esposos poco atractivos. También había un par de las chicas de Diego, pero cada vez que Luz las volteaba a ver, desviaban la mirada y tomaban sorbos de champán. Luz lamentó su divagar cuando cruzó miradas con la señora Montoya, a tres mesas de distancia. De inmediato le hizo señas con la mano y se paró.

—Ay, Dios mío —le dijo a Avel, quien miraba divertido a la cuarentona caminar como pato hacia su mesa con un vestido morado chillón. Se había embarrado el labial un poco afuera de los labios, y traía una de las pestañas falsas colgada como un capullo semiabierto.

—¡Luz Lopez! Hace años que no te veo, y te tengo unas preguntitas, jita —la señora Montoya frunció el ceño hasta formar una encrucijada y hacer que le retrocediera el labio superior. Volteó a ver a Avel—. Pero qué guapo, oye —le guiñó un ojo a Luz—. Suertudota.

Luz se la presentó a Avel como una de sus clientas. Luego posó los brazos sobre la mesa para mostrar que no, no cabía ahí, pero Avel se tomó el resto de su ginger ale, jaló una silla vacía y le hizo señas a la mesera.

—Siéntese, doña Montoya. ¿Qué clase de clienta de Luz es?

—Ay, ¿no te ha contado? Es una adivina de primera, esta muchacha —la señora Montoya se derrumbó sobre su silla y echó su bolsa sobre la mesa de vidrio—. Hojas de té.

Avel le dio una palmadita en la mano a Luz, y esa parte de su cuerpo le cosquilleó como si estuviera llena de alfileres.

—Y pensar —dijo— que Luz no me ha dicho cómo acabará nuestra cita.

Una cita, pensó Luz, *una cita de verdad*.

La señora Montoya soltó una risita.

—Ella lo ve todo. Oye, Luz, he estado teniendo unos problemones con mis reumas otra vez, y hace poco, luego de ayudarle a Pa a echarle sal al acceso de la casa, me entró un dolor en el tobillo izquierdo como una punzada, una aguja o algo, y no se me iba y no se me iba por horas y ya sabes qué importante es que salga a la calle por lo menos una vez al día. Pa ya tampoco está en la mejor forma, y nomás necesito saber si es algo pasajero o si debería prepararme para lo peor.

Avel se veía perplejo mientras la señora Montoya hablaba, pero la banda volvió a comenzar antes de que nadie pudiera decir nada y la señora Montoya soltó un suspiro en su vestido morado.

Luz gritó desde su sitio en la mesa.

—Le puedo hacer una lectura, pero ¿qué tal otro día?

—Sí, sí —contestó a gritos la señora Montoya, con decepción evidente.

Cuando Los Soñadores terminaron su set, Avel y Luz dejaron su mesa para saludar a la banda en una mesa del fondo. Mientras preparaban el escenario para La Chata, la sala siseaba con la frecuencia alta de una muchedumbre esperando. Leonora estaba recogiendo su largo vestido negro entre sus manos para meterse en el brillante gabinete rojo. Luego de sentarse, tomó un vaso de agua que había sobre la mesa. Se quitó el velo y Luz vio que era hermosa y vistosa, con un lunar negro sobre la parte izquierda de la boca y un diente dentado y astillado, una imperfección atractiva.

—Viniste —dijo con voz ronca, mirando a Avel—. ¿Y quién es esta preciosa palomita?

Avel sonrió, se acercó a Leonora y la saludó tomándole gran parte del delgado brazo derecho.

—Ella es Luz —dijo—. Veo que te sigues cubriendo al cantar.

Leonora inclinó la cara hacia un lado. Se rio.

—Acaparo mis recursos —volteó a ver a Luz y la barrió con la mirada—. Avel es muy bueno en la trompeta, Luz —dijo contemplándolo, concentrada.

Luz estaba parada junto a Avel, incómoda, como si se estuviera metiendo en una conversación privada.

—Tengo que oírte tocar —dijo.

Leonora encendió un cigarro esbelto. Los huesos de la cara le refulgieron ante la llama.

—Si alguna vez necesitas huir de nuevo, siempre serás bienvenido en casa con nosotros.

Avel se rio y tocó la mesa con los nudillos.

—¿Quién no aprecia una puerta abierta?

Luz sintió el dolor de los celos, un sentimiento que rara vez sufría.

Salieron del Teatro Oso poco después de las ocho y caminaron lento por la Decimonovena Avenida. A pesar de la niebla ambarina industrial de la noche, el aire se sentía serrano y fresco. Las calles estaban bordeadas de nieve sucia y brotaba vapor de las alcantarillas, resaltando las siluetas de los borrachos mientras se tambaleaban de un bar a otro. Luz y Avel doblaron una esquina y él la tomó del brazo para alejarla del hielo negro. Se dirigieron a una cafetería griega en Colfax, caminando en silencio durante un rato hasta que pasaron bajo un farol defectuoso. Las luces parpadeaban: encendido, apagado.

—Siempre creo que es mala señal cuando se apagan así —dijo Luz.

—Podría ser peor. Podrían estar muertas por completo.

Luz le dijo que era muy cierto.

—¿Qué clase de música te gusta tocar?

—Mariachi, sobre todo —dijo.

—¿Tienes un traje y todo? ¿Con el sombrerote?

—Yo tenía el sombrero más grande del grupo.

—Tienes que conseguir una banda aquí en Denver.

—Primero lo primero —dijo Avel mientras abría la puerta de la cafetería—. Vamos a darte de comer.

El lugar olía a pay recién horneado, café humeante y carne de hamburguesa a la parrilla. Luz se quitó los guantes y se ahuecó el frío del cabello mientras se sentaban cerca de la ventana del frente. Detrás del vidrio, la calle era una franja negra. Titilaban luces cada vez que pasaba un automóvil. Pidieron café y sándwiches de salchichón frito, y Avel se le quedó viendo con ojos profundos. Tenía algo estable bajo la superficie, un rasgo desconocido para Luz. Parecía un hombre tranquilo, sin mucho que esconder.

—¿Y qué hay de ti? —dijo sorbiendo el café—. ¿Cómo es tu gente? ¿Tu familia? Maria Josie es tu tía, ¿no?

Luz recorrió la cafetería con la mirada, las mesas y asientos con otras parejas jóvenes, hombres a punto de iniciar su turno nocturno y cenando solos en la larga barra, las meseras agobiadas y dispuestas a soportar el dolor de espalda por las exiguas propinas.

—Sí, es la hermana menor de mi mamá.

—¿Y tu mamá y tu papá?

—Ya no están con nosotros.

—Ay, no —dijo Avel—. No sabía. Lamento tu pérdida.

Luz sonrió mirando la servilleta cuadrada sobre sus piernas. Se le hacía raro que la gente a veces dijera que había perdido a alguien, como si la muerte fuera poner el alma en el lugar equivocado, como un calcetín ausente o una pinza de pelo errante.

—No —dijo con dulzura—. Mi papá se fue hace mucho y mi mamá se quedó allá en la Tierra Perdida cuando mi hermano y yo nos vinimos al norte. No se tomó bien el abandono —le echó azúcar a su café. La revolvió con una cuchara larga—. No está bien. Le lastimó la mente.

Avel asintió como si comprendiera que era hora de cambiar de tema.

—¿Te gustó el show?

Luz soltó una risita. Le dijo que la Chata era divertidísima y que Leonora sí que sabía entretener.

—¿Quieres volver a viajar y tocar con ella?

—No, no creo —dijo Avel—. Oye, ¿cómo supiste que eras adivina? Mi abuelita también podía. ¿Lees la mano y todo?

Luz negó con la cabeza.

—Solo el té.

—¿Y el asiento del café?

—Nunca lo he intentado. Supongo que sí.

Avel se paró de la mesa y caminó hasta la barra llena de hombres cenando solos. Se inclinó sobre la vitrina de pays, con la luz presionándole los botones de nácar de su camisa del oeste. Habló con una mesera mayor que traía el pelo canoso en un chongo. Al principio, ella se rio, pero luego asintió y gritó algo hacia la cocina. Le dio a Avel un tazoncito blanco.

En la mesa, Avel vertió el contenido del tazón en su taza de café.

—Asiento fresco —dijo.

Le dio unos sorbos antes de pasarle la taza a Luz. Ella se rio y se talló el labio superior con el índice.

—Te pusiste bigote —dijo.

Él fingió un beso y se limpió la boca con la manga.

—Qué distinguido.

Avel se acomodó en su asiento y chocó con las piernas de Luz bajo la mesa.

—Estoy seguro de que tienes tu manera de hacer lecturas, un proceso. Pero te quiero ver en acción. Esa tal señora Montoya no se veía decepcionada.

Luz fingió un suspiro de explotación.

—Puedo darle una sacudida.

En algún lugar sonaba jazz, un saxofón sonoro, una hondonada de notas. Le dijo en broma que no la viera mientras le leía la taza.

—Soy una adivina tímida.

Avel sonrió. A Luz le gustaba que fuera casual y ligero. Sonrió y se sentó derecha, alisó la servilleta que tenía sobre las piernas y miró la taza. El calor entró a su cuerpo desde el piso, a través de sus tacones, a lo largo de sus piernas, hasta llegar a su centro. El cunque del café se parecía a las hojas de té, pero era más oscuro, un poco como sangre.

—Un hombre corre —dijo mientras giraba la taza como perilla—. Se maravilla ante las tiendas de acampar. Un vergel enorme de cítricos ahora es un barrio improvisado. Hay naranjos —Luz se detuvo y sonrió feliz—. Qué bonito. Nunca había visto naranjos.

Avel volteó a verla lentamente mientras hablaba, con una expresión de sorpresa total.

—Gente de las estrellas —dijo Luz, asombrada—. Mi mamá nos contaba que visitaban la Tierra Perdida, pero esos cazacuerpos venían del cielo. Estos son anglos.

—¿Ves todo eso?

—¿Está mal?

—Pasó. Bueno, está pasando.

—¿En serio? ¿Entonces voy por buen camino?

Avel asintió y se inclinó sobre la mesa hacia ella, como si quisiera escuchar a un cuentacuentos que hubiera caído en un susurro.

—Por la noche ladran los perros. Hay linternas detrás de las cortinas. Gente desconocida saca a los hombres de sus camas, se los llevan dormidos. Los meten en trenes abarrotados.

Luz se enroscó un mechón en el dedo. Lo apretó mientras seguía leyendo. Nunca había visto algo así, imágenes tan definidas en la taza. Había casas cuadradas con las ventanas iluminadas en un caos. Oyó hombres gritando, sus pulmones húmedos tosiendo órdenes en inglés y español. Las mujeres sollozaban mientras arrastraban los pies de sus esposos por el pasto mojado. Dentro de los vagones de madera, el olor a orines. Luz sintió que le crecían las náuseas en el corazón.

Volteó a ver a Avel, quien contestó con una sorpresa amable en la cara.

—Le dicen "repatriación" —dijo sin tono—. Nos están deportando a México para hacer espacio para los blancos desempleados. No importa que muchos hayamos nacido aquí en Estados Unidos.

—¿Por eso estás en Denver?

—De cierta forma.

Entonces entraron dos policías a la cafetería, con placas brillantes y macanas gruesas que les colgaban como víboras muertas del cinturón. Se acercaron a la barra con pasos amplios y autoritarios, y se sentaron en dos bancos junto a la rocola. Uno se quitó la gorra, se pasó los dedos por el pelo y señaló la rocola con una expresión irritada en su cara sin barbilla. El segundo se paró y metió monedas a la máquina. La música dejó el jazz. Un cambio abrupto al foxtrot. Ninguna pareja alzó la mirada de sus mesas y asientos. Todos parecieron bajarla.

—Mejor te llevo a tu casa —dijo Avel con suavidad—. No quiero que se preocupe Maria Josie.

QUINCE

Las calles rojas

En su primer día en el despacho de abogados, Luz se puso un vestido de domingo, sin estar muy segura de qué usaban las oficinistas. Se paró en la aglomerada esquina de la Diecisiete y Tremont, donde el triangular Brown Palace Hotel apuntaba hacia el cruce como la proa de un barco. El viento citadino luchaba contra Luz mientras cruzaba la calle abarrotada, caminando hacia la fila de negocios subterráneos en cuyo centro estaba la oficina de David. Al abrir la puerta delgada de vidrio con su nombre y la palabra LIC estarcidos en negro, le avergonzaron sus manos, sus uñas sucias, sus palmas callosas.

—Justo a tiempo —dijo David mientras sorbía café en mangas de camisa y pantalones de vestir negros. Estaba recargado contra un librero enorme frente a la pared del oeste, que no tenía ventanas.

Luz bajó la cabeza. Habló quedito, con las manos cruzadas detrás de la espalda.

—Está muy cerca a pie.

David se acercó a ella y le pidió su abrigo, que Luz se quitó de los hombros de forma rígida y nerviosa.

—Puedes dejar tus cosas aquí —dijo apuntando a un gancho entre dos libreros.

La única vez que Luz había visto tantos libros juntos era en una biblioteca. No sabía que la gente pudiera tener tantos, y se preguntaba quién tendría tiempo para leer una pared entera de palabras.

—Para empezar —dijo David mientras colgaba su abrigo en el perchero—, voy a necesitar que me ayudes a mantener organizada la oficina: poner documentos en orden, desempolvar libros, esas cosas.

Se oía el tráfico de afuera y la duela sobre ellos crujía. Luz asintió mientras David le mostraba el cuarto de enfrente, largo y angosto, que acababa en la puerta de su oficina. Olía a polvo y al hedor quemado del taller del fabricante de sillas de montar a dos locales de distancia. En el bañito verde diminuto, David señaló los platos secándose en el escurridor, la alacena llena de toallas de manos y las barras de jabón Ivory sin usar. En el cuarto principal, se tentó los bolsillos y le dejó un juego de llaves en la mano.

—Guarda estas para la recepción y la puerta principal.

Luz se metió las llaves a la bolsa del vestido y siguió a David mientras le señalaba varios archiveros, unos caparazones cafés debajo de ventanas a cuadros.

—Hay que echarles llave todas las noches.

Hizo un gesto hacia un archivero marcado A-C. Luz se asomó por encima de su hombro hacia los diplomas en la pared, con su caligrafía elegante y el sello de la Universidad de Columbia. Le maravilló el pequeño trono articulado.

—Hoy vas a poner documentos en orden, y la semana que entra, a cuenta de tu primer salario, te voy a meter a alguna clase de mecanografía en la Opportunity School.

En un escritorio oscuro de metal, arrastró el dedo por las teclas oliva de la máquina de escribir. Luz se dio cuenta de que ese sería su lugar.

—Me gusta cómo suena —dijo—. A lluvia.

—Qué bien. Lo vas a oír mucho.

En la esquina más alejada, David metió la mano en un baúl que había sobre el piso de madera y sacó un fajo de documentos. Se los puso en la mano a Luz, y a ella le sorprendió lo pesados que eran.

—Voy a necesitar que me los pongas en orden alfabético. Son documentos sencillos, notas de asesores de varios barrios. Cuando veas un barrio que empiece con B, como Baker, va aquí —David abrió el primer cajón del archivero y levantó una carpeta—. Y así. ¿Alguna duda?

Luz negó con la cabeza.

—Ahora, si alguien viene por aquí, los saludas. Dices: "Buenas tardes, señor o señora, el licenciado lo recibirá en un momento". Luego te enseño a agendar citas, pero, de momento, registra a todo mundo en el libro y espérate cinco minutos antes de tocar mi puerta. Si ya estoy en una junta, nunca me interrumpas.

Luz dijo que entendía.

David detuvo sus instrucciones un instante y fulminó con la mirada su vestido azul. Sonrió y sus dientes perfectos brillaron contra las luces de la oficina.

—¿Tienes algo negro o gris?

—Tengo un vestido azul marino. Casi se ve negro.

—No nos sirve —dijo David con una sonrisa cálida—. Te vas a seguir viendo demasiado bonita.

Luz se sonrojó.

—Te voy a dar un adelanto para que te compres vestidos nuevos. Deben ser modestos pero chic.

La puerta principal se abrió y de la calle entró un hombre blanco, alto e imponente, con un bastón negro. Los siseos de los tranvías y automóviles aumentaron y disminuyeron de volumen según se abría y cerraba la puerta.

—Buenas tardes, señor —dijo Luz—. El licenciado lo recibirá en un momento.

David sonrió.

—Está bien, Luz —dijo—. Estoy aquí afuera.

El hombre se limpió los zapatos de charol contra el tapete de la entrada, se quitó los guantes y, sin siquiera voltear a ver a Luz, le dio su boina y su saco.

—A trabajar —dijo, y golpeó el piso de madera con el bastón mientras entraban a la oficina de David.

Cuando estuvo sola, Luz tamizó el papeleo, unos documentos que decidió que tenían que ser notas de seguros sobre varios barrios de Denver. En la esquina superior se enlistaba el barrio, y a todo lo largo de las secciones de en medio se contaban los porcentajes de habitantes extranjeros, propietarios y negros, junto con otras notas sobre la composición demográfica de la zona. Tratar de descifrar esos papeles le recordó a cuando aprendió a leer el té. Había un lenguaje, un conjunto de reglas, un estilo particular dispuesto por generaciones antes que ella. Claro que esos papeles estaban sellados y notarizados, pero con sus notas de agua y su tinta deslavada, bien podrían haber sido alquimia. Al llegar al Westside, le sorprendió lo que leyó:

En esta zona antigua, flanqueada por secciones industriales, hay muchas hileras de casas adosadas que contienen aproximadamente 1,000 unidades habitacionales. En la frontera con el distrito industrial hay una concentración mexicana. Las estructuras cercanas a los patios de maniobras del ferrocarril son baratas, habiéndose deteriorado considerablemente desde 1929. Las influencias perjudiciales incluyen calles sin pavimento y el hedor de las plantas empacadoras de carne. Algunas de esas hileras de casas adosadas en ruinas han sido adquiridas por especuladores.

Esa última parte fue la que le llamó la atención. ¿Por qué se interesarían los especuladores por el Westside?

Cuando el tipo del bastón salió por fin de la oficina de David, caminó hacia Luz y estrujó las manos como aletas. Luz le dio su boina y su saco.

—Piensa en lo que te dije del último homicidio —dijo el hombre—. Te da una idea del fiscal haberse ido por un cargo tan indulgente.

—¿Qué más podemos esperar con el gobernador actual? —dijo David.

—Un mínimo de decencia —dijo el hombre mientras pasaba a trancos junto a Luz y azotaba la puerta principal.

Después de un rato, cuando todos los documentos estuvieron archivados, los estantes desempolvados y las ventanas lavadas, David llamó a Luz a su oficina, donde estaba encorvado sobre su escritorio. Detrás de él, extendido en la pared, había un mapa enorme de la ciudad, con Colfax como el flujo central. Cada barrio estaba representado de un color distinto; el Westside, de rojo. A lo largo de los bordes, David había prendido fotografías con tachuelas a la pared. Luz tembló ante las imágenes de cruces ardiendo en Table Mountain, miembros del Klan marchando por la Calle Diecisiete con sus capuchas blancas, la foto cruda del torso de un hombre desplomado sobre la grava, un grupo de tiendas quemadas y muchas vitrinas vacías como ojos arrancados.

—¿Ya acabaste? —preguntó David sin quitar la mirada de su escritorio.

—Sí, no estuvo tan mal.

—Muy bien. Puedes irte temprano hoy para que te consigas un vestido nuevo.

Metió la mano en el cajón de su derecha y rebuscó un poco antes de entregarle un billete de cinco dólares.

—Muchas gracias, lo aprecio mucho.

David dejó su lápiz en el escritorio y alzó la vista, presumiendo su cara atractiva y su pelo rizado.

—Vas a aprender rápido.

—Si no te molesta que pregunte —Luz señaló la foto de la cara golpeada del hombre con el rastro de sangre—, ¿quién es ese?

David giró su silla de cuero hacia una pila desorganizada de publicaciones a su izquierda. Removió papeles un poco antes de extenderle una copia del *Colorado Call*, el periódico socialista que publicaban en el Northside. Maria Josie nunca lo dejaba entrar al departamento. Decía que la gente del gobierno estaba al tanto de quién leía esas cosas. El artículo era de diciembre del año anterior.

—Uno de mis casos, una demanda civil, homicidio imprudente. Es del barrio de tu prima. ¿Lo reconoces?

Luz alzó el periódico hacia la luz, era un bloque diminuto de texto. Estevan Ruiz, de veintitrés años, había estado cargando chatarra en un vagón de plataforma en el depósito de la Union Pacific cuando su supervisor de turno dijo que se había robado el almuerzo de otro hombre. Eran las tres de la tarde. Los oficiales que acudieron al llamado declararon que el joven había huido a pie y lo encontraron muerto por haber caído de un puente férreo a un vagón de carga vacío. Luz observó la foto. La cara del hombre era un foso cóncavo y negro.

—No —dijo Luz, negando con la cabeza—. ¿Se cayó?

—Sí —dijo David—, directo contra la macana de un policía.

DIECISÉIS

Tres hermanas

La Opportunity School era un edificio alto y sofisticado con ladrillos ámbar y ventanas mugrientas. Una hilera de manzanos silvestres sin frutos bordeaba el acceso de arenisca de la entrada. Luz entró pesada de nervios y recordó la última vez que había recibido educación formal. Había sido en Huérfano, en la escuela de salón único, con Diego. Ahí aprendió a leer y a escribir, a sumar y a restar. También aprendió que hablar cualquier cosa que no fuera inglés no era permisible. Una vez, Diego, en su español perfecto, le contó a un compañero que había rescatado una cincuate encerrada y dada por muerta en un retrete en ruinas. La maestra, que era color agua jabonosa, oyó la historia y se alejó del pizarrón verde, impulsando su cuerpo hacia Diego como un disparo de escopeta en vestido negro. Frente a todo el grupo, con una regla de metal, le golpeó los nudillos tan duro y tantas veces que al principio la piel se le abrió y sangró, luego le salieron costras y, finalmente, cicatrices. La golpiza sonó como huesos embrollados en un costal. Después de eso, Diego rara vez habló español fuera de casa, y en algún punto hasta olvidó ciertas palabras.

—Siéntate —dijo la maestra, una anglo mayor con un sombrero morado con una pluma demasiado grande y una fanega de vestido, en cuanto entró al Salón 121.

Estaba volteada hacia el pizarrón, donde su nombre, Mrs. Fenwick, estaba escrito en una caligrafía estable junto con un diagrama de las teclas de una máquina de escribir. Había tres mesas largas de madera detrás de ella, ocupadas esporádicamente por unas dos docenas de alumnas, todas muchachas de la edad de Luz. El salón estaba helado y olía a talco y a Chanel. Las conversaciones formaban remansos de murmullos.

Luz se dejó caer en una silla cercana y sacó las manos de los guantes.

—Ahí no —dijo la señora Fenwick sin darse la vuelta—. Allá.

Apuntó a la esquina del fondo a la izquierda con un trozo de gis blanco.

Ahí, Luz encontró a tres muchachas con el pelo tan negro como el suyo. Estaban las tres encorvadas sobre la mesa. Traían vestidos similares, del mismo color marrón, pero en distintos cortes. Tenían libretas de piel a juego y la mesa debajo de ellas había sido rayada en largas rachas en espiral, como si una diminuta patinadora sobre hielo hubiera pasado sus hojas por la madera. Encima de una de ellas, colgado del muro, había un reloj de péndulo sencillo con una larga varilla y un peso de latón. El reloj hacía tictac y parecía fuera de lugar en el salón desnudo. De inmediato, Luz se sintió incómoda junto a las muchachas. Eran como espejos unas de otras, pero distorsionados y astillados, variaciones de una misma imagen.

—No te preocupes —dijo la que estaba debajo del reloj—. No somos zopilotes.

—Ni urracas —dijo otra con dientes impresionantemente grandes.

—Cállense las dos —dijo la tercera, que traía un vestido de cuello de encaje—. Yo prefiero los cuervos.

Luz sonrió un poco y se sentó en una silla vacía junto a ellas.

La chica del vestido de cuello de encaje movió la muñeca como diciendo *Ni lo menciones*. Tenía una cara fuerte, de mandíbula afilada. La nariz, aunque atractiva, sobresalía bastante y le ensombrecía los labios gruesos. Se señaló con la palma abierta.

—Yo soy Isabella, ella es Marcella y la de allá, pues, es Anita. Somos hermanas.

Anita sonrió con sus dientotes y los ojos parecieron hundírsele en la cara chiquita que tenía.

—Hola —dijo Luz y se presentó.

—Santa Lucia —susurró Marcella con un canturreo.

La señora Fenwick entonces apareció frente a su mesa, distribuyendo papeles como si fueran platos cuadrados y vacíos. Cada uno tenía un diagrama de una máquina de escribir y un conjunto de teclas falsas.

—A esto le decimos la distribución QWERTY —dijo—. Estén atentas mientras se las enseño en el pizarrón.

Luz y las hermanas pusieron los diagramas frente a ellas, una cena de papeles. En el pizarrón, la señora Fenwick usó un palo laqueado de negro para golpear las teclas que había dibujado. Pulgar, *pac.* Barra espaciadora, *pac.* Q, *pac.* Anular, *pac.* Después de un rato, se alejó del pizarrón y rebuscó en su mochila. Tenía la frente ondulada de líneas mientras escudriñaba. Sacó un libro sin portada y lo abrió en una página intermedia. Con una voz somnífera, leyó:

—Se dice que el huracán de 1910 en Cuba fue uno de los peores ciclones tropicales que ha golpeado la isla. La tormenta se formó en el mar Caribe el 9 de octubre.

Luz no entendía, pero la señora Fenwick le explicó al grupo:

—Estas oraciones contienen casi todas las letras del alfabeto, para que las practiquen.

—Pero, en serio —dijo Marcella debajo del reloj—. Fue un huracán horrible. Lanzó vacas por los aires.

—¿Y tú cómo sabes? —tartamudeó Isabella.

—Lo oí en el radio. Fue un especial de historia.

—¿Qué hay de los caballos? —preguntó Anita—. ¿Son más pesados que las vacas?

Luz alejó su silla de las hermanas sin hacer ruido. Trató de concentrarse en la clase. Fue inútil. Seguía sin sentir el menor interés por las frases sobre ciclones. En vez de eso, se descubrió estudiando a la señora Fenwick, quien o bien no podía oír hablar a las hermanas o no le importaba.

—¿Ustedes también son secretarias? —les preguntó después de un rato.

Las chicas negaron con la cabeza.

—No queremos esposos, así que nuestro padre nos obligó a aprender un oficio —dijo Anita.

—¿Por qué no quieren esposos?

—Ven al Northside y vas a ver.

—¿Tú qué haces aquí? —preguntó Marcella.

—Mi jefe quería que viniera. Es abogado.

—¿Un abogado mexicano?

—No, es griego.

—No deberíamos estar hablando, ¿sabes? —dijo Isabella.

—¿Por?

—Tú eres frijolera y nosotras, espaguetis.

Luz no lograba distinguir si lo decía en broma, pero las hermanas soltaron una risita amable y decidió que sí.

—¿Son italianas?

—No, somos estadounidenses, igual que tú. Pero nuestro padre es de Nápoles. ¡Italia!

Luz se rio. Nunca le habían dicho estadounidense antes. Era una palabra que ella y Diego usaban para ser amables con los anglos, pero Isabella tenía razón: ellas también eran estadounidenses.

La señora Fenwick reapareció en su mesa. Alzó el palo negro como si tuviera una gran idea, pero se le congeló la cara con los ojos entreabiertos. Estornudó y luego se sonó en un pañuelo azul.

—Discúlpenme —dijo mientras se hurgaba las narinas con el pañuelo—. ¿Podrían mostrarme por favor la posición correcta de los dedos?

—Por supuesto —dijeron las hermanas casi al unísono.

Luz y las hermanas empezaron a teclear metódicamente en sus teclas planas de papel. La señora Fenwick las observó medio minuto con la nariz lluviosa y los ojos rojos. Cuando pareció satisfecha con su progreso, se sonó otra vez y se metió el pañuelo en lo profundo de las narinas antes de alejarse.

Isabella alisó su papel.

—Hagas lo que hagas, no te enamores de él.

—¿De quién? —preguntó Luz.

—De tu jefe, tonta. Esas cosas nunca acaban bien.

—Enséñame la espalda —dijo Lizette recargada sobre los codos mientras estaba acostada de lado en la cama de Luz.

Era casi de noche y habían cerrado las cortinas verdes. Las primas estaban bebiendo crema de menta con limonada directo de un termo, con el radio a todo volumen y Cab Calloway aullando por el departamento. Luz hizo una pirueta en su nuevo vestido de trabajo. Todavía no estaban borrachas, pero iban de camino.

—Te ves preciosa, te lo juro —dijo Lizette—. ¿De dónde dices que es?

El vestido negro nuevo de Luz tenía un cuello blanco de marinero, puños blancos y listones plateados en el cuello que le caían por la espalda.

—De LaVerna's.

—Qué bonito vestido —dijo Lizette mientras se ponía el termo entre los muslos. Estiró la mano para alisarle la tela en las caderas, diseccionando el patrón en su mente—. Esas costuras deberían durarte un rato —luego fingió tener una máquina de escribir enfrente y, con postura perfecta, tecleó en el aire—. Y entonces, ¿qué tal la escuela?

—Normal, solo aprendí a mecanografiar —dijo Luz pensando en la clase y en las distracciones abundantes—. Pero conocí a tres hermanas. Parecían trillizas.

—¿Ah, sí? —hipó Lizette.

—Sí, y dijeron algo de David.

—¿Qué?

—Que no me enamore de él.

Lizette se puso muy derecha.

—¿Se te insinuó?

—No, no —dijo Luz—. Para nada.

—Digo… —Lizette señaló su cuerpo, su vestido—. Sí te está comprando cosas lindas.

—No fue gratis. Me lo está descontando del salario. Maria Josie y yo apenas si logramos pagar la renta el mes pasado.

—Solicita asistencia. No es para avergonzarse.

Luz le echó una mirada seria.

—Maria Josie nunca lo haría. La gente de la asistencia te obliga a vender todo lo que tienes, te quitan hasta la ropa que traes puesta.

—¡Los encuerados merecen paciencia! —hipó Lizette y se rio—. Digo, asistencia. Bueno, y ¿qué hay del tal Avel al que estás viendo? ¿Él no te puede ayudar? ¿Y sabe que David te está comprando vestidos elegantes?

Luz se paró frente al espejo ovalado que colgaba cerca de su altar. Observó los pozos oscuros de sus ojos. Se veía madura en ese vestido a la medida, hasta elegante.

—No me está comprando vestidos —dijo Luz un poco más fuerte de lo que quería. Se ajustó el cuello blanco y luego dijo quedito—. Y Avel es como nosotras, no tiene un centavo a su nombre.

—Bueno —dijo Lizette, arqueando las cejas escuálidas—. Lo que cuenta es el amor, ¿no?

Hipó de nuevo y las primas se rieron.

DIECISIETE

Palabras a palabras

En menos de un mes, Luz ya solo tenía tiempo de lavar ropa con Lizette los fines de semana. Había asistido a tres clases más en la Opportunity School, pero la decepcionó la ausencia de las hermanas del Northside, quienes parecían haberse materializado y luego desaparecido como escarcha matutina. David parecía asombrado por la velocidad a la que estaba adquiriendo habilidades nuevas. Caminaba raudo hacia ella con expresión de orgullo y descansaba los brazos en el escritorio, alrededor de sus hombros, mientras ella tecleaba. Con David encima de ella, Luz se volvía muy consciente de sí misma y de la velocidad a la que sus dedos golpeaban cada tecla. No ayudaba el hecho de que pudiera olerlo cada vez que estaba cerca; la corriente madura de su loción de afeitado era un fantasma ciruelesco que superaba brevemente el aroma acre de la tinta.

—Eres rápida —le dijo David una tarde. Estaba rebuscando en un archivero, de espaldas a ella. Afuera, el sol estaba cubierto por una nube alimentada de carbón, lo que oscurecía la oficina un poco más de lo común—. Mucho más de lo que esperaba.

—Gracias, David —dijo Luz.

Sintió que inclinaba la cabeza por puro reflejo, pero no estaba tan agradecida. A fin de cuentas, ya sabía que aprendía rápido.

—¿Has tenido más educación? Digo, aparte de la Opportunity School.

David pasó a otro archivero. Caminaba con gracia, pero su cara estaba contrita de inquietud, como si no encontrara lo que estaba buscando.

—Solo llegué a cuarto en la escuelita de la Tierra Perdida —dijo Luz.

—Qué lástima que no haya un mayor impulso para que las chicas listas como tú vayan a la escuela.

Luz se pasó el índice por la frente como si se fuera a rascar. No estaba de acuerdo con él. Sabía que se había pasado la vida aprendiendo, igual que todas las mujeres que conocía. Lizette podía coser un vestido entero a partir de un patrón que apenas había atisbado una vez. Teresita podía curar a alguien tan bien como cualquier doctor. Y la fuerza física de Maria Josie reflejaba su mente abundante y firme. David no tenía idea de lo que Luz había aprendido por su cuenta desde que llegó a Denver con Diego. Toda una ciudad nueva, un mapa en su mente. Hablaba dos idiomas y, a veces, sin saber cómo ni por qué, soñaba en otro, uno más antiguo. Cuando aprendió a leer el té, su madre le dijo que había una en cada generación, una vidente que mantiene con vida las historias. También había aprendido a hacer eso, y seguía aprendiendo.

Lo único que dijo fue:

—Tal vez alguna vez regrese. A la escuela.

David repitió las palabras *tal vez* como si su voz fuera una campanilla que llamara a la cena. Se había dado vuelta y le estaba sonriendo con una pila de papeles entre los brazos. Los había sacado de un cajón inferior y los puso en su escritorio. La pila se transformó en una torre caprichosa.

—Esta declaración en español —dijo David tocando el papel de arriba—, ¿me la puedes transcribir en inglés? No está muy larga. Entiendo una parte, pero no todo. —Luego le explicó que tenía que irse temprano para asistir a una junta comunitaria—. No trabajes muy duro —le dijo mientras se echaba el abrigo sobre los hombros.

Luz pasó la tarde mecanografiando documentos sobre juntas con clientes, notificaciones de facturación y otros papeles para los casos. Mientras recorría el libro de cuentas, vio el nombre de Eleanor Anne y pensó en preguntarle a David al respecto después. Luego estudió el papelito que tenía que traducir. Estaba escrito en una cursiva fina con mano firme, tinta negra delicada con las letras *CR* como firma. Luz estaba acostumbrada a pasar palabras a palabras. Llevaba haciéndolo desde que era niña, pero algo en la escritura la hacía sentir como si las letras mismas sollozaran. Mientras tecleaba, Luz rompió en llanto. Al principio en silencio y luego en gimoteos en *staccato*. En cierto punto, cayeron lágrimas en la página y tuvo que secarla a soplidos. Era una carta escrita por Celia Ruiz, la hermana mayor de Estevan Ruiz, el muchacho encontrado muerto en el vagón de carga.

Desde que le quitaron la vida a mi hermano de una forma tan salvaje, mi mamá solo duerme. Nuestro padre no está y lleva muchos años sin estar: murió en una explosión en una mina de la que solo recuperaron su mano izquierda, con el sencillo anillo de bodas intacto. Ni hay que decir que Estevan mantenía a la familia. Yo aún no me caso, y tengo miedo de lo que me veré forzada a hacer para alimentarnos a mí y a mi mamá. Y si alguna vez leen esto los tipos que asesinaron a mi hermano, los agentes de la ley, los que dicen protegernos, tengo un mensaje para ustedes. Mi hermano Estevan no era un cuerpo inútil que pudieran tirar como basura. Era un hombre, un hermano, un hijo. Tenía un corazón amable y bueno. Hacía café todas las mañanas, un poco extra para mi mamá y yo. Aprendió a hornear pastel para nuestros cumpleaños y era un artista hermoso. Tenía un talento real con sus cuadros de montañas y caras. Este dolor, la ausencia de su vida, es antinatural, va contra la voluntad de Dios. Me avergüenza haber rezado por que regresen a la vida los muertos. Por favor, Dios, te lo he rogado, devuélveme a mi hermano, déjame visitar a mi padre, dame un instante de su alegría. Pero nunca atiende mis oraciones y estoy tan enojada con Él que me da vergüenza. ¿Y ustedes, los que asesinaron a mi hermano? No se enfrentan a nada, no tendrán un juicio ni consecuencias por matarlo. Me pregunto si pueden sentir siquiera lo podridas que están sus almas.

Cuando terminó, Luz leyó la declaración en voz alta y cerró con fuerza los ojos, tratando de no ver el charco de sangre que se derramaba desde las imágenes en su mente hacia el cuarto a su alrededor.

—

Aquella noche, después de trabajar, Luz fue con Avel al Emerald Room para el Micrófono Abierto del Martes por la Noche. Avel esperaba que algún músico local lo oyera tocar y lo invitara a su banda. A Luz le gustó la idea, porque podría leer el té ahí. La dueña era una mujer del Medio Oeste mayor y veleidosa llamada Lady Red, quien alentaba un poco al público a participar y, durante los espectáculos de madrugada, a cometer varios niveles de nudismo. Por supuesto, el Emerald Room recibía citatorios constantes de la policía y, varias veces al mes, sin aviso previo, lo cerraban, hasta que Lady Red pagó el soborno.

El techo del club era un amplio domo, un cielo de vidrio. Le habían ofrecido a Luz un gabinete rinconero. Avel estaba sentado junto a ella, sacándole brillo a su trompeta con su pañuelo rojo. Se veía guapo en su camisa amarilla. También olía bien, un aroma a otoño, cuando hay algunas hojas desperdigadas por las calles.

—¿Estás nervioso? —le preguntó Luz.

Él negó con la cabeza y se le acercó más.

—Solo me pongo nervioso cuando tengo que hablar. ¿Pero con música? Puedo tocar hasta el amanecer.

Una muchacha se acercó al gabinete con una moneda de diez centavos entre el índice y el pulgar.

—Una clienta —gritó Avel y se paró de un salto luego de besar a Luz en la frente—. Te dejo trabajar.

Luz le sonrió a la joven y empezó a prepararle el té. Llamaron a Avel y Luz lo vio caminar con seguridad hacia el escenario. Era el próximo en la fila. Su trompeta brillaba con una luz azulada. Habían salido varias veces desde que fueron al Teatro Oso: un picnic en las montañas, una foto en el Santa Fe, caminatas junto al río al atardecer. La primera vez que Avel la besó, una trucha arcoíris saltó del agua y se estrelló contra una roca antes de volver a caer en la espuma. Luz soltó un gritito ahogado y Avel creyó que se había quedado sin aliento por él, o al menos eso fue lo que le hizo creer.

Un conjunto de cantores terminó su set mientras Avel esperaba en la penumbra a la izquierda. Luz le leyó el té a la muchacha, luego a tres hermanas y muy rápido a un marido que definitivamente se estaba mintiendo a sí mismo y a su esposa sobre sus necesidades en la cama. Miró el domo. Series de luces se entrecruzaban por el lugar, como si Dios hubiera metido las estrellas a la sala. Llamaron a tocar a Avel mientras se preparaba una taza.

—Te dije que no trabajaras muy duro —era David, parado frente a ella—. Y aquí estás, trabajando más.

—No sabía que vinieras acá —dijo Luz con frialdad, escondiendo su sorpresa.

—Yo no —dijo David—, pero mi cita sí, y lleva mucho tiempo en el sanitario de damas.

Se hizo para atrás en sus zapatos brillosos, oteando el bar.

—Tal vez se te escapó.

—Gajes del oficio —le guiñó el ojo David—. Mi yaya hacía esto —señaló las hojas y la tetera—. También leía cucharas.

Luz sonrió y se asomó detrás de David, donde Avel se estaba acomodando en el centro del escenario, bajo la luz azul. Cruzaron miradas a través de la muchedumbre y él sonrió, trompeta en mano. Había un halo angélico en la campana del instrumento.

—Me llamo Avel —dijo— y acabo de llegar de California.

Las primeras notas de su aliento gimieron como si la trompeta misma estuviera llorando.

—David —dijo Luz alzando la mirada lentamente.

—No —dijo él—, no quiero que me leas la fortuna.

Luz le lanzó una mirada aburrida. Aprovechó la oportunidad para sacar a colación lo que la había estado carcomiendo.

—Hoy en el libro de cuentas vi que te visitó esa chica, Eleanor Anne, pero no le cobraste nada. ¿Por qué?

David miró hacia abajo y se rascó la cabeza. Le cayeron rizos en los ojos.

—Ay, Luz, mi tierna Luz. No te puedo decir.

Entonces Luz volteó a ver a Avel, que tenía los cachetes inflados como globos. No podía oír muy bien su canción, y con David parado junto a ella, sentía la atención dividida.

—¿Tiene que ver con Diego?

Lo ecos vacíos de la trompeta de Avel se movían alrededor de ella, distantes y quedos. Hubo un momento durante el cual ninguno de los dos dijo nada. David sonrió inútilmente. Le preguntó si podía darle un sorbo a su té, y Luz pensó en decirle que no antes de pasarle la taza. David le dio un trago y dejó la taza de porcelana sobre la mesa. Ella se preguntó por su boca, dónde habría estado.

—Le ayudé con una cosa de vivienda —dijo—. En realidad, le deberías tener lástima.

—¿Lástima? —dijo Luz—. Mi hermano ya no está por su culpa.

—Es complicado.

—Atacaron a Diego.

—Imagínate a los peores hombres del mundo —dijo—, hombres que odian a cualquier persona que sea diferente. Ahora imagínate que así es toda tu familia.

—Entonces me imagino que yo sería igual.

Avel regresó al gabinete y Luz no se había dado cuenta de que había acabado su canción. Se estaba limpiando el sudor de la cara con la misma tela con la que le había sacado brillo a la trompeta. Se paró junto a David y le preguntó a Luz qué le había parecido su canción. Luz sintió vergüenza; apenas si la había oído.

—Preciosa —soltó sin aliento su mentira.

—Muy buen trabajo —dijo David, mientras se sacaba diez centavos de la bolsa y los dejaba en la mesa. Saludó a alguien al otro lado del lugar, al parecer su cita—. Gracias por la lectura, Luz. Siempre tienes una visión muy clara.

Luego de que David se fuera, Luz vio la sala hincharse de movimiento, el parloteo de una charola de plata, la risotada de una borracha, el grito del cantinero. Más de una vez se le acercaron músicos a Avel.

—Recuerda mi nombre —dijeron varios—. Siempre nos hace falta otra trompeta.

Avel hablaba y la música retumbaba y el Emerald Room caía en tinieblas entre actos. Luz atravesó la oscuridad con la mirada hasta ver a lo lejos de su mente una figura que se acercaba parsimoniosa. Tenía la piel pegada a los huesos, los ojos ocultos por un sombrero de fieltro y una cara que reconocería en cualquier lado. Traía una taza en la mano, y Luz se dio cuenta de que una luna prístina flotaba dentro de ella.

DIECIOCHO

La historia de amor de Eleanor Anne

Denver, verano de 1933

Diego esperaba en el atrio de la catedral de la Inmaculada Concepción. Era una noche de verano. Los faroles brillaban en tonos miel entre los álamos; sus largos haces amarillos caían a sus pies. El aire olía a jazmín. Las cigarras chirriaban. Una brisa cálida le acariciaba el pelo y le elevaba la piel. Cuando Eleanor Anne se acercó en su bicicleta plateada, con las ruedas rechinando en un ritmo oxidado, Diego se acabó su cigarro y dejó colgar la cabeza con tristeza. Se paró para saludarla y ella se bajó de la bici. Tenía las piernas largas bajo el vestido de encaje rosa y el pelo de fresa recién cortado y enmarcándole los ojos verdes.

—¿Estás listo?

Dio un paso hacia él con las mejillas sonrosadas, como si hubiera estado llorando. Diego le puso la palma en el cuello húmedo, le besó la frente e inhaló su aroma a rosas. A veces, cuando la veía, se sentía como un viejo que viajara por un paso montañés interminable que acabara en ella, una cálida cabaña de invierno, una chimenea humeante, un lindo patio de flores silvestres.

—No tenemos que hacerlo, ¿eh? —dijo—. Nos podemos ir hoy y no regresar nunca.

Eleanor Anne se liberó de entre sus brazos. Guardó el pie de la bicicleta con la pierna derecha y guio el manubrio mientras caminaban.

—Ya sabes que mi familia no lo va a permitir. Hay que acabar con esto.

Las curanderas vivían en una casa violeta a punto de desmoronarse con una reja torcida de picos. Su silueta contra la noche parecía una extensión de las nubes. Diego abrió el portón y siguió a Eleanor Anne mientras empujaba su bici hacia una zona vacía en el pasto. Cruzaron miradas ante un altarcito a la Virgen de Guadalupe. *Te amo*, formó Diego con los labios y Eleanor Anne sonrió mientras se sacudía los hombros con las manos.

El interior era una casa de muñecas con cuartos llenos de gente necesitada de cuidados. Pasaron por la cocina, donde una pareja joven buscaba consejos para concebir, y por la sala de estar, donde un jornalero le hablaba de sus verrugas en el pie a una joven curandera. Diego notó que una mujer con fama de prostituta estaba discutiendo algo entre murmullos en el pasillo. La curandera que de alguna forma había conseguido Eleanor Anne era una abuela paciente y canosa. Su hogar olía a menudo, a cedro quemado, a incienso y a iglesia. Una mujer de mediana edad con piel refulgente y que se veía muy suave sentó a la joven pareja en una habitación en penumbras con baño propio. Traía puesto un huipil de flores bordadas en morado y oro.

—¿Cuánto tiempo tiene? —preguntó en español.

Mordió un pedazo de copal con los labios y puso el trusco ambarino en un sahumador. Espolvoreó cedro seco sobre el carbón y encendió la pila con un cerillo escuálido. El cuarto floreció de humo. Diego le tradujo a Eleanor Anne, quien dijo:

—Solo un mes o dos.

—Bien —dijo la curandera.

Tenía los dientes brillantes de coronas de oro. A lo largo de sus muñecas, los brazaletes de conchitas le presionaban la carne. Bajó un metate de un estante alto, junto a veladoras blancas y una vela de San Miguel, y lo puso en el piso, entre sus pies limpios y redondos. Sacó varios paquetes de hierbas de una bolsita de cuero que traía colgada al cuello. Al igual que el copal, las mordió para despedazarlas y las puso en la superficie plana de piedra. Las molió hasta formar un polvo café fino. Luego se fue al cuarto de al lado. Diego volteó a ver a Eleanor Anne, quien se veía muy asustada.

Cuando la mujer volvió, traía una taza azul humeante y una cuchara esbelta.

—Una cucharada por cada luna de retraso.

Diego se lo tradujo a Eleanor Anne. Ella asintió y dijo que entendía. Se lo dijo dos veces. Con un ligero temblor, echó tres cucharadas en la taza. La curandera hizo gesto de beber con ambas manos y se recorrió con los dedos el camino que seguiría por la garganta y la panza. Cuando terminaron, Diego le ofreció cigarros y dos collares de oro y cuarzo rosa.

Diego caminó con Eleanor Anne hasta la frontera de su vecindario a orillas de Park Hill. Su bicicleta hacía ruidos desvencijados al rodar junto a las mansiones de piedra y la vasta biblioteca. Las calles de Park Hill estaban iluminadas por faroles. Estuvieron en silencio un rato. Los murciélagos aleteaban sobre ellos en cascada por el aire, cayendo del cielo para comer mosquitos. Diego pensó que a Reina y a Corporal les habría gustado el paisaje. En la noche cruda, Eleanor Anne permitió que sus manos le tocaran el flanco a Diego. Cuando doblaron la esquina de una cuadra a la siguiente, se inclinó y le besó la oreja. Sonó como un brote estelar de labios.

—No estés triste —le susurró—. Era lo único que podíamos hacer.

Diego quería decir que no era cierto. Que estaba dispuesto a casarse con ella, a criar a su hijo y vivir en otra ciudad, en una más grande, a irse al oeste, a California, donde ganaría dinero con su espectáculo, podría dejar la fábrica, comprarse un bungalito y enseñarle a su hija a bailar con serpientes. Era niña, estaba seguro. Le impactó que ya estuviera hablando de la bebé en pasado. Que deseara que Eleanor Anne no descendiera de gente tan odiosa y prejuiciosa. Que deseara que pudieran tener su vida juntos a la luz del día, en vez de así, solos, lado a lado, de noche.

—Diego —dijo Eleanor Anne—, me siento rara.

—Seguro solo necesitas descansar —dijo él mientras la guiaba con una mano en la espalda baja.

—No —dijo ella negando con la cabeza, y se detuvo con las manos en el manubrio—. Algo está mal.

Soltó un gemido, se tocó el vientre bajo y se encorvó.

Diego le quitó la bici y le sacó el pie para pararla. Tocó a Eleanor Anne y le preguntó qué tenía.

—Me duelen las entrañas.

—Nena —dijo encogiéndose ante su dolor—. Tiene que doler. Lo siento, nena.

—Creo que tomé demasiado. Tomé de más para asegurarme de que funcionara.

Eleanor Anne negó con la cabeza, sacudiendo su pelo rojo. Empezó a llorar y se separó de Diego. Cayó por encima de la banqueta, en el pasto húmedo. Diego se arrodilló junto a ella y le tomó la cara con las manos. Se había desmayado. Sus párpados titilaban entre el mundo de la vigilia y el sitio al que se había ido. Diego la llamó por su nombre y le dio una cachetada suave. Bramó más fuerte, le rogó que se despertara, le sacudió los brazos y las piernas. Entonces notó la sangre en su centro. Le levantó el vestido y vio que sangraba mucho entre las piernas. Se limpió la sangre contra el pasto. Le levantó la cabeza y le jaló el torso hasta alzarla del suelo. Cuando empezaba a echarse su cuerpo al hombro, se giró y vio una línea de tres anglos en la banqueta, a dos casas de distancia. Estaban bien vestidos, de traje negro, y conversaban borrachos mientras caminaban hacia un automóvil estacionado. Cuando llegaron al Ford, dieron marcha al motor y prendieron los faros, y a Diego se le hundió el corazón. Era su fin.

—Ey, ese de allá, ¿qué haces? —gritaron.

—Dios mío —dijo otro—. Miren su vestido. ¿Qué le hiciste?

Diego se bajó suavemente a Eleanor Anne del hombro y deslizó su cuerpo hasta el pasto.

—Lo siento mucho, mi sirena —le dijo y la besó en la boca antes de correr hacia el callejón largo y sin luz, de vuelta a Hornet Moon.

DIECINUEVE

La justicia es ciega, pero ¿será sorda?

Denver, 1934

A veces, Luz pensaba en cuando apenas habían llegado a la ciudad, en cómo no entendía la disposición del mundo. Estaba muy chiquita. Antes, cuando vivían en la Tierra Perdida, estaba rodeada de montañas desde Huérfano hasta Trinidad y todos los campamentos mineros de en medio. La sierra era permanente y cambiante, antigua y joven; sus picos blancos la hacían pensar en canas y sus arboledas de álamos le parecían venas. Ella se sentía hecha en parte de cerros, como si la tierra fuera su familia.

Pero la ciudad era distinta. Esmog y concreto. La luz matutina se colaba entre los resquicios de piedra y aterrizaba en los capotes desgastados de los Modelos T que descansaban en la Calle Curtis. Por las tardes, el sol se escurría detrás de las montañas, hundiéndose con largos tentáculos de luz que se estiraban sobre la ciudad de ladrillos en busca de otra oportunidad de brillar. Maria Josie insistió en que ella y Diego tenían que *aprenderse el mapa*, como ella decía, y les mostró la ciudad primero a pie y luego en tranvía. Usaba buenos zapatos para caminar, y se vestía —y a los niños— con muchas capas. *Luego hace calor*, les decía, *y en un instante, puede que granice*. Los hermanos aprendieron a tener cuidado. Era peligroso pasear por los barrios de anglos, y sus rutas de tranvía eran igual de inseguras. Había picnics y carreras de coches del Klan. Quemaban cruces al borde de las colinas; las llamas lamían los muros del cañón; el odio alcanzaba las estrellas.

Una vez, Luz y Diego estaban caminando por el centro cuando un hombre les gritó: *¡Regrésense a su país!* y les escupió desde la ventanilla de un camión. Se suponía que se estaban aprendiendo el mapa. Era la primera vez que Maria Josie los mandaba solos. Luz lloró mientras se limpiaba la flema caliente del desconocido de la carita. Diego soltó una palabrota y alzó ambos brazos. Pero los bajó con cuidado y le dijo a Luz que por fin reconocía dónde estaban. Jaló a su hermanita por la manga de su vestido crecedero hacia los abarrotes, un lugar llamado Tikas, con un tintineo.

—¿Qué le pasó a la chiquita? —preguntó una voz, y Luz vio que era un chico mayor, David, el hijo del dueño, que atendía en el mostrador.

Diego apuntó a su cachete mojado y preguntó si podía usar el lavabo, por favor. Luz apenas tenía ocho años, y todo lo que había en la bodega de la tienda era muy distinto a lo que había visto en su vida. Estantes de comida enlatada, costales de harina, pilas de huacales. *Han de ser ricos*, pensó mientras se tallaba la cara hasta casi sacarse sangre con una toalla blanca limpia.

—¿Dónde pasó? —estaba preguntando David cuando regresó Luz.

Ella apuntó a la puerta principal.

—¿De qué color era el camión? —preguntó David mientras salía de detrás del mostrador. Traía un bat de beisbol. Le tomó la mano izquierda con delicadeza y la guio hasta la puerta. La abrió con un gesto amplio—. ¿Hacia dónde se fue? ¿En qué dirección?

Luz negó con la cabeza. Ya había acabado de llorar. Avergonzada, se apretó la toalla contra la cara, tratando de esconderse de David.

—Todavía no me sé las direcciones. Hoy nos perdimos. Estamos tratando de aprendernos el mapa.

David le quitó la toalla de la cara con delicadeza. Sonrió cuando ella volteó a verlo. No era un adulto, pero tampoco era un niño. Era alto, de hombros esbeltos y mirada cálida. Señaló el fondo de la amplia avenida, entre los edificios de ladrillo y el cielo lleno de cables.

—Mira para allá —dijo—. Esas son las montañas. Siempre van a estar al oeste.

Luz miró hacia el horizonte, permitiendo que la línea de sol le bañara los ojos.

—Y para allá está plano —dijo David—. Esa es la tierra de las planicies: el este.

David señaló a las montañas una vez más.

—¿Qué dirección es esa?

—El oeste —dijo Luz.

David hizo un gesto a la derecha.

—El este —volvió a decir ella.

—Muy bien —dijo él—. Ahora di: *¡Esta es mi ciudad!*

Luz no dijo nada, y David la empujó para que se atreviera.

—Esta es mi ciudad —dijo quedito.

—¡Esta —dijo David más fuerte— es mi ciudad!

Luz soltó una risita antes de respirar hondo.

—¡Esta es mi ciudad!

—Muy bien —dijo David—. Ahora otra vez, pero en serio.

—¡ESTA ES MI CIUDAD! —gritaron juntos hasta que sus voces retumbaron, altas y en arco, estremeciendo los cables del tranvía y las ventanas nebulosas de esmog, volando entre las vecindades de piedra y los penachos de las fábricas.

Esto, repitió ella, *es nuestro.*

El tribunal yacía en lo alto de una retícula de pasto con retazos de nieve. Luz siguió a David mientras subía los escalones de piedra vestido de traje negro y zapatos resplandecientes, con un portafolios a su lado. Era miércoles por la mañana. El sol brillaba sobre sus hombros y se filtraba entre sus rizos. El majestuoso edificio de varios pisos formaba una curva cóncava, como si abrazara a la ciudad. Las ventanas estaban vacías y lo reflejaban todo; las puertas eran enormes y de latón. David se giró al llegar a la cima de la escalinata.

—Lo de hoy es una audiencia para el caso Ruiz —dijo ante las puertas principales—. Normalmente voy solo al juzgado, pero a veces te pediré que me acompañes. Lo de hoy es para enseñarte cómo funcionan las cosas. Debería ser rápido.

Luz le dijo que entendía y trató de ignorar el nerviosismo que le carcomía el estómago. Nunca había estado antes en un tribunal, aunque una vez habían arrestado a Diego por vagancia, cuando solo había estado encantando serpientes frente a la estación de trenes. Había pasado el fin de semana adentro, y luego un juez viejo y arisco que lo miraba con desdén a través de diminutos lentes circulares le había hecho pagar una multa. Era una chingadera, le dijo Diego a Luz. *Nunca entres a un juzgado*, le dijo, *si puedes evitarlo*.

Las puertas giratorias de latón rotaron a Luz y a David hasta escupirlos en una impresionante galería de mármol sonrojado de mañana. Había mujeres anglos con labial rojo, el pelo sujeto con broches, carpetas entre los brazos y los pies bailando tap al ritmo del trabajo. David saludó a un hombre vestido igual que él, con el mismo traje negro y zapatos resplandecientes. Se adentraron en la galería, un túnel de bancas de piedra color crema y bebederos sin usar. En los muros había murales que representaban carretas cubiertas, mineros cribando oro, una abundancia de blancos llegando a la tierra. Las puertas tenían marcos de madera con vidrio esmerilado y palabras impresas en letras negras: DESPACHO DEL CONSEJO DE LA CIUDAD, SECRETARIO DEL CONDADO. David guio a Luz con la mano en la cadera hasta llegar a las puertas del JUZGADO 108.

—Siéntate —le susurró señalando lo que a Luz le pareció una banca de iglesia.

El juzgado era más pequeño de lo que Luz había esperado. Estaba casi vacío. Había una bandera de Estados Unidos y una banca alta con dos escritorios chicos ante ella, uno a cada lado, todo hecho de madera y piedra. Había un oficial que David le había explicado que se llamaba *alguacil*; una mujer encorvada sobre una máquina de escribir; un reportero de juzgado; y otro abogado, un hombre de canas con motas de caspa en los hombros de su grueso traje de lana. De camino para allá, David le había mencionado que trabajaba para la ciudad, un auténtico dinosaurio.

—Todos de pie —dijo el alguacil—. El Segundo Tribunal Judicial de Distrito para la Ciudad y el Condado de Denver abre sesión; preside el honorable juez Roberts.

Luz vio aparecer al juez vetusto de detrás de un pánel de madera, como si surgiera de un pasadizo secreto. Se puso rápido una toga negra.

—Gracias —dijo mientras se sentaba en lo alto—. Pueden sentarse, por favor. Se está llevando el registro para *Ruiz versus Carmichael y la Ciudad y el Condado de Denver*. Presentes para la sesión se encuentran el licenciado Tikas, en nombre de la demandante, Celia Ruiz; y el licenciado Johnston, en nombre de los acusados: el oficial Mitchell Carmichael y la Ciudad y el Condado de Denver.

Luz escuchó con atención, pero le costó trabajo seguir las palabras del juez. Tenía la sensación familiar de estar en la iglesia, y casi esperaba que el cura y los monaguillos aparecieran con incienso y la Eucaristía en cualquier instante. El procedimiento en el juzgado helado se sentía como un ritual, una ceremonia que Luz no reconocía, pero que estaba convencida de que podía aprenderse. Se sentó un poco más erguida y se inclinó hacia el frente en la banca. El juez llamó primero al abogado de la ciudad, quien se paró y se aclaró la garganta con un carraspeo húmedo. Pidió que se rechazara algo, una moción, dijo.

—No tienen una demanda válida —dijo el abogado de la ciudad—. Podríamos describir a detalle los hechos comprobados en este caso. Sí, el señor Ruiz está muerto. Sí, su muerte ocurrió durante un altercado con el oficial Carmichael. La defensa acepta esos hechos, pero rechazamos la naturaleza de la demanda. La cuestión es que la Ciudad y el Condado de Denver no pueden ser considerados responsables debido a la inmunidad del soberano. No se puede demandar al rey.

El abogado de la ciudad continuó hasta que lo interrumpió su propia tos. Su voz languideció entre el ruido. Cuando terminó, el juez llamó a David, quien se paró de forma elegante, abotonándose la parte inferior del saco y pasándose las manos por el pelo.

—Su Señoría —dijo—, en nombre de la demandante Ruiz, rechazamos la base de esta moción. La defensa afirma que la ciudad no puede ser considerada responsable, pero, con todo respeto, ¿qué sentido tiene demandar a un policía borracho? Todos sabemos que el señor Carmichael no tiene nada a su nombre más que un largo historial de golpizas excesivas, una animadversión de la que la ciudad está al tanto, y al respecto de la cual no hace nada. El señor Carmichael persiguió al hermano de mi clienta, lo golpeó con la macana hasta dejarlo inconsciente y lo tiró de un puente de metal a un vagón de carga vacío. Al matar a Estevan Ruiz, el señor Carmichael le negó techo y sustento a una familia entera, pues dependían del salario del muchacho para mantenerse. Cuando un oficial decide asesinar a un miembro de la comunidad, no es una vida lo que se apaga. Hay una red de consecuencias: una sola muerte daña mil vidas.

Luz nunca había oído a David usar así su voz. Estaba ligeramente de perfil y podía ver la silueta de su cara, con una calma en la mandíbula iluminada como la de un actor en escena.

—Abogado —dijo el juez—, por apasionado que sea su alegato, la pura verdad es que no hay una demanda que atender aquí. Presentaré mi fallo en una declaración por escrito esta misma semana. Se cierra la sesión.

David se dio vuelta lentamente, con un halo de enojo casi visible surgiendo a su alrededor. Metió sus papeles en orden en su portafolios y miró a Luz.

—Tenemos otra parada —le dijo mientras salían del juzgado.

Las calles estaban abarrotadas con la muchedumbre del mediodía: muchachos vendiendo periódicos, obreros moviéndose entre los puestos de comida, banqueros subiéndose a sus automóviles. David caminó rápidamente por la Calle Diecisiete, con la mandíbula apretada mientras miraba a Luz. Su abrigo y sus zapatos eran del mismo gris que las nubes. Hacía frío y su aliento formaba niebla. El aire olía a estiércol y a ganado muerto. Los ojos de David parecían pesados de pensamientos. Luz aún no había aprendido a leer sus expresiones como lo hacía con Lizette y Diego. Con Maria Josie, nunca aprendió por completo. Había gente así.

—Como podrás haber adivinado —dijo David al detenerse en una intersección—, no nos fue bien —señaló un edificio inclinado al otro lado de la calle. Parecía un gimnasio público, pero más pequeño. Sobre la entrada, como empaladas en varas de hierro, las letras KQEZ brillaban en rosa—. Tengo que pedir un favorcito.

La estación de radio estaba bajando unas escaleras de granito triturado y chapado, al fondo de un pasillo en penumbra, después de un baño con la puerta abierta al excusado, en un cuarto oblongo con un cuartito de vidrio montado en un rincón. Al entrar, Luz se dio cuenta de que había un hombre sentado en el cuartito de vidrio, con una lámpara junto a él, en un amplio escritorio verde con un enorme radio con muchas perillas y cables y focos. Traía unos audífonos encima del pelo crespo. Estaba sentado con las piernas cruzadas, sosteniendo con calma un micrófono cromado en la mano izquierda. Desde donde estaba Luz, casi parecía como si estuviera doblando un arco y lanzando flechas al aire. Solo al oírlo se dio cuenta de que era Leon Jacob, un hombre cuya voz había escuchado cientos de veces, pero cuya cara nunca había visto.

Los periódicos dicen que es una víbora heroica. Me oyeron bien, damas y caballeros. La víbora no es un sándwich, sino un Hércules, nuestro FDR propio encarnado en un reptil, ni más ni menos. Y para aquellos ciudadanos de Denver que digan: "Pero ¿dónde están nuestros Baby Face Nelsons y John Dillingers y lindas Bonnies y pobres Clydes?", pues los tenemos en los caídos de esta historia. Un asaltabancos sin suerte y con un nombre olvidable detenido in fraganti por una culebra justiciera. Alguien venga por su mascota.

David tocó el vidrio. Leon lo ignoró varios segundos hasta que David sacó un papel de su portafolios, lo pegó contra el vidrio y volvió a tocar. Leon lo miró y se quitó los audífonos. Se paró y abrió la puerta.

—No juegues conmigo —dijo—. Pensé que le daba miedo leerlo al aire.

—Sí, pero recuerda que Celia nos dijo que podíamos conseguir a alguien más —señaló a Luz—. Ahora tenemos a alguien más.

Leon la volteó a ver.

—¿Una camarada?

—Mi nueva secretaria, Luz —dijo David.

—Nos iluminas —dijo Leon—. ¿Cómo estás?

Luz le estrechó la mano. Era más chaparro de lo que esperaba, y al mirar hacia abajo se dio cuenta de que solo tenía una pierna. La otra le terminaba debajo de la rodilla; traía los pantalones verdeoscuros atados en un nudo. Todo mundo sabía que Leon había sido operador de radio en la guerra. Lo salpicaron de metralla al salir de las trincheras. *La injusticia es sufrimiento*, decía a veces en la radio, y Luz pensó que sabía de lo que hablaba.

—¿Cuándo lo quieres hacer? —le preguntó a David.

—Ya, en la de las tres. Para alentar a la gente a que vaya a la próxima protesta afuera del Capitolio.

Leon chasqueó la lengua. Se quitó los lentes circulares de la cara y les sopló antes de limpiárselos con la camisa de lana.

—Está bien —dijo—. Puede que funcione.

Regresó al cuarto de vidrio y les dijo que les haría una seña cuando estuviera listo para que Luz entrara.

Luz se sentó junto a David en el cuarto grande, en un sillón viejo con varias manchas de vino tinto. Las ventanas subterráneas eran cuadritos pegados al techo, una rodaja de tarde que caía en el sótano. Lizette y Alfonso a veces se burlaban de Leon, decían que era un idealista, que estaba desconectado de la realidad, pero mucha gente de muchos barrios distintos había empezado a escucharlo. Para la gente como él, era posible hacer un mundo nuevo, una ciudad donde no desalojaran a los pobres ni los obligaran a hacer filas de horas para conseguir sopa fría; donde las mujeres no se vieran obligadas a vender su cuerpo por leche de vaca y los hombres no murieran en las plantas de las fábricas. Tal vez, en cierto sentido, Luz estuviera de acuerdo con la gente como Leon. De todos modos, la ponía nerviosa leer la nota en la radio, pero David le aseguró que no usarían su nombre ni mencionarían ninguno de sus datos.

—Es como tomar prestado —le dijo—. Estamos tomando prestada tu voz para ayudar a la gente.

Luz asintió apretando la declaración de Celia entre sus manos, el original y la versión que había mecanografiado en inglés.

—Imagina que Leon fuera Diego —dijo David.

Leon les hizo seña desde el cuartito de vidrio para llamar a Luz. David le dio una palmadita en el dorso de la mano antes de que entrara al espacio helado. Leon estaba sentado junto a las perillas de la radio; las luces de los focos le rebotaban en los lentes. Le enseñó a encender el micrófono, a bajar el volumen en sus audífonos, dónde tenía que hablar y qué tan fuerte. Leon examinó el documento y le dio la vuelta para pasar del español al inglés. Leyó ambos lados.

—Cuando acabes de leer la declaración en inglés —dijo—, les avisaré a los escuchas dónde es la marcha de mañana, y cuando acabe, te doy la entrada para que leas la nota otra vez, pero en español. ¿Se puede?

—Sí —dijo Luz—, pero creo que necesito practicar un poco.

—Practica al aire —dijo Leon con una sonrisa y le dio un vaso de agua—. No bebas cuando estemos al aire: se va a oír como tragas.

Luz hizo una mueca y miró la nota, moviendo los labios en silencio mientras practicaba leer en voz alta. Leon encendió el receptor de radio. Una luz roja titiló en la cabina. Leon anunció que les tenía un mensaje muy importante, una declaración leída por un individuo como ellos, una chica de su mismo entorno, de un barrio como los suyos. Volteó a ver a Luz y le dio la señal con el índice.

Luz inhaló y el micrófono capturó indicios de miedo antes de que se estabilizara y se soltara a hablar. Mientras leía, la declaración parecía escaparse de la página, las palabras de Celia salían al aire y formaban una cobija de peso. Luz se imaginó que su voz y la de Celia galopaban juntas por el viento y caían en salas y estaciones de trabajo; que la vida de Estevan entraba en la mente de todos sus escuchas. Luz leía y hablaba y pensaba en Diego en los campos, en su cuerpo encorvado sobre los cultivos, en su cara mutilada. ¿Qué tan cerca había estado de que lo asesinaran como a Estevan? ¿Qué tan cerca había estado ella de quedarse sin hombres en su familia?

Al terminar la declaración en español, Leon alzó los dedos: *una, dos, tres.* Apagó el micrófono. Se quitó los audífonos y jaló a Luz para abrazarla. Olía a grasa para maquinaria y a goma fina, y le gritó acuosamente en el oído.

—¡Tienes un talento innato! ¡Innato!

Luz le dio las gracias con una sonrisa inquieta, y cuando se rodeó la boca con la mano, sintió que le corrían lágrimas por los cachetes. La cabina quedó en silencio y Luz se asomó por el vidrio para ver a David. Estaba muy quieto, con una expresión de ternura, y le refulgían los ojos en la penumbra. *Buen trabajo*, formó con los labios mientras se ponía el sombrero lentamente.

Luz no veía a Leon Jacob durante varios meses, y para entonces casi habría olvidado su cara. La luz de los vecinos llevaría días cortada, y una noche Luz caminaría con una vela hacia la tina compartida al fondo del pasillo. Al asomarse por la ventana, vería a un hombre vestido de negro, con una sola pierna, cargando cables de cobre de un edificio a otro, chupando electricidad de las oficinas de gobierno que había al fondo de la calle para llevarla gratis a las vecindades estranguladas por la oscuridad.

VEINTE

La modista

La ciudad estaba pasando del invierno sombrío a la nueva vida que batallaba por nacer. Aunque las noches siguieran cayendo en un frío profundo, en las mañanas de abril Luz veía señales de la llegada de la primavera mientras caminaba al trabajo. Los narcisos asomaban sus caritas amarillas entre las sábanas delgadas de nieve. Los pinos existían en dos tonos las bases eran de agujas oscuras y endurecidas y los bordes tenían puntas de un verde suave y radiante. El Platte, serpentino con sus escamas heladas, se liberaba de sí mismo y se henchía con el deshielo cristalino que venía fluyendo desde la Gran Divisoria. Diego se había ido hacía poco más de seis meses, y Luz y Maria Josie sentían su ausencia como un fuego que se apagara lentamente, con las brasas aún rojas y titilantes, pero ya casi sin calor.

David le pagaba lo mismo que a cualquier secretaria primeriza, pero con el costo de sus clases en la Opportunity School y su guardarropas nuevo, no les alcanzaba para vivir cómodas. Comían tortillas rancias con mantequilla y sal. La carne era rara. Guardaban el cunque del café y las bolsitas de té usadas en latas desgastadas para reusarlos durante toda la semana. Las medias de invierno de Luz se le habían empezado a correr y tenía las suelas negras. Lizette le enseñó a dibujar una raya con un lápiz de kohl por la parte trasera de las piernas, para que pareciera que traía un par nuevo y fresco. Pero a casi todo mundo le estaba yendo mal. La mayoría de los días, Luz caminaba por el barrio evadiendo las pilas de los desalojos como si fueran nieve paleada. Las cosas de la gente estaban desperdigadas por las esquinas: sus baúles de viaje, sus papeles de inmigración, sus zapatos de cuero desgastados, sus bridas, sus edredones blancos de la boda, sus tazas de barro y sus bacinicas de porcelana despostilladas. Las cosas estaban más abatidas que sus dueños, desamparadas, tarareando con una tristeza huérfana. Los objetos quedaban abandonados cuando su gente se iba. Los desalojados reunían fuerzas, juntaban lo que podían en un paliacate y partían a los campos de betabel, al norte, a Wyoming, o más al oeste, a la tierra del sol eterno y el oro legendario.

Luz le escribía a Diego todas las semanas, pero él no contestaba con la misma frecuencia. Ella le describía el cambio de las estaciones, el empeño e insistencia de Lizette en tener una boda extravagante que quizá no llegaría nunca. *Siempre falta dinero*, explicaba. *Pero ella y Alfonso siguen planeando, siguen teniendo esperanzas*. Le contaba de su nuevo trabajo con David y mantenía los detalles al mínimo. A Diego nunca le había caído bien David, decía que era un pendejo que había nacido en una cuna de oro muy pulido. Luz mejor se concentraba en breves pasajes sobre Avel. *Es muy alto y está lleno de bondad. Es artista como tú, músico.* Luz pensó en mencionarle su lectura del café, pero dudó, porque le preocupó que al advertirle a su hermano de las redadas fuera a invocarlas.

¿Tú crees, le escribió en una de sus cartas, *que si arrestaran a los tipos que te lastimaron podrías volver a casa? ¿Crees que algún día estemos seguros de verdad?* Pero cada día entendía mejor que era una mera fantasía justiciera. Ahora que trabajaba para David, se enteraba de los crímenes que no mencionaban los periódicos anglos. Hacía poco, una turba de blancos había asesinado a un vagabundo de color llamado James Batas por atreverse a quedarse dormido en el tranvía hasta que la Línea Verde se convirtió en la Roja, donde solo se permitían blancos. En vez de pedirle que se fuera, una horda de anglos casi lo mata con el poste roto de una reja, luego lo ataron a un Chevy y entonces sí lo mataron lentamente arrastrando su cuerpo por un lote baldío al atardecer. Esos crímenes eran frecuentes, y le confirmaron a Luz algo que siempre había presentido: que su país creía que solo ciertas vidas de anglos tenían valor.

En todo caso, le escribió a Diego en una de sus cartas, *la familia sigue adelante como siempre, solo es un poco más duro que de costumbre. De todos modos, a veces tenemos suerte.*

Un domingo, Luz llegó a casa de Lizette a mediodía. Iban a acompañar a la tía Teresita con la modista, una mujer que Lizette había oído que era la mejor y más barata costurera de vestidos de boda en todo Denver. Las primas habrían ido más temprano, pero Lizette seguía lavando y planchando ropa, y la labor le tomaba el doble de tiempo sin la ayuda de Luz. A Luz le daba culpa, pero si Lizette sentía enojo o envidia hacia su prima por haber conseguido otro tipo de trabajo, escondía sus emociones muy en lo profundo de su ser, porque solo revelaba felicidad por ella. Luz pensaba que eso era lo que ella veía en su prima y mucha gente no: un instinto de bondad.

Luz se adentró por la puerta principal. Sus primitos estaban haciendo un escándalo que se oía desde la calle, maullando como gatos enfermos. Luz se rio mientras abría el portón de malla ciclónica y recorría el camino de cemento hacia la puerta. Tocó fuerte.

Teresita abrió la puerta en un vestido blanco de cuello plisado y con un bebé empañalado en brazos. Le entregó el bebé a Luz antes de girar para gritarle a Lizette que bajara. Se le había escapado el pelo de la trenza como un mecate deshilachado.

—El fin de semana que entra —dijo mientras se limpiaba el sudor del suelo— vamos a organizar una jugadita de cartas. El sábado por la noche. Te vamos a traer pastel.

—¿A mí? —preguntó Luz mientras mecía al bebé entre sus brazos.

—Sí, ¿no cumples ese lunes?

Luz asintió y alzó al bebé un poco por el aire.

—¿De quién es esto?

Teresita se rio.

—Eso de Priscilla, la vecina de al lado. Lo estoy cuidando mientras va a Tikas.

Antes de que Luz pudiera contestar, uno de sus primitos, Antonio, pasó corriendo en botas de vaquero, camisa de vestir y calzones. Sin pantalón. Abrazó con fuerza a Luz por la cintura y luego le apuntó a la cara con un palo en forma de pistola.

—Pam, pam, Lucy Luz.

Otro primito, Miguelito, más chico y menos ruidoso, llegó persiguiendo a Antonio con lágrimas de cocodrilo en los cachetes.

—¡Me quitó mi palo!

—¿Le quitaste su palo a tu hermano? —gritó Teresita—. Devuélveselo.

—Pam, pam —dijo Antonio con una risita sádica mientras corría hacia la cocina en un borrón de botas cafés.

Teresita volteó a ver a Luz.

—Le voy a dar una cueriza a ese cabroncito.

Lizette apareció en lo alto de las escaleras, con los ojos pintados con sombra azul y los labios rojos. Traía uno de sus mejores vestidos, uno con olanes azules, mangas de capa y detalles florales en el dobladillo. Sonrió como reina de belleza mientras bajaba las escaleras, pero se detuvo con una mueca al ver al bebé en los brazos de Luz.

—¿De dónde sacaste eso? —preguntó.

Luz negó con la cabeza.

—No es mío.

—Pues claro que no —dijo Teresita mientras le quitaba al bebé—. Lo estoy cuidando.

Lizette redirigió su confusión hacia su madre.

—¿Pero no nos vas a acompañar?

—Perdón, jita, no puedo. Los niños andan como locos y Priscilla no ha vuelto.

La cara de Lizette se hundió en la decepción. Parecía un payaso triste mientras bajaba por las escaleras. Otro de sus hermanos, que se llamaba Jesús, llegó corriendo por detrás, la empujó a un lado y dijo con una risita:

—¡Ojalá que encuentres un buen vestido!

Teresita salió detrás de él con el bebé balanceado en la cadera izquierda, babeándose charcos brillantes por los bracitos.

—¿Qué te dije de las escaleras? Cuidado, cuidado —dijo.

Lizette le arqueó las cejas a Luz.

—Vámonos de aquí.

La modista no quedaba lejos del Tikas Market. Su fachada estrecha descansaba entre una panadería y un zapatero. Cuando entraron aquella tarde, Luz sintió que estaba adentro de un clóset que se estiraba hasta una oscuridad infinita. No tenían muchos clientes, pero el lugar estaba diseñado para manejar un alto volumen de órdenes. Había tres estaciones con máquinas de pedal Singer de último modelo y un espejo de cuatro páneles donde Luz se imaginó que se paraban las futuras novias ante sus reflejos para fantasear con entrar a la iglesia, llorando galantemente mientras sus padres las entregaban en el altar.

Lizette se acercó al mostrador de vidrio y tocó el timbre plateado con prisa.

—Hola, hola —dijo, y luego de que nadie contestara en un rato, se impacientó—. ¿Nos van a atender o no?

Las primas se sentaron junto al escaparate, encorvándose en posturas perezosas mientras esperaban. La tienda olía a estancado, como si creciera moho detrás de las paredes. La luz era tenue y le daba al lugar la sensación de estar cubierto de musgo. Hacía frío cerca del escaparate, y Luz sentía los vellitos del pelo parársele cada vez que un camión avanzaba con pesadez por la calle.

—¿De dónde sacaste a esta mujer? —susurró.

Lizette se encogió de hombros. Se mordió un padrastro en el meñique izquierdo. Le aparecieron gotitas de sangre en la piel.

—Todas las bailarinas la conocen. Les hace sus vestidos.

—¿Qué bailarinas? —preguntó Luz, suspicaz.

—Las bailarinas de flamenco. Conozco a otra gente aparte de ti, Luz.

—Ya sé —contestó con cariño—, pero ¿qué harías sin mí?

Lizette posó la cabeza en el hombro izquierdo de Luz.

—¿Por qué? ¿Te vas a escapar? ¿Te vas a unir al circo? Ya me imagino el espectáculo: la gran Madame Luz, ruiseñor clarividente.

La modista apareció en una puerta, cargando un rollo enorme de tela blanca. Caminaba con una leve cojera, como si anduviera de lado por un puente colgante. Se había sujetado el pelo rojo con pasadores de metal en forma de mariposas, y traía puesto un vestido de costal poco atractivo con estampado de flores cafés. Les dijo que era Natalya, y hablaba con un acento ruso cerrado y musical.

—¿En qué puedo ayudar, chicas? —preguntó con la vista fija en la tela blanca.

Lizette se paró junto al mostrador y golpeó el vidrio con los dedos.

—Me voy a casar, y me gustaría que me hiciera mi vestido.

Natalya puso la tela en una mesa baja detrás de ella y abrió la palma frente a Lizette.

—¿Tienes una idea? ¿O patrón? ¿Tienes qué?

—Tome —dijo Lizette luego de sacar el patrón doblado de su bolso.

Natalya se aclaró la garganta mientras tomaba el papel. Maniobró los lentes que traía colgados en el cuello y se los puso en la cara. Luego se movió para examinar el patrón bajo la luz natural que caía por el escaparate.

—¿Modificado a partir de McCall's?

—Vogue —dijo Lizette—. Sus últimos diseños me gustan más.

Luz volteó a ver el patrón. Le sorprendió lo bien que había quedado. Lizette hablaba mucho del vestido, un vestido dorado, le decía. Había incorporado el estilo usual, un corpiño delgado de seda o rayón, pero había añadido notas para que le pusieran tafetán dorado en las mangas y el cuello, acentuadas por botones de perla, y una cremallera escondida debajo de la manga izquierda, en vez del lugar usual en la espalda.

Natalya le devolvió el patrón. Luego entró detrás del mostrador a su manera ladeada y sacó un libro de cuentas encuadernado en cuero. Pasó varias hojas y luego recorrió la página con el índice. Se detuvo.

—Pediré tafetán especial de mi proveedor. No será barato y tardará dos meses en llegar. ¿Todavía quieres?

—¿Cuánto? —preguntó Lizette.

—Difícil saber. Cinco o diez dólares.

Lizette suspiró y Luz pensó en algo que Diego le había dicho una vez: cada suspiro es un aliento que le robas a la vida. Lizette le entregó el patrón a su prima.

—¿Tu opinión sincera?

—Es mucho dinero —susurró Luz, pero luego consideró el patrón de nuevo. Vio en su mente a Lizette de espaldas, con una corona de rosas rojas. La vio asomar la barbilla sobre el hombro izquierdo, con las pestañas negras en abanico hacia el collar de su vestido dorado excepcional. Luz podía ver el vestido claramente, terminado y refulgente encima de su prima el día de su boda—. Pero creo que tendrás el vestido que tú quieras.

Lizette sonrió con tristeza.

—No me alcanza, pero gracias por checar.

Natalya alzó la vista y, por primera vez desde que entraron a la tienda, miró en serio a Lizette.

—¿Quién hizo vestido que traes puesto?

—Yo —dijo Lizette.

—¿Dónde viste primero?

—No lo hice a partir de nada. Ni siquiera tenía patrón.

—¿Sabes coser así?

—Ay —dijo Lizette—. Sí. Pero no se compara con un vestido de novia. No soy tan buena.

Natalya caminó alrededor de Lizette, examinando la tela de lana del vestido, las costuras cerradas y los delicados botones de latón. La tomó con gentileza de la muñeca izquierda para guiarla hacia una columna de sol cálido. Le pidió que girara.

—¿Corte princesa? Tiene mucha maña. ¿Quién te enseñó?

—Mi madre.

—¿Es modista?

—No, pero cose de todo. Vestidos, gente —Lizette se rio y le picó las costillas a Luz.

Natalya se quitó los lentes de la cara. Se limpió debajo de los ojos y se pellizcó el puente nasal.

—Regresa sábado que entra. Necesito ayuda aquí, una muchacha con buena mano —estiró una mano y rozó la manga derecha de Lizette—. Si yo fuera una chica joven y bonita, querría vestido como tuyo. Tal vez podamos hacer trueque.

—¿Me está diciendo que quiere que la ayude aquí? —Lizette hablaba con una incredulidad genuina.

Natalya volvió a su libro de cuentas.

—Eso dije, sí.

Lizette volteó a ver a Luz y las dos soltaron un gritito. Lizette rodeó el mostrador y sorprendió a Natalya con un gran abrazo cálido.

—¡Gracias!

—¿Y tú? —dijo Natalya, señalando a Luz—. ¿Tienes boda pronto? ¿Necesitas vestido?

—No —dijo Luz, riendo y negando con la cabeza.

Lizette tomó a Luz del brazo, sacó la lengua y bailaron hacia la entrada.

—En eso estamos.

Esa noche, cuando Luz salió de casa de Lizette, Avel la estaba esperando debajo de dos manzanos silvestres. Traía una azucena blanca en la mano. Su piel se fundía en la noche, mientras que sus ojos y su sombrero Stetson refulgían de luz. Luz sonrió ante su presencia, ante la manera pacífica en la que surgió de entre los árboles con su abrigo de lana, avanzando con una mano en el bolsillo y ofreciéndole la flor con la otra. El viento se había detenido, pero la noche seguía palpitando con un sotavento abrupto.

—Ay, gracias —dijo Luz tomando la azucena de su mano.

Inhaló profundo y notó que el aroma a azucena siempre le recordaba la muerte.

—¿Cuál es tu flor favorita? —preguntó Avel.

—El cempasúchil.

—Dulces pero amargas. Mi ma siempre tenía un altar cubierto de cempasúchil. —Avel enganchó a Luz por el codo y la guió para salir del Westside—. Crecen regrandotas en Califas. Ni te imaginas.

—Me gustaría verlas —dijo con la barbilla alzada para absorber la luna con la cara como si fuera el sol.

La ciudad se sentía de ensueño. Los automóviles estacionados y los letreros estaban cubiertos de largas sombras. Caminaban agarrados del brazo. Luz respiraba el aroma de la colonia de sándalo de Avel y del aceite para las válvulas de su trompeta. Disfrutaba el sonido de los tacones de sus botas contra el pavimento. Le gustaba cómo la hacía sentirse. Segura, más que nada, como si pudiera caminar de noche por la ciudad sin miedo a que la asaltaran o algo peor. Trató de no imaginarse qué sería peor. Su mamá una vez le había dicho que ser violada era peor que ser asesinada, y Luz se preguntaba cómo sería. Ser violada y seguir viva le parecía más deseable que dejar de existir. Pero prefería no averiguarlo. El hecho de que la protección que ansiaba de los hombres fuera sobre todo para evitar incidentes con otros hombres la asustaba.

La pareja no tardó en llegar a una esquina junto al Capitolio donde una pizca de gente estaba dejando el prado. Traían pancartas escritas a mano: EXIGIMOS UN SALARIO DIGNO, COMBATE LA BRUTALIDAD POLICIAL, LEVÁNTATE O MUÉRETE DE HAMBRE. Había una carreta de hielos estacionada cerca. El hielero estaba en lo alto de su puesto, dormido con la cabeza colgada hacia adelante y los brazos cruzados sobre la panza. Sus caballos eran negros y finos, bellos, aunque tuvieran los ojos cubiertos por viseras. Avel dio un paso en falso y asustó al caballo que estaba junto a la banqueta. Tironeó su cuello venoso y respiró vaho en la oscuridad. Espantada, Luz tiró su azucena a la alcantarilla sin querer. No le gustaban los caballos. Su mero tamaño era intimidante, pero, además, no le gustaba cómo parecían inteligentes y brutos a la vez.

—Tranquilo, tranquilo —le dijo Avel al caballo mientras le pasaba la mano por el cuello brillante y le daba palmaditas en la mandíbula—. Ven acá —le dijo a Luz.

Ella negó con la cabeza, le dijo que no.

—Déjalo ya.

Avel mantuvo una mano en el caballo y con la otra señaló un lugar en el piso para que Luz se parara ahí.

—Matan a patadas a la gente —dijo Luz—. No les dicen bestias por nada.

Avel cerró los ojos y se rio.

—No, no.

—¿Y si se despierta el conductor?

Avel señaló una botella de licor vacía que descansaba volteada debajo de la escalinata de la carreta.

—Está hasta las chanclas. Me sorprendería que lo despertara el sol.

Luz examinó la botella. Contempló al conductor.

—Bueno —dijo, y dio un paso al frente.

Avel tomó su mano derecha y la movió por la mandíbula del caballo. El pelaje frío y oscuro se sentía áspero, pero sedoso. Pensó que así sería la noche si pudiera sentirse. El animal se había calmado y parecía contento con la atención de esos desconocidos.

—Hola, bonita —le susurró Luz asomándose a su ojo húmedo.

Luz tenía una sonrisa enorme cuando Avel se inclinó y le dio un beso corto y seco en la boca. Ella se alejó, estudió su cara seria, la serenidad de sus ojos pesados, el lustre de sus cachetes rasurados. Se inclinó al frente y lo besó con más presión y una pizquita de lengua. Sabía rico, a agua salada, y Luz se imaginó que era un mar azul interminable. Después de un rato, continuaron su paseo y Luz dijo:

—Me gustas mucho.

VEINTIUNO

Solo con invitación

Aquel jueves en la tarde, mientras Luz terminaba sus labores del día, David surgió de su oficina con un periódico en la mano. Se sentó al otro lado de su escritorio y se ajustó los puños de la camisa. Miró su reloj de oro y se movió la carátula por la muñeca. Se quejó, estiró los brazos sobre su cabeza y se tronó los nudillos en el aire.

—Hiciste algo muy valiente.

Luz asintió, con la esperanza secreta de que no hubiera ido para encargarle más trabajo.

—Ahora están cubriendo el asesinato de Estevan en los periódicos grandes —David alzó el *Rocky Mountain News* y le dio una buena sacudida—. Las protestas están creciendo.

—¿En serio? —preguntó Luz, asombrada.

—Sí —dijo. Luego sonrió y alzó la mirada, y se le quedó viendo un largo instante—. Me gusta cuando te dejas el pelo suelto. Me gusta que sea más largo que el de otras chicas.

Luz se sonrojó. A veces David se comportaba como si no existiera, pero otras, retiraba su atención de sí mismo y la dirigía por completo hacia ella.

—Te has de estar muriendo de hambre —dijo—. Ya casi es la hora de la cena.

—Bueno, de hecho —dijo Luz por encima del hombro izquierdo—. Había quedado de cenar con un amigo, pero ya no puede. Le salió una tocada de último minuto.

David se paró.

—¿Un amigo? ¿Un novio?

—Un amigo —repitió Luz, tímida.

David rodeó el escritorio de Luz. Puso las manos sobre sus papeles. Tenía las uñas delicadas, de un blanco perlado, como si se las hubieran lustrado y encerado.

—Ven a cenar conmigo hoy.

Luz se rio y negó con la cabeza.

—No, gracias.

Desvió la vista de él hacia las largas ventanas del frente. Afuera estaba oscuro. Pasó un camión de bomberos, agitando las paredes con sus engranes chirriantes.

—Ándale, Luz. No me obligues a rogarte.

Hubo algo en la manera en la que David dijo *rogarte* que Luz disfrutó. La manera larga y nítida en la que alargó la palabra hasta que sonó atrapada en algún lugar del aire. David nunca le rogaría. La idea era ridícula. No era un hombre que necesitara rogar, todo lo que quería le llegaba solo. Así funcionaba, decidió Luz. Quienes tienen dinero y educación rara vez desgastan su dignidad. Luz negó otra vez con la cabeza y le cayó el pelo en la cara.

—Es en serio, Luz. Ven.

David estiró la mano y le alisó el cabello para despejarle el rostro. Se veía guapo, con una neblina tenue sobre el labio superior y largas pestañas en abanico sobre los ojos.

Luz se suavizó.

—Bueno.

—Agarra tu abrigo —dijo David.

La llevó a un club privado que se llamaba Suville's. Estaba al borde de City Park, en una mansión de piedra blanca que parecía un castillo con balcones y torres en bloque. Luz había visto el palacete en sus recorridos de lavado, pero había creído que estaba vacío, porque las ventanas no mostraban señales de vida por las mañanas, y la ciudad estaba salpicada de mansiones abandonadas por barones de la plata y banqueros en bancarrota. Nunca se había imaginado que, por las noches, detrás de esas paredes de piedra decadentes los ricos jugaran billar, fumaran puros y comieran porciones abundantes de quesos y carnes. En una puerta lateral, debajo de una marquesina verde, David le dijo una contraseña al portero ("gas mostaza") y entraron por un pasillo rojo que llevaba a una sala de lectura y luego a un comedor. El techo era un vitral del arca de Noé, una extraña representación de parejas de animales que uno esperaría en el cuarto de un bebé. Las imágenes se veían borrosas detrás de las densas volutas de humo. Las mesas rodeaban un escenario elevado, donde una mujer blanca pequeñita cantaba en un vestido de cristal del mismo color que su piel. A primera vista se veía desnuda, y Luz tuvo que voltear de nuevo para confirmar que no era cierto. No lograba distinguir si era buena. Su canto quedaba ahogado por las risas de los hombres, por sus carcajadas usando la panza entera, algunas palabrotas y ciertas befas.

Una anfitriona en vestido de rayas los llevó grácilmente hasta su mesa con las cartas en la mano, pero un hombre grande, amplio y calvo se paró de su gabinete y les bloqueó el paso. Luz notó que era alguien importante, porque David se detuvo, le estrechó la mano y lo abrazó como a un viejo amigo. El tipo escupía al hablar, y parte de su saliva le cayó en un cachete a Luz, caliente y húmeda.

—Siéntense aquí —dijo el hombre. Su cabeza brillaba como granito pulido—. Tenemos mucho espacio. Verdad, ¿muñeca?

Hizo una seña con todo su brazo izquierdo hacia su mesa, donde había una mujer a la que le doblaba la edad, con pelo castaño brillante y un broche de diamantes. Traía maquillaje negro en los ojos y era tan delgada que se le veían muescas en el pecho. Luz se imaginó que, debajo de la piel, sus huesos se parecían a la columna de un esqueleto de animal que había visto una vez decolorándose al sol en la pradera. El vestido de la mujer era de un plateado refulgente, con cuentitas delicadas de vidrio. Seguramente, si traía un vestido así, también le alcanzaba para comer.

—No nos atreveríamos a inmiscuirnos, Steelman —dijo David.

—Tonterías —dijo Steelman—. Cenar solo es para degenerados y solteronas.

¿Solo por qué?, pensó Luz. Ahí estaba ella junto a él.

—Y dile a tu padre que le damos las gracias por su última contribución al club. ¡Compraron una fuente con el dinero! —Steelman alzó el cuchillo de mantequilla para señalar una estatua en un rincón que escupía agua de la boca hacia una palangana de mármol—. A veces creo que ustedes los Tikas no están tan mal…, para ser comunistoides, claro.

Su risa reverberó por todo el comedor.

—Yo le digo —dijo David encogiéndose de hombros, y le hizo seña a Luz para que se metiera en el asiento.

El muro del gabinete los rodeaba como una media concha rosada, y Luz miró el plato del hombre al otro lado del mantel blanco. Costillas de res, un costillar de cordero, elote y, de tomar, una copa de brandy. Siguió hablando con David sin siquiera voltear a ver a Luz. Cuando apareció la mesera, le pasó los brazos enormes por la cintura como si nada y ordenó cocteles para la mesa.

—Ojalá que te gusten los martinis, muñeca —le dijo a Luz por fin, guiñándole el ojo.

Luz se dio cuenta de que todas las mujeres eran sus muñecas.

—Y tú ¿ya comistes? —le preguntó la mesera a David.

—Dios mío, muchacha. Con ese inglés, me sorprende que no vayas directo a la Universidad de Denver.

Steelman se rio y le apretó aún más las caderas con los brazos. La mesera soltó una risita entrenada, pero se liberó de su abrazo.

David sonrió y alzó la mirada del menú. Le dijo a la mesera que quería la costilla a las brasas. Luego le ordenó a Luz el top sirloin.

—¿Cómo va a ser? —preguntó la mesera.

—Para ella, término medio —dijo David, señalando a Luz.

—¿De guarnición? —preguntó la mesera.

—Puré de papas —dijo David—. Con gravy.

A Luz no se le antojaba el puré de papas en absoluto, y lo dijo.

—De hecho, prefiero con ejotes. Gracias.

Steelman soltó una risa corta de desaprobación.

Luego de escuchar la conversación un rato, Luz comprendió que Steelman era un abogado importante y que la mujer a su lado no era su esposa ni tampoco su hija. Ella no hablaba con nadie en la mesa; solo fumaba un cigarro tras otro y oteaba el lugar como si buscara la salida. Cuando llegaron los martinis, se tomó uno rápido y pidió otro.

—Entonces me estás diciendo que a menos de que abramos un gran jurado —dijo Steelman entre mordidas de costillas blandas—, ¿los pinches negros y los frijoleros no van a dejar de saquear y amotinarse? A este paso, van a quemar la mitad del centro.

—La verdad es que la mitad de los manifestantes no son negros ni mexicanos, Steelman —dijo David—. Hay una buena cantidad de demandas que provienen de hombres y mujeres blancos como usted.

—¡Yo no me compararía con judíos y comunistas radicales! —dijo Steelman con una risotada sonora y quebradora.

Luz no se habría sorprendido si empezara a espumar bilis por la boca. Entonces, Steelman la señaló desde el otro lado de la mesa.

—Dime, David, ¿de dónde sacaste a esta muñequita?

—Es mi secretaria —dijo—. La contraté hace poco.

—Está muy bonita.

Steelman estudió a Luz y ella se removió en su asiento, chocando con David a propósito. Steelman se metió un pedazo de cordero a la boca con el tenedor y habló a través del bocado de carne.

—Ya sabes lo que dicen de las mexicanas —dijo alzando el tenedor para hacer énfasis—. Son insaciables.

En ese momento llegó su comida. Luz vio cómo desaparecía el mantel blanco debajo de platos aún más blancos, apilados de filetes y costillas. Luego llegaron más martinis a punto de derramarse, esa ginebra cristalina ensartada con aceitunas verdes rellenas de queso azul. Estaba atrapada entre un festín de comida y alcohol, mientras el tipo dirigía a las meseras como si fueran su coro personal. El lugar era caótico y bullicioso. El estómago le dio un vuelco y se sintió mareada. La mujer delgada inclinó la cabeza y se tragó casi la mitad de su copa de un jalón, luego la puso sobre la mesa y le preguntó a Steelman si le podía pedir otra a la mesera. Tenía hipo, y cuando le habló a Steelman, él se enojó y le dijo que controlara mejor su alcohol.

—Suenas como pinche pueblerina —le dijo.

Mientras discutían, David se deslizó junto a Luz. Su pierna se recargó contra la de ella debajo de la mesa. Le recorrió el muslo con los dedos y el pelo con la cara. Luz lo oyó olisquear.

—No le hagas caso —le susurró—. Es un vejete, un vejete senil. Y el fiscal de distrito.

Luz se puso tiesa. Volteó hacia David y forzó una sonrisa.

—Tengo que ir al baño.

—Claro —dijo David—. Abajo a la izquierda.

Luz salió del gabinete. Serpenteó entre las mesas desperdigadas por el comedor. Las copas tintineaban, los cubiertos arañaban los platos y el licor fluía hacia copas aparentemente sin fondo. La cantante había terminado su set, y el escenario se veía desolado bajo las luces rojas. No importaba por donde caminara, Luz veía los ojos de hombres amenazantes como búhos con trajes de tres piezas y relojes de bolsillo. Sus citas eran mujeres anglos de satín rosa y dorado y con vestidos de seda de mangas de campana. Sus cuellos esbeltos estaban flanqueados por aretes de diamante y mechones rubios en espiral.

—¿Tons eres la última? —le preguntó la misma la mesera de antes. Había detenido a Luz mientras salía del comedor.

—No sé a qué te refieras —dijo Luz.

—¿Su última morra? —traía una charola llena de copas rosas—. Hazte un favor, chiquita, y no te me encandiles —la mesera dirigió los ojos hacia David, que se estaba riendo con Steelman en la mesa—. ¿Un grieguito como él? Él quiere entrar, y las muchachas como tú no pueden entrar. Nunca.

—¿Entrar a dónde? —dijo Luz.

La mesera peló los ojos.

—Ira, fíjate —dijo. Pareció como si todo el lugar riera al mismo tiempo, por doquier había bocas abiertas como fosos oscuros y húmedos—. Aquí hay pura güera.

—Pues qué raro —dijo Luz con la respiración agitada—, porque aquí estoy yo también. Disculpa.

Taimó su ira mientras se apuraba a dejar atrás a la mesera y recorría un pasillo estrecho, una cueva con muros como gargantas.

Probó con la primera puerta a la izquierda en busca de las escaleras y en vez de eso encontró un clóset de escobas. Probó con la siguiente y encontró una salita vacía. En su tercer intento, le sorprendió el paisaje. Un pequeño campo de tiro. Había hombres sin saco, en mangas de camisa, con la cara sonrojada y perlada de sudor y la panza cubierta de tirantes mientras apuntaban con pistolas por tres largos carriles. Disparaban sus armas contra blancos negros dibujados en papel blanco. Daban un tiro tras otro y las balas de metal caían en cascada contra el piso tintineando, tintineando como lluvia de cobre. Luz se quedó mirando helada de terror, porque los movimientos rítmicos y decididos de los hombres, las ráfagas veloces de sonido y el olor —a pólvora, alcohol y sudor— la golpearon con una familiaridad que no pudo ubicar. Ver las pistolas la abrumó tanto que no pudo seguir con su búsqueda y acabó de vuelta en la mesa, esperando incómoda y con la vejiga llena a que David se acabara su cena.

Poco después, David la llevó a casa en automóvil con la radio chachareando de fondo; era el bajo murmullo de una radionovela de detectives. Afuera estaba a oscuras. Los faroles echaban luz en la banqueta de piedras rojas. Luz respiró hondo. Las ventanas se empañaron.

—¿Te gustó tu filete? —preguntó David con los ojos fijos en la calle.

Luz le dijo que claro que sí, pero mirando por la ventana, no hacia él.

—Gracias por la cena —añadió al recordar sus buenos modales.

—El placer fue todo mío, Luz.

David dio vuelta a la izquierda y se asomó por encima de su hombro derecho. Cruzó miradas con Luz.

—¿Estás triste por no haber podido cenar con tu amigo?

Luz forzó una risa suave.

—No —dijo.

David giró las perillas del radio hasta que el Chevrolet quedó en silencio.

—¿Cómo es?

—Toca la trompeta —dijo Luz—. Se mudó acá de California.

—Ah, un músico. Cuidado —David estiró la mano y le dio una palmada en el muslo, sobre su vestido del trabajo—. ¿Alguna vez has estado con un chico, Luz?

A Luz le impactó la pregunta, la audacia. No pudo decidir si fue una falta de respeto o una curiosidad genuina que había seguido por pura valentía. ¿Qué le importaba, y cómo podía creer que había estado con un hombre? Tenía diecisiete años, dieciocho en una semana, y ni siquiera estaba comprometida con nadie. Aunque supiera de muchas chicas que habían estado con hombres —Lizette con Alfonso, la larga fila de chicas que habían estado con Diego—, a Luz casi le asustaba la idea. Le parecía que podía lastimarla de una manera que no lograba comprender. Pero, sobre todo, le asustaba que fuera a disfrutarlo, quizá demasiado, y si había aprendido algo de lo que le pasó a Diego, era que el placer es peligroso.

—David —dijo en un susurro.

Él se rio y se orilló junto a Hornet Moon. El esmog de la planta empacadora de carne bufaba un gran halo ambarino hacia el cielo.

—No me hagas caso —dijo.

VEINTIDÓS

Un juego de cartas

—Ho-o-la, cumpleañera —dijo Lizette al abrir de golpe la puerta principal.

Se inclinó a la derecha contra el marco, con una pierna alzada por encima del borde del vestido blanco. La música ranchera se desbordó hasta la calle. La casa estaba encendida con tonos escarlata. Los colores sangraban del umbral hacia el patio, donde luminarias en bolsas de papel alumbraban el acceso de arenisca.

Luz y Maria Josie estaban paradas en el escalón de entrada. Maria Josie traía un plato caliente de enchiladas de queso.

—No tenían que traer nada —dijo Lizette mientras las dejaba pasar.

—¿Y qué clase de gente llega con las manos vacías? — dijo Maria Josie.

—Alfonso —dijo señalando a la izquierda, de donde emergió el aludido por el angosto vestíbulo y alzó a Lizette del piso con ambos brazos, le puso su Stetson en la cabeza y la meció en círculos como bebé antes de devolverla al suelo y quitarle el sombrero.

—Tal vez tenga las manos vacías, pero no por mucho tiempo.

Estiró una mano y le apretó las nalgas a Lizette antes de tomar las enchiladas de Maria Josie y meterse el plato debajo de un brazo mientras ponía el otro recto como rama. Les pidió sus abrigos; ellas se los quitaron y se los pusieron en el antebrazo derecho con delicadeza. Alfonso se llevó las enchiladas y los abrigos igual que hacía con los platos de la cena en el Park Lane. Desapareció a toda velocidad, hacia la cocina.

—Ay, pero se ven divinas —dijo Lizette.

Maria Josie traía puesto un traje elegante de hombre, con el pelo relamido hacia atrás con goma cítrica. Luz traía un vestido esmeralda que alguien había dejado en el piso del cuarto de Diego. No tenía idea de cómo le había hecho aquella chica para irse a su casa.

—Ya llegaron casi todos —dijo Lizette arrastrando un poco las palabras mientras las guiaba al interior de la casita.

El olor a tequila flotaba en el aire, mezclado con el aroma a colonia y perfume y chiles verdes. El pasillo angosto estaba flanqueado de parejas; algunas, casadas; otras, cortejando. Los hombres envolvían a las mujeres entre sus brazos. Al acercarse al baño de la planta baja, Maria Josie se separó de las primas, jugueteando con la trabilla del pantalón mientras caminaba hacia una mujer alta y esbelta de piel pálida y delicada y pelo negro. Luz nunca la había visto antes, y admiró su vestido de seda floreado. Al parecer, Maria Josie la conocía bien, porque al encontrarse, anidó sus manos entre las suyas y se paró de puntitas como si fuera a darle un beso.

—La comida está en la estufa. Mi mamá hizo su famoso mole y yo hice los chiles verdes —Lizette no volteó a ver a Luz mientras caminaba. Solo alzó la mano al hablar, como si hiciera énfasis en ciertos sonidos y platillos—. También hay pollo frito. Lo hizo DeeDee, de Five Points. Y los griegos trajeron un costillar de cordero entero.

Aunque no fuera consciente, Luz estaba oteando la casa.

—¿Y Avel? ¿Ya llegó?

Lizette se detuvo antes de doblar la esquina hacia la cocina. Se rio mordiéndose el labio inferior.

—Sí, ya llegó Avel —dijo. Y luego, más quedo—. Y David.

Los hombres estaban en la cocina, sentados alrededor de una gran mesa redonda cubierta con un mantel morado. Los ruidos leñosos de las fichas de póker claqueteaban debajo de sus risas estrepitosas. El cuarto estaba borroso, con rayas de humo. El tío Eduardo era el crupier; estaba barajando un mazo con dedos cortos y ágiles. A su alrededor había varios hombres a los que Luz no reconoció. Avel estaba sentado contra la ventana, su cuello se reflejaba en el vidrio. David estaba frente a él, y Luz alcanzaba a ver algunas de sus cartas. Una reina roja, un as de espadas, un siete de diamantes. Si supiera algo de póker, se habría sentido inclinada a pensar que estaba ganando. El cuarto se movía con un lenguaje misterioso, circular pero incisivo: el lenguaje de los hombres.

Cuando Avel alzó la vista de su mano, vio a Luz con tal anticipación que se paró de inmediato y casi tira la mesa. Los demás se quejaron y lo molestaron mientras cruzaba la cocina. Tomó a Luz de la mano y le besó cada cachete con dulzura.

—Qué vestido —dijo.

—Se lo compró especialmente para ti —mintió Lizette, y Luz le dio un codazo.

—Ven acá —dijo Avel rebuscando en las bolsas de sus pantalones de mezclilla azul—. Te tengo un regalito.

—¿No puede ser luego? —preguntó David por encima del hombro—. Estamos tratando de jugar.

—Santo Dios —dijo Avel. Negó con la cabeza y sonrió, una sonrisa amplia y bobalicona—. Perdón, Luz. Tengo un compromiso, pero tú sigues. Bueno, tú eres primero. Siempre eres primero.

Luz le sacudió el hombro derecho con cariño. Le gustaba su entusiasmo, la forma rabiosa en la que solo se concentraba en ella. Nadie la había tratado así nunca.

—Todavía no es mi cumpleaños. Faltan un par de días.

Avel había vuelto a su asiento y volteó a ver a Luz, una vez más.

—Te mereces más de un día. Toda una semana. Todo un mes.

Entonces volvió a sus cartas, y Lizette estaba preparando una charola que le echó a Luz en las manos antes de arrastrarla a la sala, donde la música del radio era pesada y suntuosa.

Luz se sentó en un sillón rosa y comió tamales de cerdo con el plato equilibrado en las rodillas. Lizette y Maria Josie estaban en el suelo del rincón, indagando una pila de discos debajo de una lámpara de cuello largo. Normalmente, Maria Josie habría estado en la cocina con los hombres, pero no le sobraba dinero para apostar. Había una chica anglo rubia parada sola, meciéndose al ritmo de la música con los ojos cerrados. Traía puesto un vestido caro que evidentemente había sido comprado en una tienda, y que le quedaba demasiado estrecho en el centro, de modo que los botones se apretujaban y alejaban de sus senos considerables. Luz pensó que, naturalmente, era la cita de David. Peló los ojos ante lo predecible que era. La tía Teresita estaba con dos de sus hermanas, ambas visiblemente embarazadas. Todas estaban comiendo bizcochitos, derramando moronas por sus vestidos y en la alfombra. Los primitos estaban afuera, en el patio, retozando en el pasto frío y esquivando por poco las bolsas de papel iluminadas. Luz sonrió ante su alegría. Le entretenía ver a los niños celebrando a su manera en las fiestas de los adultos. No necesariamente con sus padres y tías y tíos, sino en paralelo, en un mundo más pequeño y más feliz. Cada tanto, Teresita abría la puerta principal y les gritaba que se pusieran sus abrigos. Los niños se dispersaban como gansos perseguidos por un perro.

Luz se había acabado su plato cuando se le acercó Lizette y le puso una taza de atole calientito en las manos.

—¿Ves a esa chica de allá? —dijo Lizette viendo a los ojos a Luz y luego dejando caer la mirada hacia su rodilla, que movió hacia la izquierda. Cerca de la chimenea, había una muchacha de vestido azul, mirando hacia arriba, como si estuviera estudiando el techo—. Es la cantante de Avel.

—Qué raro —dijo Luz—. No me dijo que hubiera conseguido cantante.

—Dicen que es muy buena.

Luz estudió a la chica. Era bonita, aunque un poco sosa.

—¿Quién es? ¿Por qué no la había visto antes?

—Ni idea —dijo Lizette. Luego, con un chiflido, la llamó.

La muchacha bajó la mirada del techo y abrió los ojos como si se hubiera ganado un premio. Primero formó *¿Yo?* con los labios y, cuando Lizette asintió, cruzó el cuarto con alegría.

—Gracias por invitarme —dijo—. Y felicidades, Luz. Guau. Dieciocho. Supongo que eso significa que empezarás una familia pronto.

—Gracias, supongo —dijo Luz.

—¿Cómo te llamas? —preguntó Lizette.

—Monica.

—¿Y quién es tu gente, Monica?

—Ah, me apellido Pacheco. De Delta. Mi esposo y yo nos acabamos de mudar para acá.

Todo claro. Era una chica del Western Slope. Y además tenía esposo.

—Me enteré de que eres la nueva cantante de Avel —dijo Luz—. ¿A tu esposo no le molesta que cantes?

Monica soltó una risita nerviosa.

—No le molesta que gane dinero. Ahorita está en el turno nocturno de la UP, o estaría aquí para vernos tocar hoy.

—¿Hoy? —preguntó Luz.

—Hoy. Cuando Avel toque para ti. Llevamos semanas practicando.

—Carajo —dijo Lizette. Saltó de su asiento y devolvió a la muchacha a la chimenea—. ¿Qué no sabes lo que es una sorpresa?

En cuanto se fue Monica, dos chicas se acercaron a Luz con expresiones pesadas de tristeza. Una tenía cara de querubín. La otra era casi su opuesto, flaca como asta bandera. Le preguntaron, casi al unísono, si sabía algo de Diego.

—¿A qué se refieren? —preguntó Luz.

La flaca habló. Se cubrió del calor de la fiesta en la sala.

—Pues, ¿está bien? Nos morimos por saber.

Luz clavó la mirada en la luna blanca de su plato. No podía hablar de Diego sin enojarse, así que dijo:

—Está bien. Ustedes no se preocupen por mi hermano.

Se paró del sillón y se fue a la cocina.

Se detuvo en el pasillo, al borde de la luz que alumbraba la mesa, y miró desde la penumbra el juego de los hombres. Acababan de terminar, y Avel estaba sentado ante una pila de fichas. Luz sonrió de orgullo. No era que no esperara que ganara, sino que le emocionaba genuinamente ver la forma jubilosa en que estudiaba sus fichas. Los demás lo estaban felicitando, le estrechaban la mano y se reían. David había servido un vaso grande de ouzo y lo deslizó por la mesa hacia Avel.

—Tómate otro —le dijo—. Jugaste bien.

Avel negó con la cabeza. Alzó la mano en señal de basta.

—Ándale —dijo David—. Solo uno más. Es la tradición.

—No tomo mucho —dijo Avel mientras se quitaba el sombrero y se alisaba el pelo negro azulado.

—Estamos jugando cartas. Bebe —dijo David, serio.

Luz los miró desde el pasillo, primero sonriendo ante su diálogo, pero la atmósfera cambió y sintió que la preocupación entraba al lugar, como si se hubiera sentado con los hombres y se hubiera unido a su juego. Se dio cuenta de que Avel ya estaba borracho. Muy borracho.

—Me insultas —dijo David—. No te tomas lo que te serví y me insultas.

—Ay, por favor —dijo Alfonso—. Deja en paz al chico. Buena mano, Avel. Jugaste bien.

Avel pareció estudiar el líquido cristalino frente a él. Estiró la mano hacia el vaso, lleno como taza de café, y se lo empinó entero. Un segundo después se había parado con ambas manos en la boca. Le pegó a la mesa. Las fichas se regaron por el piso mientras se inclinaba a vomitar en el fregadero. Los hombres se rieron y le gritaron que se fuera de la cocina.

—Largo de aquí —dijeron—. ¿Quién te enseñó a beber? ¿Tu mamá?

Solo Alfonso demostró amabilidad, y de la forma más horrible.

—Órale, Avel. Salte de aquí antes de que nos arruines la noche a todos.

Nadie le ayudó, y a pesar de que sabía lo mucho que lo avergonzaría después, Luz corrió adentro y se lo llevó jalándolo de la manga, con el hedor a vómito de sus labios y sus manos restregándosele en la piel.

Probó con la huida más cercana, el clóset de lavado con su gran lavabo, pero los primitos se habían encerrado adentro y estaban gritando y riendo detrás de la puerta. Jaló a Avel al otro piso solo para descubrir que ese baño estaba ocupado por una de las tías embarazadas. Así que se lo llevó al patio de enfrente, donde lo encorvó sobre el enebro y le dijo que devolviera el estómago.

—Vas —dijo con la noche rodeándolos como cortina. Le sobó la espalda y le recorrió la columna con los dedos—. Sácalo. Te vas a sentir mejor después.

Avel vomitó más que ningún otro borracho que ella hubiera visto. Estaba doblado, con las manos en las rodillas, con arcadas que le llegaban por oleadas. Justo cuando creyó que había vaciado el contenido de todo su estómago, salió más, amargo y violento. Luz lo consoló, le dijo que no pasaba nada y le sobó la espalda y los hombros. Estuvieron mucho tiempo afuera, con Avel arrastrando las palabras, disculpándose, gritando *Perdón* mientras se encogía en una posición fetal parado.

—Te traje un regalo —arrastró las palabras mientras se llevaba las manos lentamente a los bolsillos.

Cuando por fin se sacó el sobrecito de los jeans, cayó directo en el matorral. Estiró la mano para recogerlo, pero Luz vio su vómito esparcido en redes babosas por el follaje y le dijo que luego lo agarraban.

—Es un buen regalo —insistió Avel. Estaba a la deriva, el mundo se le hacía negro.

Entonces se abrió la puerta principal, y Luz empujó a Avel al interior de las tinieblas del enebro. Oyó dos voces riéndose y armando escándalo. Los cuerpos pasaron caminando frente a las linternas y las luces cambiaron sobre la cara de Luz. Eran David y su cita, riéndose tomados de la mano, yendo hacia su Chevy. *Pensé que iba a haber música*, dijo la mujer. David no tardó en encender el motor y los faros dispararon dos haces que pasaron por encima de Luz mientras consolaba a Avel en la oscuridad.

VEINTITRÉS

Una nueva visión

La mañana de su decimoctavo cumpleaños, Luz se despertó por el ruido de Maria Josie haciendo el desayuno en su pequeña cocina: el tintineo de una cuchara, una alacena que se abre y se cierra, el chillido de una tetera. Luz se envolvió en la delgada bata de algodón y entró a la cocina sin calcetas. La duela estaba fresca, y el lugar era de un blanco abrasador por la mañana. Maria Josie estaba junto al fregadero, con los hombros brincando arriba y abajo mientras sacaba un hueso de aguacate de su cama verde. La intensidad del verde sorprendió a Luz cuando se sentó a la mesa. Maria Josie le ofreció un plato de papas fritas, tortillas de harina, frijoles pintos y tocino grueso y azucarado. Puso el aguacate por separado, cortado en lunas menguantes. A Luz se le hizo agua la boca.

—Feliz cumpleaños, Little Light. Te quiero mucho —dijo Maria Josie y abrazó a su sobrina con cariño.

Se sentó enfrente de Luz e hizo una seña con ambas manos: *Ándale, come.* Luz sintió que la cara se le arrugaba en una sonrisa enorme. No había visto comida así en su casa en años. Empezó a comer usando una tortilla para cucharear los frijoles pesados de manteca y coronados con una rebanada de aguacate.

—Está delicioso, auntie —dijo Luz entre mordidas—. Muchísimas gracias.

Maria Josie le dio una palmadita en el antebrazo izquierdo. Le sonrió con los ojos.

—Hoy es un día importante para ti. Estás más lejos de la infancia que nunca, y estoy orgullosa de la mujer en la que te estás convirtiendo —al decir eso, Maria Josie se estiró hacia el suelo y sacó un paquetito envuelto en papel blanco de debajo de la mesa—. Para ti, jita.

Luz abrió el paquete con cuidado pasando el índice bajo las junturas hasta sacarle el envoltorio de encima a la cajita de madera. Adentro, le sorprendió ver el rosario de cuarzo. La cara de Maria Josie brilló de orgullo cuando le dijo que lo sacara y lo sostuviera entre las manos. Eran nódulos fríos y pesados de oración. Luz soltó un chillido cuando se lo colocó en la muñeca.

—Creí que Milli se lo había robado —dijo, pensando en cuando se había ido Diego y habían pasado por una retahíla de inquilinos.

Mirando su muñeca, le impresionaba lo que veía. El rosario brillaba de rosa y plata, con cuentas talladas en forma de flor. Y por un solo instante, olió rosas.

—Lo recuperé —dijo Maria Josie—. Lo tenían en una casa de empeño en Broadway. Era de tu abuela.

—Simodecea —dijo Luz, que conocía el nombre.

Maria Josie asintió con tristeza.

—Me recuerdas a ella. Era muy independiente, muy fuerte. Ya sé que no hablo mucho de ella. ¿Tu mamá sí?

—Casi nunca.

—A veces pasamos por cosas en la vida tan duras y feas que preferimos olvidar que recordarlas, pero ahora ya no logro recordar mucho. Me arrepiento de eso.

Luz no entendió por qué, pero empezó a llorar. Maria Josie la jaló hacia sí.

—No hagas eso —dijo—. A ella le gustaría que lo tuvieras.

—Gracias, auntie —Luz se limpió la cara con las manos—. Lo quiero usar de brazalete. Ya sé que no debería. ¿Crees que habría problema?

Maria Josie sonrió.

—Úsalo como quieras. Que todo Denver lo vea.

En su cuarto, antes de prepararse para el trabajo, Luz asimiló su cumpleaños. Se acostó atravesada en la cama, aferrada al rosario de su abuela y pensando en el sobre de Diego, que tenía huellas sucias encima y los bordes raídos. El sello, una ilustración de un ramillete de lavanda, se había difuminado, como deslavado por el sol.

Little Light:

Vi el océano. No me creerías cómo es. Sigue hasta la eternidad y las olas se derrumban unas sobre otras, todas llenas de peces y conchas. Huele a caldo salado y suena a rugidos. Qué cosa. Aquí hay más trabajo, pero los anglos no están contentos, creen que no alcanza para todos. Hay que tener cuidado. Hay redadas. La policía llega y manda hombres a México, algunos no han estado nunca allá. Pero yo tengo mis mañas y mucho tiempo para pensar. Vamos de pueblo en pueblo en camiones y trenes, y trabajamos hasta la noche. Las extraño. Feliz cumpleaños adelantado, Little Light. p.d. Conseguí una víbora nueva. Se llama Sirena.

D.

Luz extrañaba a Diego cada vez más, y a veces se preguntaba si lo iba a volver a ver algún día. Se imaginaba un hilo rojo, atado de su muñeca a la cintura de su hermano que la jaloneaba hacia él, para que nunca perdiera de vista su espalda amplia. Leyó la carta varias veces más, pateando la base de la cama con un ritmo apagado. Pero el ruido de sus pies quedó interrumpido por los ecos distantes del ladrido de un perro, como si sus gruñidos estuvieran atrapados dentro de su cuarto, dentro de su garganta. Luego llegaron los pájaros cantores, y de pronto el cuarto entero estaba a tope con el ruido del pasto meciéndose. El aire olía fresco, vivo, inundado de tierra rica. Luz cerró los ojos y vio en su mente un atardecer sobre una gran cuenca verde dividida en filas llenas de hojas. Los jornaleros con sombreros de ala ancha se encorvaban exponiendo la espalda al cielo, avanzaban cojeando como si fueran también una suerte de cultivo humano, doblados al moverse, como si avanzaran por aguas verdes con remos de madera. Como un pájaro que volara de la copa de un árbol al poste de una reja, Luz oteó las filas hasta encontrar a Diego, que tenía la cara marcada de tierra y la piel hermosamente más oscura por el sol. Traía un paliacate rojo cubriéndole nariz y boca, y sus ojos eran negros y decididos mientras buscaba entre la tierra. Una canasta de lechugas, cosechadas y arrancadas del piso, le salía en abanico de la espalda como las plumas deslumbrantes de un pavorreal. Entonces sonó un cencerro. Diego alzó la cara al cielo. Otro día terminado. Mientras los demás trabajadores se ponían las canastas pesadas de verde a la izquierda y se tambaleaban hacia la pipa para tomar agua, Diego mantuvo la mirada fija, inhalando el cielo, como si se diera solo un momento de descanso. Luz vio los ojos en rendija, amarillos e intensos, de una viborita asomada de su bolsillo frontal. La culebrita se irguió y se le acurrucó contra el cuello empaliacatado.

Cuando Luz abrió los ojos, estaba en su cuarto blanco, atravesada en su cama, junto a su altar con sus flores de cempasúchil secas, debajo del techo quieto en su blancura.

¿Sería posible? Sí, Luz decidió que sí.

Sus visiones estaban cambiando, convirtiéndose en algo más grande, más importante que imágenes en el té.

TERCERA
PARTE

VEINTICUATRO

La francotiradora Simodecea
Salazar-Smith

La Tierra Perdida, 1895-1905

S imodecea estaba en su espaciosa casa rodante cuando tocaron Pidre y el fotógrafo. Miró su reflejo en el espejo del
muro, se estiró la trenza negra urdida con listones de colores y
jugueteó con su vestido de volantes, con encaje color blanco
y lavanda en todo el pecho. Se aplicó una última pizca de rubor antes de ponerse los guantes de flequillos. La piel de venado se sentía delicada y maleable contra sus manos. Contempló
su colección de armas antes de tomar la escopeta Remington,
que tenía su nombre tallado en la báscula, y levantar la pesadez
familiar de su doble cañón. Salió de la casa rodante hacia el
sol de Ánimas.

El fotógrafo de bigotito había viajado en tren desde la ciudad del norte, Denver, y estaba parado sudando junto a Pidre,
afuera de la casa rodante, con una cámara que parecía acordeón, un fondo blanco y una silla de madera en el centro del
paisaje. Pidre le ofreció la mano a Simodecea, pero ella ignoró

el gesto y salió de su casa rodante en una ola de paños, barriendo la tierra roja con la falda. Levantó la tela del piso. El encaje y la escopeta le llenaron las manos.

—¿Aquí? —preguntó mientras se paraba junto a la silla de madera y giraba la barbilla hasta sentir que el fondo blanco le rebotaba el sol contra la cara.

El fotógrafo se limpió el ceño húmedo con un pañuelo sucio que sacó del bolsillo de la camisa. Entrecerró los ojos. Traía un traje de dos piezas, y se encorvó sobre la cámara para ver a Simodecea de cabeza en la placa de vidrio. Así agachado, se echó la cola del saco por encima de la cabeza para taparse a sí mismo y a la cámara, y se quedó ahí un largo rato. Luego resurgió y se retorció el bigote. Consultó con Pidre.

—¿Parada o sentada?

Pidre hizo un cuadrado con los dedos. Se asomó por ese marco y negó con la cabeza. Traía una túnica morado intenso y pantalones amplios de algodón, y su ropa tembló con un viento descomunal mientras caminaba hacia Simodecea. El aire estaba fragante de enebro y arenisca, del perfume constante de la pólvora. Simodecea sonrió.

—¿Qué opina, jefe?

Pidre se puso los dedos en la boca. Su pelo era de un negro violáceo bajo el sol, largo, hasta los hombros. Se sentó en la silla y Simodecea vio el brillo de su cuero cabelludo. Luego se paró y apuntó al suelo.

—Con una pierna en la silla —dijo—. Así van a ver mejor el vestido.

—Y la escopeta en alto —dijo el fotógrafo.

Pidre le dedicó una sonrisa tierna a Simodecea y se retiró del campo visual de la cámara.

Simodecea vio cómo el cielo despejado se empezaba a cubrir con las alas de dos gavilanes que volaban hacia el teatro rojo. Había un prado marcado con flores silvestres. Las casas rodantes de los demás artistas estaban en varias zonas, algunas más abajo y otras más arriba en el terreno cubierto de hierba. Elevó su escopeta y se preparó para sostener su peso considerable durante todo el tiempo que durara la fotografía. Pidre le había contado que las imágenes eran una promoción importante. *Nos mantienen en boca de todo mundo.*

—Dios mío —dijo el fotógrafo mientras se asomaba a la placa de vidrio—. Vaya. Arroja usted una imagen impresionante. Una, dos, tres. Se hizo a un lado y presionó el obturador. Quieta, quieta, quieta.

Le tomó tres fotos en esa pose, y cada vez Simodecea se imaginó que su mirada hablaba por ella. ¿Qué quería decir? Se rio en su mente. *Tengo una puntería cabrona,* le decían sus ojos al mundo.

Cuando terminaron, Simodecea respiró y se limpió la cara con papel de arroz para absorber la grasa y el sudor que se le estaban acumulando.

—Y ahora —dijo el fotógrafo mientras revisaba su reloj de bolsillo—, ¿por qué no tomamos una con los dos? A fin de cuentas, es La Extravaganza de Pidre.

Pidre se había internado en el prado y estaba girando una hoja de pasto entre el índice y el pulgar. La giraba y sonreía. Se la puso frente a la boca. Sopló. Sonó como el graznido de un pato. Simodecea se rio.

—Pensé que nunca me lo pediría —gritó, hundido hasta las rodillas en flores moradas.

Caminó raudo entre la hierba alta como si vadeara un río. Hizo una ligera reverencia al entrar al espacio de Simodecea frente al fondo blanco y la silla de madera. Olía a fogón matutino. Era varias pulgadas más chaparro que ella, así que ella ofreció sentarse en la silla.

—No, me gustas parada —dijo Pidre—. Así se nota tu estatura.

Simodecea sonrió y sintió ansias de revisar de nuevo que no estuviera cargada la Remington. No lo estaba y ella lo sabía, pero la ponía nerviosa pararse con un arma junto a un hombre. A veces se preguntaba por qué su don le había dado tantas cosas si le había destrozado la vida también. Pidre se estiró y descansó el codo sobre el hombro de Simodecea: la pose de los socios.

El fotógrafo se replegó debajo de la capa de su saco para revisar que estuviera bien enfocada la cámara. Simodecea miró hacia el frente. Podía oler las hojas de hierbabuena en el aliento de Pidre. No lograba recordar la última vez que había estado tan cerca de alguien, sobre todo de alguien que oliera tan bien, y pensar en eso la puso triste.

—Miren para acá los dos —dijo el fotógrafo—. Precioso. Perfecto. Quietos, quietos, quietos.

Cuando hizo *clic* la cámara, Simodecea se relajó y aflojó las articulaciones. Pidre bajó el brazo abruptamente de su hombro. La miró a los ojos, que tenían una calidez suavizante impredecible.

Ánimas no dejaba de crecer. Había más minas, más granjas, más trenes. A pocos meses de haber abierto, los espectáculos de fin de semana se habían agotado en la Extravaganza de

Pidre. Él había contratado a artistas de toda la región. A algunos los había convencido de dejar otras compañías y otros habían hecho su primera audición con él. Había encantadores de serpientes, lectoras del té, bailarines y acróbatas. Al principio, a Simodecea no le gustó estar enraizada en un solo lugar. Siempre había viajado, pero Pidre era un empresario talentoso, y ella y los demás artistas lo respetaban mientras contaban sus ahorros. A veces, cuando no había espectáculo y la luna estaba llena, Pidre hacía un gran festín con los hornos y las fogatas y una barbacoa subterránea. Le gustaba asumir las labores tradicionales de las mujeres. Horneaba el pan y les servía a sus compadres platos abundantes de frijoles y tazones de caldo de res con un mandil polvoso puesto.

Hubo una noche de verano en la que se sentaron todos en petates en el prado, con sus sacos de dormir, sus pieles de borrego y sus platos de hojalata llenos de comida. Las danzantes de fuego eran hermosas y movían el cuerpo como serpientes. Simodecea se había hecho amiga de dos de las muchachas, que le llevaron jarritos de mezcal. Las dos habían pasado la noche hacía poco con un minero griego.

—Nunca había sentido algo parecido —dijo la más bonita.

Se llamaba Sabina y tenía una nariz aguileña que era bella por su singularidad.

—¿Qué hizo? —preguntó Simodecea entre el crepitar del fuego y el chirriar de los grillos.

—No fue lo que hizo —aportó la otra—, sino lo que nos hicimos.

Las tres se rieron y Simodecea notó el sonido musical de sus gargantas. Se disculpó y se paró con su taza de hojalata en busca de la cubeta de agua.

Las fogatas ardían contra la noche. Se oía el crepitar del cedro. Simodecea pasó cerca de conversaciones mantenidas por cuerpos echados que hablaban en silencio en las tinieblas. Abundaban las estrellas, aunque las escondiera la luz del fuego. Los álamos de la brecha central se erguían en poses de moda, con las extremidades acomodadas elegantemente así y asá. A lo lejos, a través del aire grisáceo, Pidre se alejaba de la fiesta. Cortó por el prado y pasó de largo su cabaña temporal, que se erguía junto a la casa de adobe que estaba construyendo. Simodecea se quedó parada en el pasto y se dijo a sí misma que no, pero luego que sí.

Pidre estaba doblando la esquina de su cabaña para volver al grupo con una brazada de leña cuando Simodecea le salió al paso.

—Buenas noches —dijo; luego alzó la barbilla—. Qué hermosa luna.

Pidre volteó hacia arriba. Un resplandor plateado le bañó los rasgos serenos.

—Protege a la gente por la noche.

Simodecea hizo un ademán en el aire helado. La piel se le veía pálida bajo la luna.

—Hace frío acá afuera —dijo.

Pidre se subió la leña un poco en los brazos.

—Estaba pensando —dijo Simodecea—, ¿y si nos metemos ahí?

Señaló su cabaña con los ojos.

Pidre negó con la cabeza.

—Está igual de frío allá adentro. Peor que acá, porque no hay fuego.

—La podemos calentar.

Pidre se quedó callado. Se le cayó un tronco de los brazos; el leño golpeó el piso con un ruido sordo.

—Pidre —dijo Simodecea.

—Sí.

—Me quiero meter a tu cabaña contigo.

Pidre se le quedó viendo. Entornó los ojos bajo la luna.

—Ay —dijo—. Uf, señora —repitió el uf mientras ella lo tomaba de la mano—. Digo, es un honor.

En cuanto empezaron, no se pudieron detener. Se zambulleron en el otro, encajados como la tierra y el cielo. Simodecea pasaba la noche en la cabaña de Pidre y corría bajo las estrellas de vuelta a su casa rodante de madera, exuberante de cortinas de satín y terciopelo. Cerraba la puerta y se pasaba las manos en silencio por debajo del camisón de algodón, asombrada por lo bien que aún podía sentirse. No había tenido un amante desde Wiley, y la primera vez que le reveló a Pidre las muescas de sus cicatrices a la luz de las velas, él le tocó la piel con su mano suave y le preguntó, triste:

—¿Te duele?

—A veces —dijo Simodecea mientras se paraba de la cama y levantaba la falda del piso para acomodársela en la cintura—. Durante algún tiempo después de que pasara, sentía el dolor otra vez, como un fantasma. Recuerdo que cuando estaba sucediendo no podía creer que mi cuerpo pudiera soportar tanto dolor —soltó una risa ronca y giró la cara hacia la ventanita que había encima de las almohadas—. ¿Cómo podía Dios permitir que sintiéramos tanto dolor? Y entonces pensé en el diablo y en el infierno y en que seguro existen.

Una vez, al alba, mientras caminaba por el prado saturado con el pelo al aire como hoja de pasto, Mickey la detuvo. Salió del cobertizo con un palillo en la boca y el sombrero deforme puesto muy bajo en la frente. Simodecea dejó de caminar. Se puso el brazo derecho sobre los pechos por instinto, encima del camisón endeble. Mickey era el contador de Pidre y, aparte de beberse casi todo su sueldo cada mes, no parecía contribuir mucho a la familia de artistas. Simodecea le habló como si le hubiera salido al paso un coyote.

—¿Sí?

—Te he estado observando —dijo—. Pidre es un buen hombre, mi amigo más cercano.

—Yo también lo disfruto —dijo Simodecea.

—¿Y entonces por qué te mueves a escondidas por la noche como lechuza?

Simodecea alzó la cara hacia el alba en expansión. Se quitó el brazo del pecho y dejó atrás a Mickey. Él giró sobre sus botas.

—Te veo. Guardaste su nombre. Nunca amarás a otro.

Mientras se alejaba, Simodecea se detuvo a cierta distancia de Mickey y se quitó los mocasines de noche. Caminó descalza, sintió la tierra fría y los pastos ásperos presionándole las bolas de los pies y la grasa de los talones. Dirigió la cara hacia el cielo. La mañana animaba al mundo, a los pájaros y los árboles tiritantes, al olor dulce del agua y la piedra.

—¿Sabes quién más sentía celos? —dijo por encima del hombro.

Mickey no dijo nada. Arrancó en la dirección contraria.

—El ángel caído —dijo Simodecea—. Cuidado con quién tomas por modelo.

—

Simodecea lo presintió desde el inicio. Estaban destinados a hacer vida juntos. Eso no significaba que estuviera preparada ni que estuviera fuera de sí cuando sucedió. Hay que admitir que le costó trabajo que la panza le empezara a limitar el movimiento de los brazos. Estaba más cansada que de costumbre, y se cancelaron algunos espectáculos nocturnos. De todos modos, podía disparar desde un camastro amarillo, y el público quedaba embelesado al ver a una mujer tan llena de niño tumbando discos de barro del cielo.

Algunas semanas antes de que naciera el bebé, Pidre y Simodecea celebraron una ceremonia para asegurar su pasaje seguro entre los mundos. Durante la bendición, un curandero de nombre Raúl los envolvió en una cobija tejida, con relámpagos azules y montañas rojas en la espalda. Dentro de la cueva de la cobija, a través de pinchazos de luz, Pidre volteó hacia arriba y acunó la cara de Simodecea entre sus manos. Pidre olía a noche de verano, a la dulzura que hay tras la lluvia. A Simodecea se le hincharon los cachetes de felicidad. Pidre le puso las palmas en la panza y alisó la tela de encaje. Simodecea no se lo dijo, pero en ese momento sintió que se había casado con él, y pensó que si Wiley la volviera a ver en la otra vida, ojalá que no se sintiera traicionado.

La primera hija fue Sara. Era una bebita de ojos negros grandes como semillas y una boca abundante, de adulta. Demostró un talento para la clarividencia, un don que Pidre sospechaba que le venía de su abuela Desiderya.

—Pájaro en la casa —pronunció una vez Sara, y un cuervo, enorme y negro, estrujó su cuerpo rechoncho por la chimenea de adobe hasta aterrizar sobre sus garras, como si ella lo hubiera llamado.

Sara era una niña obediente, y al principio eso le emocionó a Simodecea, quien podía salir a caminar lejos del teatro con su bebé y su Remington o su Winchester agarrados a la espalda en una canasta de mimbre. Practicaba su espectáculo con la bebé acunada detrás de ella, calientita entre la hierba de vainilla.

Maria Josefina nació poco más de un año después. Tenía un espíritu aventurero y era mucho más asertiva que su hermana. Parecía la protectora de Sara, como si la hubieran enviado desde algún lugar para pastorearla y vigilarla. Demostró interés en la construcción, y cada vez que los compañeros utes de Pidre visitaban el teatro, miraba con atención cómo elevaban sus postes de cedro hacia el cielo interminable.

A las niñas les encantaba pasar tiempo con su padre. Le ayudaban a recoger leña, a acarrear agua del río y del pozo, a cosechar puñados modestos de yuca y de oshá, de piñón y de enebro. Lo acompañaban a Ánimas, donde compraba municiones al mayoreo; barriles de frijoles pintos y de arroz, y gruesos fardos de carne seca de venado. Los anglos de la ciudad, sobre todo las mujeres, las maestras y las amas de casa, adoraban a las niñas. Le hacían cumplidos a Pidre sobre sus *mestizas*, a los que nunca contestaba. De camino a casa, Pidre se detenía a cierta distancia de la cresta del teatro. Metía las manos fuertes debajo de los brazos de cada niña para sacarlas de la carreta una a la vez y las ponía ante la meseta, con el suelo a sus pies como una luna barrida por el viento, una luna cuya tierra los había creado.

—Escuchen a la tierra —les decía Pidre a sus hijas.

Les enseñó a decir una oración en agradecimiento al Creador, reconociendo el ánimo y el sentir de la tierra, su vida entre los animales.

Durante un tiempo, fueron felices.

A finales de la primavera de 1905, Simodecea notó que había tiendas de lona montadas en la cresta encima del teatro. Usó los binoculares de hierro que Pidre tenía bajo la cama y oteó el paisaje. Sus ojos pasaron por encima de la artemisa y los cardos hasta superar la corteza de los árboles y aterrizar en una arboleda densa de álamos temblones. Había varios anglos, algún tipo de prospectores, aciagos en sus sombreros negros. Simodecea le mostró los hombres y sus tiendas a Pidre, quien se encogió de hombros y le dijo que Mickey se estaba encargando del asunto. Además, él creía que podían compartir el acantilado.

—Hay suficiente espacio. Y acuérdate, Simo, que nosotros no somos de aquí.

Si bien Simodecea respetaba su punto de vista, le daban miedo los invasores; no estaba segura de que ellos también creyeran que había suficiente espacio. Acudió a Mickey una tarde en su oficina estancada de humo. Estaba sentado ante pilas desordenadas de papeles, facturas y frascos vacíos de duraznos en conserva de la tienda de Ánimas. Cuando Simodecea abrió la puerta de la oficina, se irguió con un sobresalto. Empezó a afanarse con el libro de cuentas, como si hubiera estado trabajando duro todo el tiempo.

—Aunque respete la ideología de mi esposo, eso no quiere decir que esto no sea la Tierra Perdida. Le dicen *perdida* por algo.

—No tengo la menor idea de lo que me habla, señora Salazar-Smith.

Simodecea examinó el lugar. En los años desde que Mickey la había detenido al alba, su desconfianza había crecido. Ahora era más viejo, y se le notaba la edad en los dedos manchados de humo, en la cara rocosa y la piel pálida.

—Quiero ver las escrituras.

Mickey se rio.

—No se le olvide que no están casados legalmente. Lo que es de él, pues no es de usted.

—Puede que mi esposo confíe en ti, pero yo no tengo el corazón tan puro como él. Enséñame las escrituras, Mickey.

Él se aclaró la garganta y golpeteó los dedos. Removió unos papeles a la izquierda de su escritorio. Luego la volteó a ver a través de mechones de pelo negro y ahora canoso, con los ojos verdes tan brillantes como los de un gato.

—Mire nada más. Parece que no las encuentro.

—Sí sabes cómo me gano la vida, ¿verdad? —dijo Simodecea mientras salía de la oficina azotando la puerta—. Clavando balas.

Durante sus largas siestas en los días en los que tenía espectáculo, con el sol ardiente brillando en su casa nueva de adobe, Simodecea a veces soñaba con su difunto esposo, Wiley. En el sueño siempre era de día. Caminaban por un sendero de montaña, Wiley abría un portón de madera y señalaba hacia el horizonte, hacia un gavilán que volaba orgulloso en una corriente de aire, bailando o descendiendo. Cada vez que se despertaba de esos sueños, quedaba atontada por la transición de una realidad a la otra. Una vez, mientras ella y el Wiley del sueño se reían juntos mientras cambiaban las sábanas, Simodecea pensó que a Pidre podría molestarle que pasara tiempo con su difunto esposo, aunque fuera en sueños. Se lo dijo a Wiley mientras ondeaban la sábana al aire. *Tienes que recordar otra cosa*, le dijo él. *Aparte de tu última imagen de mí.*

Simodecea tragó saliva y asintió.

Estaba bien despierta la mañana en que Pidre entró corriendo a la casa con un mapa que desenrolló encima de la mesa de pino. Era de las nuevas rutas de la Union Pacific, y Pidre se rio con una sonrisa de emoción al golpear la página suavemente con la mano derecha, usando sus lindos anillos de turquesa y sus bellas uñas para planchar los contornos.

—Abrieron una línea cerca de Pardona —dijo—. De ahí soy yo.

Olía a savia y a salvia blanca, y Simodecea inhaló hondo, estirándose con placer para tomar la mano de su esposo. Estudió el mapa, el corredor entre las montañas y el arroyo donde estaba el pueblo de Pidre. Le había preguntado muchas veces si podían visitar a su gente, pero él había contestado que le habían dicho que no volviera, al menos por un largo rato. Había oído historias de otros hombres que habían salido de sus pueblos y luego vuelto con enfermedades que no sabían que portaban y contagiado a todos sus seres queridos. Ya no pasaría eso. Ahora que había un ferrocarril, mucha gente debía haber pasado ya por Pardona. Sería normal, el pueblo estaría preparado.

—Tenemos que llevar a las niñas —dijo Simodecea.

Pidre besó a su esposa. Le dijo que saldrían de inmediato.

Ella dejó que su mirada se mantuviera en el mapa, en las líneas amarillas y rojas, en la rosa de los vientos. Sabía que su esposo no podía leer en el sentido tradicional, pero reconocía patrones de letras y distintos símbolos. A lo largo de la ruta férrea había ilustraciones de depósitos de minerales, pilas de metal en bruto, lingotes de plata. Simodecea apuntó en el mapa cerca del Teatro Rojo. Había varios dibujos de lo que parecían ser soles en miniatura.

—¿Qué es esto de acá? —preguntó.

—¿Dónde? —preguntó Pidre con mucha atención.

Simodecea golpeó el mapa con las uñas.

Pidre entornó los ojos.

—Una científica. Se llama Curie. Lo encontró allá en París. Mickey me lo estaba contando el otro día. Dicen que va a salvar a mucha gente.

—¿Y hay aquí?

—Eso creen los tipos de las tiendas. Radio, le dicen.

A Simodecea se le acortó el aliento en la garganta. Volteó hacia la ventana y observó el acantilado. Habían aparecido más tiendas blancas en los últimos meses. Estaban posadas como zopilotes con las alas al sol.

Un día de verano de viento frío llegaron a La Tierra Perdida, con los ojos quemados por los fragmentos de ceniza de carbón que habían flotado desde la locomotora hasta sus caras por las ventanas abiertas. Pidre había cerrado el teatro todo el verano, porque sus artistas estaban visitando a sus familias en ciudades como Santa Fe o Denver, o se habían ido de gira temporal con otras compañías. Cuando el tren llegó a la estación, Simodecea se aseguró de agarrar a sus dos hijas del brazo y alejarlas arrastrándolas de las vías como si las tuviera atadas a las muñecas con mecate. La estación estaba abarrotada de pasajeros subiendo y bajando de los trenes a codazos. Las niñas y su madre traían sombrillas de encaje y se desplegaron en fila. En la fachada blanca de la estación había un reloj grande con la hora incorrecta.

—Alguien debería arreglar eso —dijo Simodecea apuntando a la manecilla grande colgada.

Pidre se acercó al puesto de un mercader, un hombre barbado con una gorra a rayas y los dos pulgares metidos detrás de sus tirantes de piel. Una única línea de sudor le corría por la piel tiznada. Pidre apuntó al este moviendo la mano hacia su corazón y luego hacia afuera, como si liberara una paloma herida hacia las nubes. El hombre negó con la cabeza. No se le movió la barba.

—Necesitamos un caballo y una carreta para ir a Pardona —dijo Pidre.

—No está en el mapa —dijo el hombre. La barba le apagaba la voz.

—Está muy cerca, ni siquiera es medio día de camino.

El barbudo se rio con ojos escépticos. El lugar estaba lleno de voces de obreros, mineros y vaqueros, y el grito del silbato de un tren. Después de un rato, Pidre rebuscó en su morral y le ofreció un puñado de monedas de plata. Dinero es dinero.

—Una carreta, compañero, y dos caballos.

Y eso, como dicen, fue todo.

Durante el trayecto, Pidre recitó anécdotas enérgicas sobre su pueblo. Habló rápida y apasionadamente de capulines, cardos, campanillas y bergamotas. Habló de su abuela, la Profeta Somnolienta. Aunque se había ido de este mundo cuando apenas era un niño, les contó que sentía a menudo su espíritu, sobre todo cuando estaba a la vista de sus hijas.

Llevaban largo rato viajando con los caballos y la carreta, y el cielo estaba cambiando de un rubor anaranjado a un crepúsculo apacible, con tonos de lila y polvo. La tierra olía a salvia quemada y a la exuberancia del río Lucero. El viento cargaba el sabor cenizo del barro. Las bebés ya eran niñitas, de siete y ocho años, y estaban sentadas muy corteses a ambos lados de Simodecea, envueltas en cobijas de lana que picaban. Se estaba poniendo el sol y la tierra se había enfriado. Los mosquitos y los grillos se susurraban entre sí, como si quisieran pararle los vellitos de la nuca a la tierra. Siguieron así, con las pezuñas de los caballos golpeteando el sendero desgastado por los surcos irregulares abiertos por las caravanas de los anglos que se adentraron en el Oeste.

Cuando el sol casi se había puesto, Pidre volteó hacia atrás desde su percha, con las bridas en las manos.

—La Tierra del Cielo Temprano —dijo apuntando con el sombrero a una llanura café abrazada por el arroyo que reflejaba las estrellas—. Pardona.

Simodecea se bajó de la carreta deteniéndose el vestido con el brazo que usaba para disparar y haciéndoles señas a las niñas con el otro. Se movieron al borde de la carreta, primero Maria Josefina, quien le dijo a su madre que no necesitaba ayuda y bajó de un salto en una hazaña atlética de botines rojos y tierra. Luego le tocó a Sara, quien se quedó parada al borde de la carreta para admirar el paisaje. Sus ojos oteaban inquietos, una expresión que Simodecea reconocía de sí misma. La boca fruncida y las narinas abiertas: un espejo distorsionado.

—Pero aquí no hay nadie, mamá —dijo Sara—. Todo el mundo se fue.

Apenas entonces Simodecea se asomó a lo profundo del crepúsculo. La tierra estaba dormida en tonos mate de verde y azul, sin luces de fuegos, sin la punzada dulce del humo. Despatarrado a lo lejos en la vasta tierra había un complejo de casas de adobe y una iglesia. Las casas estaban huecas, vacías, con las puertas azules y las ventanas en blanco. El viento hacía ondas con la arena a sus pies. Simodecea les dijo a las niñas que se mantuvieran cerca.

Pidre se había alejado de los caballos y la carreta. Caminaba hacia adelante, por el centro de ese paisaje de cerros generosos y moradas vacías. Un perro negro ralo le salió al paso. Pidre chifló y el animal se le acercó, le hundió la nariz brillante en la palma y se alejó con un amplio rodeo. Pidre caminó más rápido; el tintineo de las monedas en sus bolsillos se mezcló con el crujir de sus botas en el suelo pedregoso. No pasó mucho tiempo antes de que empezara a correr y se volviera cada vez más pequeño en el horizonte. Corrió hacia el cementerio bajo los sauces rojos como si lo persiguiera el olvido mismo. Comenzó a gritar en tihua, a preguntar por alguien, quien fuera, y luego cambió de dialecto y rogó que le contestaran. Simodecea se agachó y abrazó los hombros fríos de sus hijas contra su cintura. Miró angustiada a su esposo inclinado sobre una tumba, persignándose antes de tocar la lápida blanca desgastada.

—Abue —dijo—, ya llegamos. Traje a mis hijas. Traje a mi esposa. Vinimos a ver nuestro Cielo Temprano.

Le dijo a Desiderya cuánto la extrañaba y la quería y clavó las manos en la tierra. Juntó un puño y lanzó la tierra hacia la noche. Entonces lloró, quedito y en silencio, goteando sobre el suelo.

Maria Josefina le jaló el vestido a su madre.

—¿A dónde se fue todo el mundo, mamá? —preguntó mirando hacia arriba con ojos tristes.

—No sé, chiquita —dijo Simodecea mientras miraba el cerro azulado encima del pueblo desierto, con las vías férreas marcadas como cicatrices en su espalda.

Pidre se separó de la tumba de Desiderya y se puso de pie. Se limpió la cara con manos rápidas. Llamó a sus hijas y a su esposa para que se acercaran.

—Esta es la tumba de su bisabuela —les dijo—. Aquí descansa, y este es su pueblo. Las voy a llevar al río donde me bautizaron, donde me encontró.

Simodecea dio un paso al frente. Dejó colgar la cabeza. Supo con certeza en el corazón que los esperaban malos tiempos.

VEINTICINCO

Una vida propia

Denver, 1934

Los gritos y pasos atronadores de los hermanos de Lizette retumbaban por toda su casa en la Calle Fox. Ni siquiera el seductor olor a tortillas, frijoles, huevos estrellados y papas compensaba el golpeteo de los pies de los niños sobre el roble duro, los ladridos de *¿Dónde está mi calcetín? Me toca el baño. ¿Quién dejó abierta la hielera? Necesitamos más leche.* Tener cuarto propio era el único lujo de Lizette, pero sospechaba que eso tenía más que ver con que tenía cuerpo de mujer que con cualquier otra cosa.

Desde el instante en que abría los ojos en las madrugadas aún oscuras hasta que los cerraba en la noche, Lizette trabajaba. Siempre había sido así. Había dejado de ir a la escuela en quinto para trabajar en una fábrica de dulces en el centro, donde enrollaba caramelos turquesa en una gran mesa de metal con una docena de niñas más del Westside y otros sitios. El dueño era un vaquero de nombre Rickson, que había embarazado a una de las niñas de fuera, una chica de catorce años que se llamaba Marilou. No reconoció al bebé y Marilou creció enorme con lo que sospechaba que era un varoncito. Lizette nunca supo qué les pasó a Marilou y a su bebé, porque en su segundo año en la fábrica, su madre le pidió que se quedara en casa con su hermanito más chico, Marcelo, mientras ella se montaba en la caja de un camión tres días a la semana para ir a Eaton, Colorado, donde recogía betabeles con otras madres de la cuadra, cien libras por un dólar al día.

—¡Despiértate, Lizzy! —le gritó su hermano Antonio, que había entrado a su cuarto con sus botas de vaquero y un antifaz de bandido.

Desde los pies de su cama de latón, soltó un eructo enorme y se rio con frenesí. Agarró el marco de la cama y lo sacudió con todas sus fuerzas. Lizette soltó un largo quejido y le dijo que se largara de su cuarto. Dijo *¡Carajo, Antonio!* y se paró de la cama.

—Que no se te olvide —le dijo Teresita cuando entró a la cocina y agarró una manzana de la mesa— que Lucrecia va a dejar aquí a sus gemelos hoy en la tarde. Te toca cuidarlos.

Lizette abrió la boca llena de fruta harinosa.

—Claro que no.

Teresita le echó una mirada cruel. Le dio un manazo a uno de sus hijos, que estaba intentando robarse una tortilla del comal sobre la estufa.

—Claro que sí, no tienes de otra.

Lizette le dio otra mordida a la manzana. Estaba acostumbrada a que su madre olvidara que tenía sus propias obligaciones. Pensó que no todo giraba alrededor de la familia.

—Por si se te olvida, mamá, hoy voy a estar con la modista todo el día. Ni siquiera voy a estar aquí.

Teresita se encogió de hombros y se ató el mandil en la cintura.

—¿Y qué? Dile que estás ocupada.

En ese instante, el padre de Lizette entró a la cocina con un pan dulce en cada mano. Le sonrió a su familia con los cachetes espolvoreados de azúcar.

—Papá —dijo Lizette—, hoy no puedo cuidar a unos gemelos apestosos. Tengo que ir a trabajar.

—Está bien, mija —dijo su padre mientras iba por sus botas de trabajo que estaban junto a la puerta.

Teresita empezó a gritarle a Eduardo que era un dejado. Lizette se imaginó que estaba en otro lado, en una gran casa blanca que solo era suya, un lugar tranquilo donde pudiera guardar sus vestidos finos y sus abrigos de piel y sus libros llenos de datos; todas las cosas que quería y se merecía en la vida. Mientras levantaba a su hermano Miguelito del suelo para alejarlo de la puerta trasera, pensó que por lo menos tenía a Alfonso. Cuando se casaran, él la salvaría de esa vida de hermanitos y quehaceres sin fin. Cuando se casaran, por fin sabría lo que era tener una vida propia.

Lizette llegó a su turno quince minutos tarde, de mal humor y apurada por haber perdido el tranvía porque su madre la obligó a cambiar un pañal antes de irse. Natalya estaba detrás del mostrador al fondo de la tienda, con los lentes puestos y un cigarro encendido.

—Llegas tarde hoy, igual que cada tercer día —dijo sin alzar la mirada—. ¿Te contrato para ayudar y así me pagas?

Lizette quería gritar que no era su pinche culpa, pero si había aprendido algo de Natalya era que no le gustaban los pretextos.

—No pasará otra vez. Lo siento mucho.

Desde que había empezado a trabajar con Natalya, Lizette le había cedido la mayor parte de su ruta de lavado a una mujer de su cuadra que se llamaba Sensionita, tenía diecinueve años, tres bebés y un esposo al que habían corrido de la fundición luego de una larga batalla contra la influenza.

Lizette detectó un paquete café envuelto con yute.

—¿Qué es eso? —preguntó.

—Cuando llegas tarde, te pierdes cosas —dijo Natalya mientras alzaba la caja al aire.

Entonces lo supo.

—¡No! —dijo Lizette mientras corría hacia el mostrador del fondo, casi tropezando en el piso desigual—. ¿Es lo que creo que es?

Natalya alzó la vista. Tenía ojos amables, de un azul traslúcido, y arrugas delgadas en la cara rodeada de pelo rojo. Le dio una calada a su cigarro.

—No debo fumar cuando abro —le advirtió guiñando un ojo.

—¡Sí es! —gritó Lizette—. La tela de mi vestido de boda.

Estaba bailando, chasqueando los dedos y meciendo las caderas. Estiró la mano con una risa alegre, como si pidiera una rebanada de pastel.

—No tan rápido —dijo Natalya—. Necesito una entrega hoy. Luego abrimos tu paquete.

Lizette languideció como una rosa escarchada.

—Natalya —lloriqueó, pero estaba claro que a la modista no le importaba.

—Aquí tienes dirección —dijo mientras le entregaba un papelito y un fardo de enaguas de algodón que habían cosido la semana anterior.

Las enaguas tenían cinturas expansibles y tenían que entregarse en la Institución Saint Agnes, en alguna calle en Capitol Hill que Lizette no conocía. Estrujó la cara mientras agarraba el bulto.

Natalya sacudió el cigarro sobre un plato blanco.

—Apúrate —le dijo a Lizette mientras salía de la tienda.

Desde afuera, la mansión estilo Queen Anne se veía igual que cualquier otra. Ladrillos rojos, ventanas pomposas y un gran portón de hierro con picas asesinas para mantener a la gente afuera, o adentro. Mientras caminaba por el acceso de arenisca, Lizette apenas pensó en otra cosa que entregar las pinches enaguas, recibir el pago y largarse de ahí. Llevaba meses perfeccionando el patrón de su vestido de boda, imaginándose el corte y la textura granular del tafetán, la cola de satín y su cara orgullosa tras un velo. Fuera lo que fuera ese lugar, se estaba interponiendo entre ella y su felicidad.

Lizette tocó y esperó. Luego, al no haber respuesta, gritó: *¡Entrega, abran!* Se asustó cuando una joven monja de velo blanco le abrió la puerta.

—Por aquí —dijo mientras la dejaba entrar a la mansión hecha de madera oscura y escaleras de mármol.

Traía la falda del hábito bien ceñida en la amplia cintura con tres nudos que indicaban sus tres votos: pobreza, castidad y obediencia. Lizette se estremeció.

—Les traje unas enaguas —dijo—. Solo necesito el pago.

—Claro —dijo la joven monja mientras la guiaba con la manga del hábito colgándole del brazo como cortina hacia un corredor espacioso con papel tapiz de flores, rojizo como rodillas peladas.

Mientras recorrían el pasillo, Lizette vio fotografías enmarcadas de muchachas anglos con expresiones lúgubres, como si la cámara hubiera capturado a sus fantasmas. Estaban sentadas en el jardín durante algún tipo de festival, con globos y banderines a los lados. Se puso nerviosa y sintió que el corazón le subía a galope, preparándola para huir.

—¿Qué clase de lugar es este? —preguntó cuando llegaron a un comedor con una mesa enorme y sillas profundas de caoba. Había vasos de agua apilados en un gabinete con una jarra empañada en forma de campana.

—Es una institución—dijo la joven monja mientras abría una puerta lateral para dejarla entrar a una oficina.

—No me diga —dijo Lizette.

—Siéntese, por favor —dijo la joven monja—. Sor Florence la atenderá pronto.

Lizette se sentó frente al escritorio de metal. Frente a ella solo había una hoja y un vaso lleno de lápices sin punta. Alguien había escrito el Credo de los Apóstoles en caligrafía de ricos, garigoleada y esbelta.

Creo en Dios Padre, Todopoderoso, Creador del cielo y de la tierra. Y en Jesucristo, su único Hijo, Nuestro Señor, que fue concebido por obra y gracia del Espíritu Santo, nació de Santa María Virgen, padeció bajo el poder de Poncio Pilato, fue crucificado, muerto y sepultado, descendió a los infiernos, al tercer día resucitó de entre los muertos.

Lizette se rio al imaginar que estaba en una suerte de cuarto de castigo. *Bueno,* pensó, *dinero es dinero.* Detrás del escritorio había una ventana con celosía y cortinas de encaje. Afuera, en el pasto, había unas muchachas de pelo rubio y castaño reunidas en círculo. Lizette se aproximó a la ventana para ver mejor, pero al acercarse, se abrió la puerta de la oficina y una monja mayor entró al cuarto en un crujir de telas, con la cara pálida y arrugada apretada por el velo negro de su hábito. Se aclaró la garganta con los pulmones húmedos. El lugar olió de pronto a leche y gis.

—¿Puedo ayudarle en algo? —preguntó.

Lizette la saludó.

—¡Sí! —dijo con demasiado entusiasmo—. ¿Me puede pagar esto? —le entregó el fardo de enaguas—. Por favor.

La vieja monja sacó unas grandes tijeras oxidadas del interior del escritorio. Cortó el cordel y desenvolvió el yute. Separó la primera enagua del conjunto, la extendió en el aire e inspeccionó las costuras. Luego metió la mano venosa en la enagua por el hoyo superior y la volteó como si estuviera desollando un pollo.

—No tiene suficiente espacio enfrente —dijo.

Lizette sonrió, aparatosa y falsa.

—Ay, no, ¿cómo puede ser? Seguimos sus instrucciones al pie de la letra, madre.

La vieja monja se le quedó viendo con largas líneas de marioneta marcadas alrededor de la boca.

Ándele, pensó Lizette, *inténtelo*.

La vieja monja suavizó la mirada.

—Les pedí más pulgadas. Siempre puedes ceñir con alfileres, pero no puedes soltar.

Lizette alzó el índice para energizar su postura.

—¿Me permite? —dijo y esperó a que la monja le pasara la enagua para revelar la red escondida de nudos que había en la esquina superior izquierda—. Es muy ingenioso, en realidad. Es sencillo, pero efectivo. Nos ahorra tiempo y dinero a mí y a usted. O a quien quiera que se las ponga.

La monja asintió con una cara de piedra. Le pidió un momento y se dio la vuelta. Era obvio que trataba de esconder que estaba abriendo una cajonera y girando la combinación de una caja fuerte de hierro. Lizette deseó que la vieja chiflada supiera que podría leer los números si quisiera, pero que prefería no hacerlo y mejor se asomaba por la ventana. El grupo de muchachas había desaparecido; el jardín estaba tan verde y tan vacío como siempre.

La vieja monja rodeó el escritorio y le entregó un sobre que contenía un único billete. Le puso la mano en la espalda baja para guiarla afuera de la oficina, hacia el comedor cavernoso, mientras sonaba una campana en toda la mansión. Al fondo de la espaciosa casa se abrió una puerta y el sol fluyó en cascada por el piso de duela clara cubierto de alfombras rojas. Una docena o más de muchachas anglos con las caras sonrojadas y grandes panzas de embarazadas entraron en fila india con pantuflas de fieltro, llenando el espacio con sus cuerpos como una riada de blancas. Se acercaron a los vasos apilados en el gabinete y esperaron a que la que quizá fuera la más preñada de todas sirviera agua a las demás. Lizette se sintió mareada por lo incómodo de la situación, y se dio vuelta para irse sin siquiera despedirse de la vieja monja, pero mientras caminaba hacia la puerta principal sus ojos detectaron a alguien.

Había una pelirroja en el vestíbulo, caminando lentamente hacia el comedor, dando pasos de pato por la hinchazón de la vida en desarrollo.

Lizette retrocedió como si la hubiera empujado un viento helado.

Eleanor Anne estaba parada entre las puertas francesas abiertas. Frunció el ceño lentamente, como si ver a Lizette se hubiera sentido como un puñetazo.

Se quedaron viendo.

Lizette se sintió triste en todo el cuerpo, en la piel, en la boca. Sabía exactamente qué clase de lugar era ese, y en ese instante, rodeada de aquellas jóvenes anglos solas, sin sus familias, con la única compañía de las demás y de unas monjas amargadas, se sintió agradecida de no provenir de gente tan insoportable que prefería esconder a sus mujeres cuando creían que estaban llenas de bebés desfavorables.

—Alice Jean —se oyó que llamaba la vieja monja desde el comedor.

A Eleanor Anne le corrieron lágrimas por los cachetes.

—Ya voy, madre —dijo entre sollozos callados.

Por favor, le dijo a Lizette con los labios, *no le digas a nadie.*

Y solo con su expresión, Lizette prometió que nunca lo haría. No tenía por qué. Además, tenía que regresar a su trabajo. Tenía que hacer un vestido nuevo, y esa entrega ya le había quitado demasiado tiempo.

VEINTISÉIS

Refugio de la tormenta

—Está raro, ¿no? —le dijo David a Luz mientras abría la puerta de la oficina a la calle.

Era casi el atardecer, a finales de abril. Luz estaba a punto de terminar su turno. La luz del sol se movía alrededor de los hombros y los rizos de David y se adentraba en el vestíbulo.

—¿Los truenos? —preguntó Luz.

—No, es demasiado consistente —dijo David, y salió a la banqueta.

Luz se paró de su escritorio y lo siguió hacia el aire cálido de la primavera.

—¿A qué te refieres? —preguntó.

El ruido creció hasta convertirse en un rugido, una masa de befas cuya fuente quedaba oculta por la ciudad gris. El aire cambió. El cielo se contaminó de un frío punzante. Varios transeúntes también habían notado los extraños sonidos y frenaron su marcha con la cara apuntando hacia el retumbo.

Luz se quedó en la banqueta, observando a David caminar por la espeluznante calle sin tráfico, por el delgado carril rodeado de automóviles estacionados y carruajes cafés anticuados. Oteaba el horizonte, allá donde la calle terminaba en la estación de trenes anidada entre oficinas de ladrillos y el telón de fondo de la sierra. Luz lo observó caminar en su traje negro. Avanzaba de a poco, pero conforme aumentaba el ruido, echó a correr hasta alcanzar lo que Luz sospechaba que era terreno elevado, un lugar desde donde pudiera ver la fuente de tanta conmoción.

David se giró de inmediato y, gesticulando con ambos brazos, le gritó a Luz que se metiera.

—Ya —bramó mientras corría hacia ella—. Adentro. Ya.

A Luz se le pararon los vellitos del cuello. Una tiniebla se arremolinó sobre ella, extraña y vertiginosa, como si la ciudad estuviera a punto de ser engullida por un tornado.

—¡Métete ya, Luz! —gritó David mientras corría para alcanzarla en la banqueta.

Mientras David se precipitaba hacia ella, Luz oteó por encima de sus hombros para observar la larga calle una vez más. En el borde borroso de la Calle Diecisiete, en el espacio reservado para el cielo, Luz vio el inicio implacable de un desfile blanco: hombres y mujeres envueltos en hábitos, con las capuchas puntiagudas meciéndose en el horizonte, una bandera estadounidense extendida en la primera fila y una cruz de pino sostenida en el aire. Luz no había visto una marcha del Klan tan concurrida desde su infancia, y mientras más la observaba, más le parecía una serpiente blanca que surgiera de la tierra dando coletazos. Un cuerpo que se movía con odio. En esos breves instantes en los que estuvo parada en la banqueta antes de que

David la jalara de la muñeca izquierda para guiarla al interior de la oficina, Luz vio a cientos de miembros del Klan. Había una sección de mujeres con las caras blancas sonrosadas en la tarde fría y jalando a sus hijos, algunos de no más de tres o cuatro años, en carritos rojos. ¿Cómo se atrevían a llevar a sus bebés?

En cuanto David jaló a Luz para meterla con él a la oficina, ella se encorvó al frente, sintiéndose como si hubiera tragado piedras. Tosió y escupió horrorizada, casi esperando vomitar rocas. David le pasó el cerrojo a la puerta. Le dijo a Luz que cerrara las persianas mientras él apagaba las luces. Sacó un tablón de madera de un gabinete y lo fijó a la puerta principal para formar una barricada.

—¿Por qué están marchando? —preguntó Luz mientras cerraba torpemente las persianas con temblorina en las manos—. No hubo advertencia. No oí nada, no vi volantes, nada. Hacía años que no los veía así.

—A mi oficina —susurró David.

—¿Cómo nos vamos a ir a casa?

Cuando estuvieron dentro de la oficina, David cerró la puerta con llave y le pasó el cerrojo.

—No te puedes ir, Luz. Yo tampoco. No hasta que haya terminado lo que sea que tengan planeado.

Luz lo pensó y miró a su alrededor, preguntándose qué podría usar para protegerse. Todo lo que traía era un cuchillo en el bolso.

—Son muchísimos —dijo.

David le pidió que se sentara en una de las sillas de cuero negro que tenía para sus clientes. Se sentó frente a ella en su escritorio y dejó caer la cabeza entre ambas manos. Suspiró muchas veces.

—Están pensando en abrir una investigación de gran jurado para el asesinato de Estevan. Lo más probable es que sea el mes que entra. Me acaban de avisar.

Luz se inclinó al frente sobre el escritorio. Le preguntó a qué se refería.

—Estaba a punto de contarte. Estaríamos celebrando en este instante.

Hubo un ruido como de martillazo contra la puerta principal. Luz se alejó del sonido.

David volteó a ver sus papeles y exhaló.

—No sé qué decir, pero no nos van a intimidar.

Se quitó el saco y lo colgó de su silla. Caminó hasta la puerta y presionó la oreja contra el vidrio esmerilado. Luz oía gritos. La oficina de David solo tenía tres medias ventanas hacia el techo. La tarde se estaba difuminando hacia el crepúsculo. Luz se concentró en el sol menguante mientras intentaba escuchar algo familiar en alguno de los gritos. Esperaba que no estuvieran lastimando a nadie conocido.

David se había sentado de nuevo y se estaba afanando con una tetera eléctrica que había en el escritorio. Sacó hojas de té de una caja de madera que decía FINEST EMPIRE TEA y llenó dos filtros de metal en forma de bola con ellas. Miró a Luz mientras esperaba a que hirviera el agua.

—Lamento no tener comida aquí. Dicen que atrae ratas de las alcantarillas.

—Ay —dijo Luz—. De todos modos, no podría comer con todo lo que está pasando afuera.

—Cierto.

Cuando David acabó de hacer el té, se paró y empujó la bandeja de metal con rueditas junto a Luz. Se sentó en la segunda silla de cuero negro frente a su escritorio, de modo que su pierna quedó tocando levemente el borde del muslo de Luz. Le dio una taza en un plato liso. El vapor le subió a la cara y el pelo. Era buen té, caro, negro, con cuerpo.

—¿Cuánto crees que tarde... hasta que acaben? —preguntó Luz.

—Ni idea —dijo David entre sorbos—. Si van a quemar una cruz, podrían seguirse hasta la medianoche.

Los dos brincaron cuando se rompió un vidrio en la oficina del frente, como si hubieran lanzado un ladrillo por la ventana. David se puso el dedo frente a la boca. *Shhhh*, gesticuló, y le hizo señas para que se metiera debajo del escritorio. *En caso de que alguien logre entrar a la oficina*, susurró. Luz se escurrió de su silla y cruzó la alfombra a gatas hasta alcanzar el escritorio. Se retiró en lo más hondo de su bastidor de nogal. Presionó el cuerpo contra la madera y volteó a verse las rodillas. Había caído la noche, y debajo del escritorio estaba oscuro, aunque justo afuera, donde David avanzaba a gatas, la oficina era de un gris azulado.

Cuando David entró al espacio, se apretó junto a Luz. Olía mucho a sudor dulce y a jabón Ivory, y su aliento estaba opulento del aroma del té negro. La oscuridad intensificaba los demás sentidos de Luz. Sus cuerpos se quedaron rígidos y silenciosos, solo el sonido de su respiración entrecortada transcurría entre ellos. Luz rezaba en su mente por que nadie entrara a la oficina, los sacara a rastras, los golpeara en la calle... Se imaginó la horda, sus befas contra el abogado griego y su secretaria frijolera que litigaban por los derechos de las clases bajas. Luz apretó la mandíbula para evitar gritar de miedo. Luego, a lo lejos, oyeron cláxones y gritos, una indicación de que la marcha, el desfile, la turba henchida de odio no iba a terminar pronto. ¿Cuánto tiempo se iban a quedar ahí, empacados como carne enlatada?

David volteó a verla en la oscuridad.

—¿Estás bien? —susurró.

Aterrada de hablar, ella asintió.

—Bien —dijo David.

Le puso la palma en la rodilla izquierda, con los dedos adentrándose en su muslo.

—Luz —dijo con la voz sin aliento.

Entonces le puso la boca en el cuello. Un relámpago de placer le recorrió el cuerpo a Luz desde los labios de David hasta sus muslos, donde David movía gradualmente la mano por debajo de su vestido, de su ropa interior, dentro de su cuerpo. A Luz le cambió la respiración, se le aceleró y profundizó. Sucedió muy rápido. Nunca había sentido un deseo tan fuerte, y le pulsó por todo el cuerpo hasta que el murmullo de un gemido le cayó de los labios. David le cubrió la boca con una mano y Luz se descubrió abriendo los labios para probar su palma. Cuando David quitó la mano, le metió el gusano grueso de su lengua en la boca. Le empezó a quitar el vestido, abriendo el cierre con tal conocimiento de la moda femenina que resultaba alarmante. Le pasó las manos por todo el cuerpo y le apretó los senos.

Luz tuvo un sobresalto de pavor. Si lo dejaba, le iba a quitar la virginidad ahí mismo, en el piso de su oficina, en medio de una marcha del Klan.

—Alto —dijo—. Tenemos que parar.

—Entiendo —dijo David y se movió lentamente hacia el frente para morderle el labio antes de salir de debajo del escritorio y pararse de un salto.

Al parecer, los gritos de afuera habían cedido.

—Parece que ya se calmó —dijo—. Supongo que nos podemos ir a casa.

VEINTISIETE

Un día sin trabajar

Era domingo y Luz se había parado temprano y desayunado huevos estrellados con Maria Josie antes de que su auntie juntara los suministros para el picnic y las cañas de pescar, y saliera a encontrarse con su amiga nueva, una mujer llamada Ethel que traía un coche Standard refulgente. Iban a las montañas, a un lago azul. Ethel parecía trabajar tanto como Maria Josie, y Luz rara vez podía pasar tiempo con ellas, pero le había agarrado cariño a la mujer, una doctora de mirada firme detrás de sus lentes de armazón negro. Tenía una ola de pelo castaño, y Maria Josie siempre llegaba de su casa oliendo a su perfume de gardenias. Aunque Luz nunca lo admitiría frente a ella, le preocupaba que Ethel le robara a su auntie. Vivía en un búngalo en el Eastside, nada parecido al desvencijado Hornet Moon. Luz temía que solo fuera cuestión de tiempo antes de que Maria Josie empacara sus cosas y se fuera para siempre. ¿Y entonces a dónde iría ella?

Poco después de las once, a Luz le sobresaltó un golpe en la puerta. Le sorprendió ver a Lizette parada en el pasillo con un portatrajes, como si hubiera cargado un cadáver envuelto desde el Westside hasta la Calle Curtis.

—¿Qué es eso? —preguntó Luz.

Lizette se había quedado sin aliento y el sudor le atravesaba el vestido azul claro. La humedad se le filtraba bajo las axilas y los senos.

—Está listo —dijo y entró empujándola—. Hay que abrirlo en la cocina, donde hay mejor luz.

Luz pensó que traía otra de sus creaciones. Desde que había entrado a trabajar con Natalya, la modista le había dado la libertad de diseñar varios vestidos y blusas, y de traerlos a la vida directo desde su mente. En cierto sentido, casi parecía un milagro: poder idear algo y trabajar hasta que, un día, esa prenda existiera en el mundo real.

Lizette oteó la cocina con ojo crítico.

—Ay, ese olor horrible —dijo—. No sé cómo te acostumbras.

—Como si el Westside oliera mejor con sus patios de maniobras.

—En primer lugar —dijo Lizette—, sí huele mejor que a cadáveres. Casi todo huele mejor que a cadáveres.

Lizette se dispuso a cerrar la ventana.

—¿Qué haces? —le preguntó Luz—. ¡Hace un calor del demonio!

—No quiero que el olor se impregne en mi vestido.

—¿Qué vestido? —preguntó Luz.

Lizette soltó una sonrisa traviesa y hermosa. Se acercó al portatrajes y levantó lentamente su parte inferior. De su interior se derramó el largo tren de satín de un vestido de boda color miel.

—Dios mío —dijo Luz, impactada—. ¿Tú lo hiciste?

—Natalya me enseñó a hacer las costuras más complejas. Trabajamos en él juntas.

—¿Y el costo de la tela?

Luz no le podía quitar los ojos de encima al vestido. Era como si hubiera oro líquido flotando en el aire de su cocina sofocante.

—Me dio un adelanto, dijo que he estado trabajando bien con ella.

Luz le preguntó si podía tocar la tela y Lizette gesticuló que *por supuesto*. Luz se limpió las manos en la blusa de algodón y pasó las yemas de los dedos por los botones y las costuras del vestido. Era exactamente como lo había planeado su prima. Una silueta de satín sencilla con broches escondidos en el lado izquierdo, un conjunto fino de encaje en el corpiño y mangas de capa.

—Guau. Vas a ser una novia hermosa —dijo Luz con franqueza.

—No friegues —bufó Lizette—. Voy a estar perfecta. Todo el mundo va a estar enojado por no estarse casando conmigo.

—Me da muchísimo gusto, hiciste el vestido que querías.

Luz dio un paso hacia Lizette y se abrazaron. Sus caras sudorosas se embarraron sal entre sí.

—Hay que volver a meterlo al portatrajes y abrir estas ventanas. Este lugar está más caliente que la caca de perro fresca.

—Lizette… —dijo Luz frunciendo el ceño.

Las primas se abrazaron de nuevo y se quedaron juntas en su alegría. A veces, cuando Luz veía a Lizette, era como si se asomara a un espejo distorsionado, como si estuviera viendo partes de sí misma reacomodadas en otra persona. Lizette era su timidez convertida en decisión y sus rasgos delicados reunidos en la belleza de una feminidad masculina. Luz estiró una mano y la pasó por los rizos negros de su prima, más frescos que el aire entre ellas. Pensó en cuando había llegado a Denver, a sus ocho añitos, en cómo Lizette había parecido entender por instinto el corazón roto que le había dejado perder a su madre y a su padre por algo distinto a la muerte. Recordó que Lizette notó que su ropa estaba manchada y andrajosa cuando Maria Josie los llevó a ella y a Diego, por primera vez, a casa de la tía Teresita y el tío Eduardo en la Calle Fox. Lizette acercó hábilmente un vestido bordado suyo a la sala principal, envuelto en una toalla blanca, y se lo pasó discretamente a su prima nueva.

En cuanto acordaron una fecha, todo sucedió muy rápido. Alfonso encontró una casa en renta en la Calle Inca, con dos habitaciones, un patio cuadrado y un durazno en flor. El casero le había dado precio especial por ser pinoy, o eso decía él. Se llamaba Buck Valdez y era originario de la Tierra Perdida, de un pueblo que se llamaba Antonito. Le interesó mucho la colección de sombreros galoneados y corbatas bolo de Alfonso, y dijo que cuando era joven y había viajado hasta California, trabajó en los campos con filipinos, y disfrutaba su humor y su gusto en ropa y en mujeres.

Después de pagar el depósito, Alfonso llevó a Luz y a Avel para enseñarles el lugar. Sus silbidos de admiración hicieron eco en los cuartos vacíos de estuco.

—¿Creen que le guste? —les preguntó en la cocina azul.

La estufa era un modelo nuevo de gas con dos hornos, y Luz pensó que si Lizette algún día aprendía a apreciar el trabajo doméstico, con eso bastaría para que el lugar fuera la casa de los sueños de cualquiera.

—La pregunta es —dijo Luz mientras caminaba bajo el arco bajo hacia la sala principal—: ¿va a poder hacer sus fiestas acá?

—Sí, señora —dijo Alfonso con orgullo—. Van a estar aquí tan seguido, Lucy Luz, que tendremos que cobrarles renta.

Se rio un poco y le picó las costillas a Avel, quien soltó una risotada y se alejó un poco para examinar la instalación eléctrica y los alféizares, siempre un manitas.

—Yo no diría eso —dijo Avel y giró sobre sus talones para agarrar a Luz por la muñeca izquierda—. Tal vez Lucy Luz tenga un lugar propio pronto.

Los hombres parecieron echarse una mirada cómplice y Luz frunció el ceño.

—No lo veo en el té.

En el trabajo, David hizo como que nada había pasado entre ellos. La oficina era un caos. Los vándalos habían logrado entrar al cuarto de enfrente y habían husmeado en el escritorio de Luz para llevarse varios documentos notariados y papeleo firmado para el Caso Ruiz. Aún no se anunciaba la investigación del gran jurado. Cada vez que Luz pensaba en preguntarle a David sobre lo que había pasado bajo el escritorio, abría la boca para hablar, pero solo lograba imaginarse polillas blancas surgiéndole de los labios. Tal vez no le correspondiera. Tal vez tuviera que esperar a que David lo mencionara, y se preguntó por qué siempre esperaba a que actuaran los hombres primero.

Luz pasaba las noches y los fines de semana con Avel, yendo de salón de baile en salón de baile: Benny's, Emerald Room, Teatro Oso. Veía a su nueva banda mover a la muchedumbre todas las noches. De vez en cuando, Lizette y Alfonso se les unían, y hubo veces en las que hasta Maria Josie y Ethel se aparecieron en la orilla de la pista. Sus dedos, que colgaban a los costados, se rozaban con delicadeza. Aunque Avel nunca le diera a Luz ese alud cálido de vértigo de tener las entrañas torcidas como nubarrones, sí la hacía sentirse apreciada, deseada, cuidada…, cualidades que nunca había recibido consistentemente de ningún otro hombre. En sus cartas a su hermano, le anunció la fecha de la boda de Lizette y le habló de la nueva amiga de Maria Josie, pero por alguna razón no se atrevió a mencionarle nada nuevo sobre Avel. En su última carta, le rogó que considerara volver a casa para la boda. Él contestó unas semanas después.

Así que lo lograron, ¿eh? Ahorraron y encontraron una iglesia católica dispuesta a casar a esos dos. (¿Te imaginas a Lizette en el confesionario? ¡Ja!). Ojalá pudiera ir. Va a ser una novia preciosa, Alfonso tiene suerte. Pero no creo que pueda ir a casa para la boda, Little Light. No será seguro para mí ni para el resto de la familia, pero conforme pasa el tiempo, sigo con la esperanza de poder dejar de moverme de ciudad en ciudad siguiendo al betabel o la lechuga o el ajo y volver a casa. Acompañado de Sirena me gano un dinerito extra los fines de semana, porque normalmente encontramos un festival o una feria donde presentarnos. Cómo extrañaba al público, sus caras felices. Las extraño a ti y a Maria Josie. Soñé con Mamá el otro día y me desperté llorando. Aquí tienes unos dólares para tu vestido de la boda, y otros más para Lizette y Alfonso.

A mediados de mayo, sucedió el milagro de que todos los seres queridos de Luz tuvieron el día libre. Maria Josie y Ethel planearon un picnic cerca de la famosa tumba de Jack Wesley, en la cima de la Lookout Mountain. Lizette se emocionó ante la oportunidad: llevaba semanas juntando piñas para la decoración de su boda. Alfonso y ella fueron en el Chevy, y Luz y Avel se fueron con Maria Josie, Ethel y su perrito blanco, Marcus. Conforme los días se hacían más largos y el clima cálido saludaba a las montañas, la nieve se derretía y llenaba los arroyos y ríos hasta que su tamaño y velocidad aumentaban a tal punto que las aguas se escapaban de sus márgenes, apelmazaban la hierba y se convertían en zoquete. Luz observaba la carretera mientras el Standard de Ethel resoplaba a lo largo del arroyo Coal, abrazando acantilados de granito y pasando junto a cabras monteses y algún venado ocasional.

—Ethel —dijo Avel cuando se acercaban a la cima de la Lookout Mountain—. ¿Quién te enseñó a manejar? Eres la mujer que mejor maneja que conozco.

Maria Josie soltó un bufido divertido junto a ella en el asiento del copiloto, y Ethel desvió la mirada del camino hacia el retrovisor para mirar a los ojos a Avel y luego a Luz en el asiento trasero.

—Aprendí sola luego de la escuela de medicina, Avel. Pensé que si puedo recibir a un bebé, puedo manejar un pinche coche.

Todos trinaron de risa y Maria Josie se corrió en el asiento hacia ella. Luz admiraba la forma sencilla en la que parecían quererse. Desde que se conocieron, Maria Josie había dejado de andar por ahí con sus demás amigas y le dedicaba cada instante de su tiempo libre. Era casi suficiente para poner a Luz celosa. Y el perrito posado en las amplias piernas de su auntie parecía quererla casi tanto como su dueña.

—¿Cómo te volviste doctora? —preguntó Luz mientras desviaba la vista de la ventana—. Nunca había conocido a un doctor.

—Con muchos años de estudio, Luz. Pero siempre quise curar a la gente. Supongo que era mi vocación.

Manejaba con una postura perfecta y las dos manos firmes en el volante brillante.

—Yo llegué a tomar clases —dijo Luz—. En la Opportunity School. David me mandó, pero no creo ser buena estudiante. Has de ser muy lista.

Sonrió y vio afuera un grupo de borregos cimarrones con sus cuernos diabólicos.

—La escuela no te hace lista, Luz —dijo Ethel—. Solo es un tipo de entrenamiento. La verdadera inteligencia proviene de nuestras agallas, de nuestra capacidad de leer el mundo a nuestro alrededor.

—Como leer el té —dijo Maria Josie mientras movía el brazo por el respaldo y se volteaba para guiñarle el ojo—. Tú tienes una inteligencia antigua, Little Light.

Luz se quedó viendo sus piernas con modestia mientras Avel, a su lado, estiraba los brazos y ponía sus manos sobre las suyas. *Una inteligencia antigua*, pensó, repitiendo las palabras en su mente cuando alcanzaron la cima. Denver era pura niebla a sus pies.

———

Se estacionaron un poco alejados de la zona asignada para picnics. Sabían por experiencia que las familias de anglos y los guardabosques los iban a correr si se quedaban cerca de las mesas, así que era mejor mantenerse aislados en un pradito que había en el lado oriental de la montaña. Tomaron los suministros para el picnic de los coches y se movieron en una fila brillante y estrepitosa de familia. Todos iban vestidos de hermosos colores primaverales. Debajo de sus sombreros de vaquero, Alfonso y Avel traían pantalones blancos y tirantes claros, mientras que Lizette se bajó del Chevy en un vestido amarillo de gasa que se levantaba detrás de ella en el viento. Maria Josie se veía impresionante con mezclilla de hombre y el pelo negro corto recogido con un paliacate rojo, y Ethel traía un vestido floral modesto al estilo de las campesinas de las planicies del este. Luz, de azul, observó a su gente cargar canastas de mimbre, cubetas de hojalata, paquetes de tortillas envueltas en tela para mantener el calor que ya habían perdido y, por supuesto, a Lizette, con una botella secreta de licor casero asomada entre su montón de cobijas.

Escogieron un sitio en un área cubierta de hierba y rodeada de flores silvestres: rudbekias, colombinas, escarolas, margaritas, gallardías… Todos los nombres que su mamá le había enseñado a Luz de chica en inglés y en español. Todo a su alrededor estaba cercado por imponentes pinos ponderosa y píceas azules; el aroma a artemisa y a savia de pino cabalgaba por la brisa serrana, les corría por la piel y se les metía en el pelo. El cielo azul estaba cargado de nubes bajas aferradas a los torsos de las montañas lejanas. Los pájaros deslumbraban con sus cantos, con trinos en capas de silbidos. Hacía bien respirar ese aire.

Comieron sándwiches de mortadela frita y tortillas untadas de mantequilla y canela, manzanas rojas y plátanos verdes. Lizette se recargó en Alfonso para usar su torso y piernas de silla, dándole sorbitos a su botella de alcohol y pasándosela luego a Avel o a Luz. El perrito de Ethel, Marcus, husmeaba entre las piedras cubiertas de musgo turquesa endurecido. Maria Josie contó un largo chiste sobre un palo de escoba en un tiro de carbón descompuesto que dejó a Luz escandalizada, pero de todos modos se rio y se envolvió en los brazos de Avel. Tenía un olor fresco maravilloso, a algodón y limpieza, y su pelo negro absorbía el sol y le transmitía el calor a la cara mientras se acurrucaba en él. Había pasado mucho tiempo, quizá una eternidad, desde la última vez que habían logrado estar todos juntos sin trabajar.

Cuando todos se hubieron devorado el picnic, Lizette se paró y se sacudió las manos en el vestido.

—Muy bien —dijo—, quiero que cada quien me consiga cinco piñas. Grandotas. Las mejores piñas que haya hecho Diosito.

Alfonso estaba recostado hacia la derecha, recargado en su codo, pasándose una hoja de pasto entre los dedos.

—¿Cinco? ¿Por qué no diez? —tiró el pasto al aire, que flotó de vuelta al piso. Se paró de un brinco y agarró a Lizette por la cintura con ambas manos mientras se reía—. Vamos, pues, hay que ayudarle a mi chica a conseguir sus piñas.

Entonces, Avel se puso de pie y ayudó a Luz a levantarse. Maria Josie y Ethel los imitaron. Hasta Marcus pareció participar en la cacería. Empezaron en la cobija y avanzaron en una línea de carreras maleable, tropezándose entre sí, dando pasos enormes por la tierra pedregosa, gritando y riendo bajo el sol.

Lizette desapareció entre los árboles y Alfonso tomó un atajo por un claro de álamos temblones. Ethel y Maria Josie se quedaron tomadas del brazo mientras se reían y buscaban en el suelo. Luz y Avel corrieron cerca de un pino enorme con agujas rojizas, secas y frágiles en la punta. Luz encontró un grupito de piñas caídas y se inclinó para darle los mejores especímenes a Avel, quien los reunió en un montoncito.

Luz se alejó un poco y buscó a unas yardas de distancia.

—Allá —le gritó a Avel y se dispuso a regresar hacia él, pero al darse vuelta, estaba ahí en el piso, con una rodilla en el suelo—. ¿Qué haces? Aquí ya no queda ni una.

—Luz Lopez —dijo Avel, respirando hondo y abriendo la mano derecha para revelar una cajita blanca con un delicado anillo de oro—. Quiero estar contigo para siempre.

Luz se sintió mareada, confundida.

—¿A qué te refieres? —susurró agachándose para asegurarse de que su familia no los viera.

—¿Qué no ves? —dijo él—. Te amo, Luz. Quiero que formemos una vida juntos.

—¿Que nos casemos?

Avel asintió.

—Es que… no creo que a Maria Josie le guste la idea. Apenas nos conocemos.

—Esto es entre tú y yo —dijo Avel.

En ese instante, Luz oyó a un grillo iniciar su melodía y a los árboles estremecerse en sus copas como si se contaran secretos, como si se dijeran la noticia de los humanos que había ahí abajo.

—¿Cómo vas a vivir en Hornet Moon para siempre, eh?
No puedes vivir así. Casi no tienes nada, y te lo podrían quitar
todo de un momento a otro. El trabajo con David no parece
seguro, Luz. No deberías pasar tantas horas trabajando en un
lugar peligroso. Solo te está usando, ¿no lo ves? —entonces
Avel se paró y le puso el anillo en la mano izquierda—. ¿Qué
dices?

Ella sostuvo su mano izquierda bajo el sol, examinando la
manera en la que el oro brillaba contra su piel.

—Está bien —dijo—. Bueno. Sí.

Le dio un beso rápido y sintió algo de mariposas en los
huesos.

Avel soltó un gritito y le dio un gran beso en la boca.

—Hay que mantenerlo entre tú y yo —dijo Luz—, como
dijiste. Por un rato, ¿sí?

Avel asintió. La sonrisa le temblaba un poco.

Cuando regresaron al prado, Luz vio a Lizette metida por
la ventana del Chevy de Alfonso. Estaba negando con la cabeza. Alfonso estaba adentro, en el asiento del conductor, con
el radio a todo volumen. Se veía impactado. Se estaba soban-
do el pecho con la palma abierta.

—Vengan acá —gritó Lizette moviendo los brazos frenética—. Los agarraron. Los mataron a tiros.

—¿A quién? —preguntó Luz mientras corría hacia ella.

Estaban escuchando un noticiero. La alerta especial vaci-
laba según la fuerza de la señal.

El coche de la muerte está completamente agujereado. Cada
hoyo fue hecho por una bala encamisada de los fusiles de
alto calibre de los oficiales. Muchas de ellas atravesaron por

completo la puerta del lado de Clyde, luego su cuerpo, golpearon a Bonnie, cruzaron su cuerpo y salieron por su lado del carro. Cualquiera de ellas habría resultado mortal para ambos, pero después de haber matado a catorce personas, la mayoría agentes de la ley, y luego de haber sobrevivido a tantos tiroteos, no parecía recomendable disparar solo una.

Luz escuchó con atención mientras se metía la mano izquierda al bolsillo para esconder su nuevo anillo de compromiso chapado en oro.

Más tarde, el coche de la muerte y sus cadáveres fueron remolcados a una morgue, donde una muchedumbre de espectadores forzó las ventanas y trató de absorber un poco de la sangre de Bonnie con pañuelos blancos, como una suerte de recuerdo.

VEINTIOCHO

Donde se registra el mundo

—Cúbrele más los brazos —le dijo Lizette a Natalya, quien estaba examinando a Luz un jueves por la tarde en los espejos de la tienda. Se había ido para allá en cuanto salió de la oficina. Faltaban varias horas para que se metiera el sol y la luz inundaba el lugar—. Algo que le rodee las clavículas y el pecho. ¿Y el sombrero?

—No creo que quede bien una capota, pero tú eres jefa —dijo Natalya mientras alzaba un cordel para medirle el largo de manga.

Las mujeres le sostuvieron distintos cortes de tela contra el cuerpo, girando la cara de un lado a otro, examinándole las caderas y el busto, el tono de piel, el tamaño de la muñeca, la manera en la que los dedos de los pies se le aplastaban en los tacones de satín. Su cuerpo había cambiado muy rápido desde hacía unos años. De cierta forma, Luz seguía pensando que era la niña de antes de que le surgieran los senos y la cadera, como si tuviera un ser eterno enterrado en la carne siempre cambiante. Tomarse medidas era agotador, y no lograba imaginar que, muy pronto, tendría que hacerlo otra vez desde cero, pero para su propia boda. Solo Lizette sabía de la pedida de mano de Avel, y Luz no estaba muy segura de que le gustara la idea de un cambio tan absoluto.

Natalya les dijo que se iba a poner a modificar un vestido de encaje sencillo para ponerle mangas de red. Por supuesto, Lizette no consideró que Luz casi se moriría de insolación a mitad del verano con un vestido tan discreto. Pero Luz sabía qué batallas no luchar, y qué vestido iba a usar en la boda de su prima no parecía el terreno apropiado para librar una guerra.

—¿Qué te pasa? —preguntó Lizette. Habían salido de la tienda e iban de camino al tranvía. La ciudad estaba plena de calor; pulsaba con el hedor a grasa y fruta podrida—. ¿Odias tu vestido? Digo, no tienes que estar totalmente cubierta, pero la iglesia lo exige y ya sabes lo estrictos que se ponen esos curas. Y ni me hables de las monjas. No las puedo ver ni en pintura.

—No —dijo Luz—. Solo estoy nerviosa.

—¿Por qué? —preguntó Lizette mientras le jalaba el pelo con ternura.

A la sombra de una zapatería, pasaron junto a un grupo de niños acuclillados en círculo acribillando canicas. Uno de ellos, un chico regordete de piel oscura y pecas, le dio un garnuchazo a su balín y aulló como cachorro de coyote. En la parada del tranvía, Luz se acomodó contra una pared de ladrillo, de frente al tráfico. Lizette se paró frente a ella con las manos en la cintura.

—Dime qué te pasa.

—Sé que se supone que esté contenta —dijo Luz— por estar comprometida, pero no lo siento. Ni siquiera le he contado a nadie.

Lizette negó con la cabeza.

—Tienes que decirle a Maria Josie, Luz.

Luz desvió la mirada, avergonzada.

—¿Tú cómo supiste? ¿Cómo supiste que Alfonso era el hombre correcto?

—Es bueno conmigo. Es amable. Me hace reír. Tiene trabajo —Lizette se paró junto a Luz bajo la sombra y le tomó la mano izquierda—. Eso es todo lo que necesitas, la verdad.

—¿Y el amor verdadero? —preguntó Luz.

Lizette contempló la muchedumbre veraniega en las calles.

—El amor verdadero es mentira, por lo menos para las chicas como nosotras. ¿Y sabes a quiénes tratan peor que a las chicas como nosotras? A las que están solas.

Después de bajarse sola en su parada, Luz caminó por la ciudad, fijándose en los geranios rojos que colgaban de los balcones en macetas de barro. Había un sonido en coro de fiestas de piano y el ladrido lejano de un perro. Luz observó a quienes habían salido a caminar, parejas jóvenes tomadas de la mano, un niñito con un yoyo, una anciana empujando un carrito lleno de latas oxidadas. Cruzó la Calle Dieciocho para ir a Hornet Moon, pero tomó el camino largo. Pasó los dedos por el trigo amarillo que crecía en una parcela del barrio. Era un momento de descanso, tiempo pasado con la tranquilidad del mundo.

Mientras caminaba, Luz recordó una mañana en que su padre la había despertado antes de su turno en las minas. Normalmente, tenía que compartir su cariño con su madre y con Diego, pero aquella mañana no había nadie más despierto. *Buenos días, niña hermosa*, dijo su padre en inglés y luego pasó a una canción en francés. Luz no conocía ese idioma. Él no lo hablaba lo suficiente para que sus hijos lo aprendieran. Su padre tomó sus manos y se las apretó contra el pecho. Luz sentía cómo le temblaba el cuerpo con cada nota, el largo tenor en sus pulmones, el tremor sonoro de sus costillas. *¿Qué significa, papá?*, le preguntó. *Significa que eres mi luz, mi mundo*, contestó él. Y en ese momento de la madrugada, con toda la casa dormida, Luz se sintió como la niña más importante del mundo, y se preguntó si algún día, cuando conociera a su amor verdadero, él la haría sentir así también. Pero el sentimiento fue efímero, y muy pronto su padre se había ido.

Luz parpadeó bajo la luz menguante de la tarde de Denver. Vio el Chevy de David estacionándose lentamente frente a Hornet Moon. Él no la vio y corrió hacia el edificio luego de azotar la puerta del coche. Ella se le acercó desde atrás, estudiando la manera en la que se apuraba hacia la puerta principal.

—David —le dijo mientras él buscaba algo en el suelo, seguramente guijarros que aventar a su ventana.

Él se volvió de inmediato y se quedó ahí parado, silencioso e imponente, y sus ojos se entrelazaron en una suerte de abrazo. Luego se movió con un sobresalto y levantó el periódico ante ella. Luz no necesitó buscar mucho tiempo en la página, porque ahí, como titular vespertino en negritas, estaba la noticia: DENVER ABRIRÁ INVESTIGACIÓN DE GRAN JURADO POR LA MUERTE DE ESTEVAN RUIZ.

—Ponte algo lindo —le dijo David—. Vamos a cenar.

—

La majestuosidad del Brown Palace era impactante. El edificio triangular de piedra era de nueve pisos de alto, coronado por un techo que deslumbraba con esquirlas de vidrio. Los balcones centrales estaban flanqueados por barandales de filigrana de ónix negro. Los comensales anglos ricos hacían escándalo envueltos en trajes caros y vestidos de verano elegantes. Los botones uniformados de terciopelo hacían reverencias y daban las gracias y hacían más reverencias.

—"Donde se registra el mundo" —dijo David, apuntando al letrero del vestíbulo.

Luego le hizo seña de que lo siguiera cuando un joven mesero filipino los llevó a su mesa en el comedor. En un rincón del fondo, como habían pedido.

Cuando estuvieron sentados y habían ordenado, Luz se sintió avergonzada por estar sudando de nervios. Olisqueó el aire para asegurarse de no poder detectar su propio aroma. *Rosas*, pensó, y encontró flores detrás de ella sobre la chimenea.

—Nunca había visto un lugar así —dijo.

—Me imaginé que nunca habías entrado —dijo David—. Es el hotel más magnífico del Oeste. Todos los presidentes desde Teddy se han quedado aquí. Actrices. Políticos —se inclinó sobre la mesa y bajó el tono de voz—. Dicen que tiene túneles debajo.

—¿Para qué?

—¿Para qué crees? Mujeres y alcohol —se rio y se buscó un cigarro en el bolsillo de la camisa. Encendió el cerillo en el interior de la correa de su reloj—. ¿Sabes qué? Nunca me he quedado aquí. Me encantaría ver cómo son los cuartos. ¿A ti no?

Luz seguía intentando descifrar a qué se refería cuando volvió el mesero con una charola de tres pisos de quesos y carnes y una tetera de porcelana humeante.

—¿Y ahora qué va a pasar? —preguntó—. ¿Ahora que están investigando el homicidio?

David parpadeó un largo rato.

—Ojalá lo supiera. Tal vez acusen de homicidio al oficial. O tal vez no pase nada, pero prefiero no pensar en eso. Hoy fue una victoria, hay que concentrarse en eso.

Luz había pedido sus hojas de té y el filtro a un lado. Señaló la taza y el platito frente a David.

—Te puedo hacer una lectura —sugirió.

—¿Del té? —preguntó él, desdeñoso.

Luz asintió.

—Para que te puedas preparar —se detuvo un momento y oteó el comedor enorme— para lo que venga.

David observó su taza. La giró por el asa.

—Claro, qué rayos.

—¿En serio? —preguntó Luz.

—Sí —dijo—. En el peor de los casos, puede ser divertido —le guiñó un ojo.

Luz le hizo seña de que metiera las hojas a su taza. Le pidió que se concentrara en su pregunta, en el caso, en qué había en juego para él y para todos los involucrados.

—Aléjate de todos los demás pensamientos.

—¿Como si rezara? —preguntó.

Luz le dijo que sí, pero que no parecía alguien que rezara. David se rio.

—No tienes idea de lo que he pedido —dijo. Luego parpadeó varias veces—. Hecho, jefa.

Luz sirvió agua caliente sobre las hojas de David y le susurró que siguiera concentrado en su pregunta mientras se hacía la infusión. Se quedaron callados un rato. Luz se recargó en el cojín de terciopelo de su silla mientras miraba los ojos de David recorrerle la cara y sonreír después.

—¿Listo? —preguntó, y David asintió—. Ahora bebe y sigue concentrado en tu pregunta.

David se llevó la taza a los labios brillosos y le sopló al vapor. Miró hacia abajo mientras bebía, con los ojos ocultos y la boca mojada. Después de varios minutos, alzó la vista y le pasó la taza a Luz.

—Veamos —dijo ella mientras giraba la taza a contrarreloj sobre la mesa. Normalmente sentía algo a primera vista, pero la taza se sentía fría y vacía.

—¿Qué ves? —preguntó David con optimismo.

—Me sigo asomando —contestó ella y se acercó la taza a la cara.

Se enfocó una imagen. Lo que al principio parecía un pájaro negro se transformó en oso.

—Fácil —dijo Luz, aliviada—. Está fácil. Un oso. Significa que algo de tu pasado te pesa. ¿Te suena familiar?

Pero cuando volteó a ver a David, estaba hablando con el mesero, preguntándole algo que no podía oír por el piano, que había aumentado el volumen hasta ahogar su conversación y sonaba más fuerte que el resto del lugar.

—David —lo llamó, incapaz de oír su propia voz.

Él seguía hablando con el mesero, sin darse cuenta de que gritaba su nombre. El piano lacerante aumentó de volumen hasta que le preocupó que le lastimara los oídos. Asustada, se paró de la mesa. Gritó *David* otra vez, pero un peso invisible la sentó por la fuerza. La música se detuvo. El hotel cayó en tinieblas. Luz agitó las manos en el aire, buscando la mesa con frenesí, pero había desaparecido. Ya no había hotel. Todo se había esfumado.

Lo oyó antes de verlo, y también lo olió.

Una multitud. Befas. Pólvora. El hocico alterado de un animal furioso, un hedor a glándulas podridas.

Y entonces, Luz lo vio.

En un día turbio, a lo alto de gradas de madera, caras sin rasgos, un público borroso. Luz tomó aire y se examinó a sí misma. Traía un vestido de flequillo con botas de ante blancas. Tenía un rifle en las manos, y le sorprendió su peso muerto. Varias yardas más adelante, un blanco elegante con un traje pasado de moda estaba parado con algunos naipes en las manos y otros equilibrados sobre la cabeza. Vio a Luz a los ojos y formó una palabra con los labios que ella estaba segura que era *amor*. Luz sintió el cariño del hombre viajar en su interior, deslizársele por la garganta y asentarse detrás de sus senos. El hombre sonrió. Sus ojos azules emanaban bondad. Luz alzó el rifle y apuntó para dispararles a las cartas, pero una bruma negra surgió del borde de su campo visual. El público gritó.

Un oso llegó corriendo a toda velocidad, chocó con ella y la tiró al piso. El rifle se disparó.

Los gritos se volvieron ensordecedores: alaridos, jadeos, el hedor a muerte de la boca mojada del oso, la sensación de sus colmillos desgarrándole la cadera cubierta de flequillos. El dolor era tal que Luz temía que fuera a morirse, pero en su agonía, maniobró con el rifle y disparó su última bala al pecho de tonel del oso. El calor hirviente de la sangre del animal la empapó como lluvia. Como si cumpliera su papel, el oso se desplomó y su peso imposible la aplastó contra el suelo. Se quedó prendida contra el piso cubierto de aserrín, con la cara girada hacia la derecha y los pulmones aplanados, incapaces de inflarse. El mundo enmudeció y las botas se apuraron. Entre los tacones embarrados de zoquete, Luz estiró la vista hacia el público, donde había una figura encapuchada de negro, una mujer haciendo la señal de la cruz.

Entonces Luz vio el cuerpo del hombre que la amaba. Se había desplomado en el aserrín. Tenía la cara vacía, rebosante, con truscos blancuzcos y rosas de su ser interior salidos por doquier. Sus naipes estaban salpicados de sangre: una reina roja, un as de espadas, un siete de diamantes. *¿Esta,* pensó Luz, *es mi última imagen de ti?*

Cuando abrió los ojos, Luz estaba en el Brown Palace. David le echaba aire con un periódico.

—Me tengo que ir —balbució entre lágrimas—. Ahorita. Ya.

Cuando David la dejó en su casa, corrió a su cuarto y abrió el cajón en el que guardaba los papeles y lápices. En el cuarto principal, donde Diego y sus víboras vivían antes, Luz se sentó en el suelo y empezó a escribirle a su hermano.

Va a pasar algo horrible... o tal vez ya pasó.

CUARTA
PARTE

VEINTINUEVE

El último disparo de Simodecea

La Tierra Perdida, 1905

Se lo advirtió, le dijo que iban a perder el teatro, pero Pidre le aseguró que Mickey ya lo había arreglado. *Están pagando renta, no te preocupes.* Una y otra vez, su esposo le explicó que ningún ser humano puede poseer tierra. Una y otra vez, Simodecea vio surgir más tiendas en su propiedad. Las lonas batían ante sus ojos como los bordes borrosos de la realidad que se ven justo antes de caer desmayado. Tinieblas.

Las tiendas no tardaron en convertirse en estructuras de madera permanentes, en torres que servían de plataformas sobre portales recién excavados en la corteza terrestre. Los anglos construyeron fundidoras en cuestión de semanas, y la tierra estalló con el ruido de su destripamiento, de las máquinas taladrando el piso, de los picos y hachas de los hombres golpeando la roca con sus armas. La compañía consiguió guardias, hombres armados que patrullaban el terreno con deplorables rifles militares jubilados, del mismo color que sus manos embarradas de polvos grises. Simodecea nunca vio ese elemento nuevo, el radio, la razón de esa fiebre brillante. Conforme los prospectores se acercaban más y más a la casa de adobe, la familia Lopez empezó a sufrir el ruido de los blancos meando en la artemisa, el tañido de los chorros de gargajo cayendo en cubetas de hojalata, los gruñidos que hacían al cagar donde se les antojaba en el bosque abarrotado. Simodecea se preguntó de qué tierras vendrían, y en qué estado lamentable las habrían dejado.

Una tarde polvorienta y de sombras largas, Pidre regresó de Ánimas con la carreta vacía, aunque hubiera salido con la intención de dotarse de granos y arroz para la temporada teatral que venía. Simodecea lo vio llegar desde el porche con la mano sobre los ojos para hacerse sombra. Pidre tenía apretados los labios mientras caminaba hacia la casa y el sombrero bermellón oscuro estrujado entre las manos.

—Dicen que debemos una cuenta —le dijo a su esposa.

Simodecea negó con la cabeza. Le dijo que no podía ser cierto.

—Y cuando la pagué, me dijeron que mi dinero no sirve.

—¿Cómo que no sirve?

—Dijeron que el dinero indio y mexicano no sirve acá.

—Dinero es dinero —dijo Simodecea y entornó los ojos para asomarse por encima de los hombros de su esposo.

—Para ellos, no. Ya no.

Aquella tarde, Simodecea entró a la oficina de Mickey.

—Enséñame las escrituras —dijo y le apuntó con un Smith & Wesson a los pies, que tenía subidos al escritorio.

Amartilló el percutor: tres chasquidos y un redoble.

Mickey tomó un sorbo de bourbon de una taza de barro y moldeó sus carrillos colgantes para expresar una ligera molestia. Negó con la cabeza y giró en su silla de madera con rueditas. Se paró lentamente y caminó hasta el cajón superior de un gabinete de roble rojo. Sacó las escrituras de donde las tenía guardadas y aventó el papel sobre el escritorio.

—No te desgastes, Simo. Ese cabrón nos chingó.

Ella examinó el documento. Bajó el revólver y se lo metió en la funda bajo los pliegues del vestido, caliente contra el muslo. Cuando alzó la vista, miró a Mickey con tal desprecio que le dieron ganas de golpearlo en la cara.

—¿Qué es eso de *derechos sobre los minerales*?

Mickey le dio un trago a su bourbon. Se limpió la boca mojada con el dorso de la mano. Le ofreció un poco. Ella se negó.

—Lo siento, Simo. En ese entonces no sabía. Ya se había acabado la plata.

—¿De qué hablas, Mickey?

—Otto vendió todo lo que está bajo nuestros pies. Esa compañía minera del Este viene por todo: la casa, el teatro, todo, hasta que le expriman la última gota de roca brillante a esta tierra.

Simodecea se asomó por la ventana sucia que se erguía sobre el escritorio. A la distancia, al otro lado de la hierba de vainilla serpenteante, las plataformas de madera de la compañía parecían una corona sobre la cabeza de Mickey. Tragó saliva y le lanzó una mirada como para decirle: *Arréglalo*.

—Sé que harás lo que puedas para salvar nuestro teatro.

—Pero no me estás entendiendo —dijo él—. Se acabó. Vienen por más y más.

—Óyeme bien, irlandés indolente —dijo Simodecea—. Estás hablando de nuestra vida. Estás hablando de mi familia, de todo lo que tengo. No lo vamos a regalar así nomás, y tú tampoco.

Bañado en la luz salpicada de polvo de la oficina, Mickey bajó la cara de vergüenza. Habló como si regara el piso con su voz.

—Yo no quería que pasara esto. No leí bien.

Simodecea se pasó a su lado del escritorio. Juntó su vestido en las manos y se hincó junto a Mickey como si estuviera llena de piedad en vez de decepción e ira. Le tomó las manos con un cariño inusual.

—Empieza a resistir.

Cuando llegó a casa aquella tarde de brisa cálida, Pidre y las niñas estaban metiendo leña al cobertizo adosado a su hogar de adobe. El cielo era de un azul violeta y Venus titilaba como si se comunicara con mundos distantes. Los mosquitos y los jejenes alzaban el vuelo para llenar de vida la noche inminente, para volverla densa y pesada. Se estaban preparando para los meses de frío. Las niñas podían cargar brazadas de fajina, mientras que su padre alzaba varios maderos a la vez. Pidre le echó una mirada peculiar a Simodecea cuando apareció junto al porche con una expresión fija de preocupación jalándole los labios y la mandíbula hacia abajo. Les susurró a las niñas que acabaran de ayudar y se metieran. Eran muy chiquitas, pero muy correosas, y Simodecea paladeaba la fuerza que demostraban. Pensaba que era muy importante, sobre todo para unas niñitas.

Cuando se le acercó, Pidre la apretó con firmeza y le hundió la cara en el encaje del vestido mientras le inhalaba el cuello.

—Ya está hecho —le dijo—. Fue un error.

Ella se separó con lágrimas en los ojos.

—¿Cómo puedes aceptarlo así nomás?

Abrió los brazos de golpe y apuntó hacia el teatro, la cresta roja, el arroyo serpenteante y la tierra cubierta con parásitos humanos.

—No lo acepto —dijo Pidre—, pero me dijeron que sucedería y me preocupa que se convierta en algo peor.

Se observaron un rato. El aire olía a humo de comida y a campos húmedos, el consuelo de la noche. Simodecea estudió los anillos purpúreos que rodeaban los ojos grises de Pidre, un color parecido a la roca, como si hubieran arrancado a su amado de la tierra.

—Métete —dijo él—. Acabo esto y hacemos de cenar.

Aquella noche, mientras hacían el amor bajo las latias de su casa de tierra, Simodecea estaba acostada con la cara apuntada hacia el techo, deslizándose entre los movimientos verticales de Pidre. Tenía un ritmo como la canción de un pájaro. El buró estaba alumbrado por la luz dorada de una vela que los coloreaba como brasas de un fogón. Simodecea estiró los brazos detrás de la espalda fornida de Pidre, lo jaló hacia sus senos y respiró admirando el peso de su persona, el dulce aroma cavernoso de sus folículos, sus narinas y sus poros. La nariz prominente de su esposo chocó con su frente por error y ella soltó una risita. Los dos se rieron, plácidos en su danza, y mientras Simodecea soltaba su alegría hacia el techo, con el cuello estirado y los ojos abiertos, vio una silueta parada en el rincón, con la cara encapuchada y oculta por la noche. Simodecea gritó y jaló la cobija errante para tapar sus cuerpos. Debía ser una de las niñas, que había entrado somnolienta desde el otro cuarto, pero cuando se sentó lentamente, rebuscando el rincón frío con los ojos, las paredes estaban desnudas bajo la marea luminosa del fuego, y gimió ante el vacío. La figura velada se había esfumado.

Llegaron por la mañana. Simodecea estaba preparando a las niñas para el día, haciéndoles huevos estrellados y sirviéndoles vasos de leche. Sara estaba de un humor raro, comiendo lento con la barbilla recargada en una mano como si fuera una adulta agotada, una niña que hubiera visto demasiadas cosas. Maria Josefina estaba echada bocabajo en la sala, buscando su bota roja debajo de la mecedora y las bancas de madera. Pidre estaba en el patio frente a la casa de adobe. Estaba sacando agua del pozo, y pasaba con la cubeta junto a las calabacitas y el maíz que Simodecea había cultivado en filas frente al porche. Había música de pájaros, los sonidos de salpicaduras subacuáticas de los petirrojos, jilgueros y huilotas. Simodecea se asomó por la ventana y lo vio a varias yardas de distancia, volviendo al pozo por otra toma.

Eran tres, con Mickey trotando delante de la línea. Llegaron por la colina de roca roja y artemisa, un poco más cerca que la colonia de tiendas, con las siluetas recortadas contra el cielo azul. Dos parecían ser guardias de la compañía. El tercero traía puesto un elegante traje de marfil y sudaba bajo el sol descarado. Se limpiaba la transpiración reluciente del cuello y la cara fruncida con una tela difusa. Mickey le estaba gritando a Pidre, agitando los brazos mientras su barba refractaba un rayo de sol como si fuera un cerillo encendido. Simodecea volteó a ver a las niñas y eran como siempre habían sido. Todo era como siempre había sido.

El hombre de traje le presentó a Pidre algún tipo de documento, que solo sostuvo un momento antes de dárselo a Mickey. Entonces hubo cierta conmoción. Mickey aventó el papel hacia los hombres y jaló a Pidre por el dobladillo de su túnica al viento. El hombre de traje les indicó a los guardias que recogieran el papel del piso, tratándolo como si fuera un mandato de Dios. Lo levantaron de nuevo, un contrato oblongo o un escudo. Los guardias señalaron la casa, donde Simodecea esperaba que no pudieran ver su cara tras las sombras de las cortinas de algodón.

Lo primero que vio fue el destello del metal, como un espejo, cuando Mickey se llevó la mano a la cintura y blandió la pistola que ella nunca había visto, pero por la que se había preguntado más de una vez. Sabía que tenía una y le preocupaba, porque Mickey no tenía la mente firme. Ladeó la pistola y, así como así, los guardias de la compañía sacaron sus rifles y salpicaron la tierra de balas en un redoble de detonaciones.

La cubeta de agua que traía Pidre le estalló de las manos. Se desplomó hacia atrás, hacia abajo, y quedó hecho un bulto en la tierra roja junto a Mickey.

Simodecea perdió los ruidos de los pájaros, su noción del interior de la casa, de sus hijas desayunando. El tiempo se había colapsado, como si aquellas balas fueran estrellas caídas que rasgaran la realidad. Simodecea se había convertido en un reflejo divino impulsado por la furia y el corazón partido.

Se separó de la ventana y agarró su Remington. Salió al porche. Alzó su arma y, antes de que los hombres de la compañía lograran ver su ojo apuntando, disparó tres veces, cada bala directo al corazón de un hombre blanco. Cuando terminó, gritó y disparó de nuevo, pero esa vez hacia el cielo despejado, como si le apuntara a Dios.

Nunca había corrido así antes, descalza sobre el suelo pedregoso, y se cortó el pie izquierdo contra un trozo de cuarzo afilado como cuchillo. Ya estaba sangrando cuando llegó al lado de Pidre; el borde de su vestido se había embarrado de su propia sangre y empezó a mezclarse con la de su esposo. Aunque hubiera visto la carnicería que provocaba un arma de fuego antes, quedó atónita ante la magnitud de la fragilidad humana.

La bala calibre 44 le había entrado a Pidre por el cuello y trozado la garganta. Chisguetes profusos llovían sobre su cuerpo y su tierra. Simodecea puso las manos en el hoyo negro y sintió los humedales de su esposo en las yemas de los dedos. Las mantuvo ahí, buscando una manera de volver a parchar a su amado. Se quitó el chal y forzó el tejido contra las vías destruidas de Pidre, pero al presionar con más vigor y firmeza, le quedó claro que su fuerza vital, su ser interior, su alma, ya no estaba. Sin un corazón que palpitara, su cuerpo era una casa vacía y profanada. Simodecea usó la manga del vestido para limpiarle la sangre de los ojos abiertos. Se los cerró y soltó un lamento, como si quisiera destruir esa realidad con la fuerza de sus emociones. Gritó y se meció y miró a Mickey, y vio que parte de su cráneo y la mayoría de su cerebro estaban desperdigados por la tierra. No pudo reunir fuerzas para ver a los demás. El documento legal quedó entre los masacrados.

En su confusión y dolor, se puso de pie y arrastró el cuerpo de su esposo hacia el porche por las raíces de los brazos. Mirando hacia atrás para asegurarse de que el camino estuviera libre de rocas grandes, Simodecea vio las caritas llorosas de Sara y Maria Josefina en la ventana. Le sirvieron como una suerte de centro, como un recordatorio de que aún existía en este plano. Giró el cuello y siguió jalando. Más allá de las botas de Pidre se alzaban los picos de aquellas tiendas blancas como cimas de montañas temblorosas y falsas.

Nos van a matar, pensó, y jaló con la fuerza de varios hombres para meter el cuerpo de su amado a su hogar.

Lo primero que hizo fue pedirles que despejaran la mesa. Puso una sábana blanca sobre el tablón de pino con ayuda de las niñas, quienes temblaban mientras echaban el cuerpo de su padre en la superficie de madera. Sara dijo que no podía respirar de lo fuerte que lloraba, y Maria Josefina sostenía a su hermana mayor como si quisiera evitar que se cayera. Simodecea sacó la cobija de todas sus noches de la recámara y cubrió con ella el cuerpo de su esposo. La sangre de Pidre había goteado un rastro reluciente desde el patio, por los escalones del porche y hasta el interior de la casa, y estaba formando un charco en el suelo.

Si Simodecea se hubiera detenido a contemplar a la mujer cruenta, sangrienta, en la que se había convertido, habría visto que era de un rojo brillante, refulgente. Pero, en lugar de eso, estaba planeando frenéticamente, calculando distancias y tarifas de tren, sopesando su capacidad de escapar de los guardias de la compañía, del sheriff de Ánimas, del mundo odioso y embustero en el que sus vidas habían sido arrojadas. Volteó a ver a las niñas y les dijo que se pusieran sus zapatos buenos.

En Saguarita tienen una prima lejana, Angelica Vigil. Digan el nombre, recuerden cómo suena. Buscó sus pistolas y un mapa, marcó Saguarita con tinta negra y metió las cosas en un morral color riñón que le colgó a Maria Josefina del hombro derecho.

—¿Lo aguantas? —le preguntó, y Maria Josefina asintió en agonía.

Partieron a pie. Era mediodía, el cielo estaba ardiendo. Simodecea se había quitado el vestido manchado y estaba escondida en unos pantalones de Pidre y una chamarra de piel de venado irracionalmente caliente. Las niñas habían aullado al ver que dejarían el cuerpo de su padre sobre la mesa, y Simodecea no las regañó ni les pidió que se callaran. Sentía alivio cada vez que chillaban, el deber de la maternidad le impedía revelarles su dolor. Caminaron durante varias millas de desierto y calor hasta que el inicio de la ciudad pareció un sueño eterno. Caballos y carretas, despachos y cantinas. Simodecea mantuvo la cabeza baja mientras atravesaba el paisaje urbano con sus hijas. Lo habían logrado, habían llegado a la taquilla de la estación de tren, pero en esa larga fila de gente como hormigas, oyó el chasquido de una pistola cargada a sus espaldas. Antes de darse vuelta para enfrentar su destino, se inclinó al frente, le apretó la mano a cada una y gritó desde el fondo de su alma:

—Corran.

MEXICANA ASESINA ATRAPADA, HIJAS MESTIZAS LIBRES

DENVER, COLO. 30 DE AGOSTO DE 1905. Circula el rumor entre pasajeros de un tren arribado de la porción sur del estado, de que una mexicana armada fue capturada después de matar a sangre fría a dos guardias de la compañía y al prominente superintendente minero Henry Sullivan, de la Everson Luminous Corporation. No hay indicación de un móvil. La gente de la ciudad exige un castigo raudo para la mexicana asesina. Se dice que sus hijas mestizas pueden haber huido a pie.

TREINTA

Las Hermanas Separadas

La Tierra Perdida, 1912

Sara y Maria Josefina se encontraban varias veces a la semana para compartir un cigarro liado en el muro occidental de la iglesia católica de Santa Isabel, en la esquina de Mariposa y la Primera, en el centro de Saguarita. A pesar de la irritación de sus empleadores, en cuanto las hermanas habían terminado con sus labores aparentemente interminables de alimentar gallinas, meter al corral al ganado disperso y quitarle a golpes los milpiés, alacranes y montones densos de mosquitos al techo de manta, ese velo translúcido y sucio que colgaba de las vigas, las muchachas salían corriendo de sus respectivas casas para estar juntas cuando repicaban las campanas vespertinas de aquella antigua misión española.

La mayoría de sus pláticas consistían en observaciones que cada una había hecho de su empleador. Maria Josefina estaba alojada con una familia llamada Trujillo que había obtenido la concesión de la tierra hacía casi ciento cincuenta años por un tatarabuelo distante, un descendiente directo de Juan de Oñate. Sara vivía en casa de una familia anglo, dirigida por un patriarca decrépito de nombre Carson Mears, que había hecho fortuna en los molinos de harina y los aserraderos de la Tierra Perdida.

Ya eran señoritas, de quince y catorce años. A veces, Maria Josefina inhalaba el tabaco aromático con cara seria y trataba de contarle sus malos sueños a Sara. Las imágenes que veía de la garganta de su padre abierta como desfiladero, de su madre encadenada y llevada a rastras mientras las niñas corrían por sus vidas aquel día horrible hacía tantos años. Cada vez que Maria Josefina hablaba de eso, Sara volteaba a contemplar el cielo amplio y azul, los picos blancos de la sierra de la Sangre de Cristo.

—Recuerda lo que te dije —le decía a su hermanita—. Tienes que dejar de pensar en eso.

Pero Sara no seguía sus propios consejos, y desde que estaban en Saguarita, sus visiones y sueños se habían intensificado y coloreaban su existencia entera de un rojo abrumador y sangriento. Al final, probaba casi cualquier cosa para detenerlos.

Cuando llegaron en un vagón de reses a Saguarita, caminaron a la iglesia de Santa Isabel, donde durmieron en el piso de duela, entre las bancas y los reclinatorios. No confiaban en nadie y les asustaba la hospitalidad. Aquella primera noche, Sara se imaginó que un gran fuego alcanzaría sus cuerpos en la iglesia, que las flamas les abrasarían las plantas grasosas de los pies como si espíritus demoniacos se las sostuvieran contra las llamas. Se despertó gritando, lo que alertó de su existencia al mayordomo cercano. Era un hombre bondadoso llamado Benjamín Jirón, y miró a las niñas como si hubiera encontrado unos extraños conejitos gemelos descansando en su iglesia. Estaba embargado de tristeza cuando levantó primero a Maria Josefina y luego a Sara, cada una sobre un hombro, y las llevó a la casa que compartía con su esposa, Eulogia, junto a la iglesita. Les dieron de comer calabacitas y tortillas frescas, y les calentaron agua de la acequia para que se lavaran. Sara rogó que les dijeran el paradero de Angelica Vigil, aquella prima perdida que su madre había recordado con desesperación. Al final descubrieron que había caído enferma años antes y se había ido a vivir más al sur en el valle, pero, según se decía, seguramente ya había fallecido y no tenía familia que la sobreviviera. Benjamín y Eulogia se habrían quedado con las niñas para criarlas como propias, pero tenían muy poco que compartir. Al final, la arquidiócesis se ofreció a encontrarles empleos en los hogares de las pocas familias ricas de Saguarita, que siempre estaban en busca de criadas tranquilas. Benjamín sollozó contra sus grandes puños cuando les contó la noticia: las iban a separar, serían hermanas separadas en casas distintas.

En su última noche juntas en el hogar del mayordomo, Maria Josefina volteó a ver a su hermana desde su cama rellena de paja en el piso de tierra. Apretó una muñeca de hojas de maíz que le había regalado Eulogia.

—Hermana —dijo—. No quiero estar sin ti. Tengo miedo.

Sara giró lentamente sus ojos oscuros hacia ella.

—Ya sé —dijo, tratando de sonar fuerte.

—Podemos huir otra vez. No tenemos que estar separadas.

Sara contempló las tinieblas del cuarto. El crucifijo de la pared pareció ladearse.

—No podemos —dijo—. Estamos muy chiquitas para huir otra vez.

Varias horas después, a Sara la despertaron los sollozos de Maria Josefina, aún dormida. Parecía un perro pataleando en sueños, arañaba el aire con los brazos.

—¿Qué te pasa? —preguntó sin aliento.

Maria Josefina le dijo que había visto a su madre parada frente a un muro de ladrillos. Sonó un trueno de pólvora y su madre se estaba girando para enfrentarse al pelotón de fusilamiento cuando la bala le entró en el cráneo, le desgarró la cabeza, se le sumergió en la sien derecha y le estalló como vidrio roto detrás de los ojos. El mundo exterior se le filtró adentro, se le inundó la mente de luz.

—Apártalo —dijo Sara—. Cuando te surjan imágenes y sueños malos, empújalos hacia abajo, lo más abajo que puedas.

Maria Josefina temblaba de miedo, pero intentó hacer lo que le sugería su hermana mayor y puso el sueño de su madre en una caja escondida en lo profundo de una habitación de su mente, en un lugar al que juró no volver a entrar.

Y así, las niñas empezaron a olvidar a sus padres.

Sara fue la primera en enterarse de los bailes. Varias de las criadas de otras familias habían estado yendo los viernes por la noche.

—Son mineros de carbón —le contó a su hermana afuera de la iglesia aquella tarde mientras se pasaban las últimas caladas del cigarro—. Alicia, de Antonito, dice que algunos de ellos tienen dinero pa' aventar pa' arriba, y que algunos se van a volver ricos.

Maria Josefina, quien para entonces ya se presentaba como le decía su empleador, *Maria Josie*, tartamudeó mientras expelía el último humo de cigarro por la boca serena:

—¿Y a nosotras qué?

—Así nos podemos ir de Saguarita —le imploró Sara—. Salir de de estas casas odiosas, de este quehacer horrible y sin paga, por el que solo nos dan camas mohosas y tortillas rancias.

Maria Josie frunció la cara con lo que Sara sospechó que era escepticismo. Arriba de ellas, el sol era una esfera gruesa de calor en los últimos días del verano. El aire olía a elote asado y a la humedad de la paja.

—Como quieras, hermana —dijo Sara mientras contemplaba las montañas—, pero yo me largo.

Fueron juntas el viernes siguiente. Maria Josie consintió a regañadientes. Las hermanas se escurrieron de sus cuartos en la parte trasera de las casas y cruzaron corriendo los pastos alumbrados por la luna. La tierra estaba empapada bajo sus pies. La noche brillaba de plata en su pelo negro y las vacas mugían con grandilocuencia mientras las muchachas corrían hacia el salón de baile, un bloque de concreto que refulgía a las orillas del pueblo. La estructura gris sobresalía iluminada en un campo baldío flanqueado de sauces rojos y un granero incinerado. La música se oía a varias yardas de distancia; era algo con cuerdas que rebotaba, con letra en francés o quizá algo más. Sara nunca estaba muy segura cuando no era inglés ni español ni tihua, los idiomas de su infancia, los sonidos de sus padres.

Había muchos más hombres en el salón de baile de concreto de los que Sara y Maria Josie estaban acostumbradas a ver al mismo tiempo. Sus cuerpos de hombros fornidos en mezclilla deslavada, tirantes de cuero y sombreros desgastados por la tierra expedían un hedor fuerte y ahumado. Esos hombres de distintos tamaños, pesos y rasgos faciales, algunos barbados y otros no, abarrotaban el edificio rectangular con un escenario elevado, barras laterales y un plafón voladizo blanco. El piso de pino vibraba con los pisotones y giros de los bailarines: los mineros y algunas mujeres de Saguarita y de los pueblos circundantes con la cara húmeda de transpiración. El aire estaba empapado de sudor humano y el vaho de los alientos. La banda retumbaba en el escenario una música densa de mandolines y violín. Sara se rio del entusiasmo de aquel mundo.

No llevaban ni quince minutos ahí cuando varios de los hombres se les acercaron. Sara agradeció la atención, mientras que Maria Josie la desdeñó. Eran mexicanos y galeses, irlandeses y estadounidenses negros, austriacos y alemanes, polacos y belgas y más. Se les acercaron hablando inglés o español con acento y les hicieron cumplidos en susurros cargados de alcohol: qué bonita piel y ojos tenían, qué rasgos mezclados, qué curvas abundantes. Sara hizo una mueca al oírlos, pero uno de los mineros, que se llamaba Benny, le dijo que no tenían mala intención. Le preguntó si le gustaría darle un trago a su vaso. Al principio, Sara negó con la cabeza y recordó que su madre alguna vez les había dicho que nunca debían beber licor. *Sus ancestros no estaban hechos para el alcohol. Les va a envenenar el cuerpo y arruinar la mente.* Pero al recordar esa advertencia, alzó la nariz y apartó el recuerdo. Le dijo a Benny: *Claro, me encantaría darle un sorbo.*

Un trago se convirtió en tres o cuarto y luego en cinco o seis, y Sara bebió como si nunca hubiera tenido tanta sed en su vida. Entre más tomaba, más sentía el cuerpo grácil, como elevado del piso de pino. Se reía y se sentía hermosa y miraba por encima de Maria Josie, quien la veía con un terror profundo en sus grandes ojos cafés. Mientras el salón de baile canturreaba de exuberancia, Sara se preguntó cómo había sobrevivido tantos años sin ese líquido que se le derramaba por la garganta. Entonces Benny la levantó como si fuera una muñeca de trapo y la puso sobre la barra como si la sentara en un trono. Ella soltó una risita y dejó a Maria Josie estupefacta al inclinarse a besar una y otra vez a aquel belga.

Más tarde, mientras volvían a casa, Sara sentía cómo se le desmoronaba el mundo, parte por parte, roca por roca, montaña por montaña. Se sentía libre de la responsabilidad del duelo. Solo se reía y sonreía, y le contaba a Maria Josie entre hipos lo maravillosa que era la boca de ese hombre, los bultos de las venas que le recorrían las manos y los antebrazos, la manera en la que bailó con ella toda la noche y no se alejó cuando se quitó los zapatos y se quedó descalza con las plantas sucias en el suelo de pino.

—Esto no me gusta —dijo Maria Josie cuando dejó a su hermana en la puerta de servicio—. Tú no eres así. Es como si se te hubiera metido alguien.

Sara veía doble y por un momento se imaginó que Maria Josie era dos mujeres, como si su hermana cargara la luz de alguien más en su interior.

—Lo que pasa es que odias a los hombres, ¿verdad?

Entonces se cayó. Sus manos se azotaron contra la tierra afuera de su puerta y se arrancó una uña de la mano izquierda. Estaba demasiado borracha para sentir dolor, y eso la asombró con deleite.

—Esos hombres nomás se van a aprovechar de ti —dijo Maria Josie.

—¿Y tú qué vas a hacer? —masculló Sara—. ¿Vivir sola en el cuarto de servicio toda tu vida?

—Yo voy a hacer grandes cosas —gritó Maria Josie—. En serio, y tú también puedes.

Pero no tenía caso. Sara había dejado de oírla, sentía que se quedaba dormida ahí parada.

Dos meses después, Sara le contó la noticia a Maria Josie. Se iba a mudar al norte con Benny: las minas de carbón en las que trabajaba a las afueras de Saguarita se habían vaciado.

—Lo necesitan en Huérfano —dijo con el tono inexpresivo que había practicado.

—No lo necesitan en ningún lado —dijo Maria Josie.

Pasarían varios años antes de que Maria Josie partiera de Saguarita también, varios años antes de que se enterara de que Sara había tenido dos hijos con Benny, un niñito llamado Diego y una niñita precoz llamada Luz.

TREINTA Y UNO

Un animal llamado noche

La Tierra Perdida, 1922

Maria Josie notó el automóvil blanco mientras caminaba con un sombrero flexible y un vestido floreado de algodón. El coche estaba asomado en una colina lejana y durante largo rato pareció estar estacionado en la cresta roja. Ella avanzaba por una carretera de tierra cercada por follaje perenne y abetos azules. Smoke Rock sobresalía como pulgar esquelético contra las montañas a su derecha. El aire primaveral estaba abarrotado de polen y el punzar de la nieve nueva. Maria Josie había salido la noche anterior y ya era el crepúsculo. Le dolían los hombros por cambiarse la gruesa correa del morral de un lado al otro del cuerpo. Tenía los pies mojados de ampollas y las calcetas de lana manchadas de pus. Le dolía el vientre, por supuesto, y estaba sangrando como si tuviera la regla, aunque no la hubiera tenido durante casi ocho meses. Escuchaba los latidos de su corazón como si fueran un tambor ceremonial apagado, una implosión sorda dentro de su pecho que marcaba el paso del tiempo junto con el sol y, muy pronto, las estrellas.

Durante el camino, Maria Josie había pasado junto a varios ranchos con sus camiones descansando y sus rejas de hierro en florituras. Había caminado más lento de lo que esperaba o la distancia era mayor de lo predicho. Había descansado poco, cambiándose las vendas manchadas en el bosque y bebiendo en arroyos pequeños. Al principio, se imaginó que solo tendría que caminar un poco antes de que algún viejo granjero detuviera su camioneta, la subiera atrás con las gallinas y la paja y la transportara en un lecho de cobijas hasta la ciudad. Lejos de Saguarita. Del bebé que se había visto obligada a enterrar junto al río. Del hombre que nunca la había amado. De la pérdida de su padre y su madre y su hermana, de todo lo que la ataba a su familia como un mecate. Pero aquel viejo granjero no llegó nunca, y ya casi era de noche. Estaba bajando la temperatura.

El automóvil blanco avanzó de a poco hasta acelerar hacia ella. Un coche como ese era exquisito, estaba fuera de lugar; Pierce-Arrows, se llamaban. Maria Josie los había visto en las revistas de la tienda de abarrotes en la Calle Mariposa. Su cofre en forma de ataúd tenía rizos para los faros dorados. *Qué suerte la mía*, dijo, y se paró en medio de la carretera, rogando por que se detuviera. Cuando frenó, el conductor no bajó la ventana, sino que abrió la puerta de par en par. Era una mujer blanca de pelo castaño, color venado. Parecía una muñeca con su vestido de marinero, labios rojos y dientes blancos. Traía puesta una capota, y se le quedó viendo al vientre tanto tiempo que dejó de ser cortés.

—¿Vas por aquí cerca?

Maria Josie no conocía a ninguna mujer que manejara y, además, la gente de Saguarita seguía conduciendo carretas tiradas por mulas cansadas.

—Voy a Denver, señora.

La mujer se rio, e incluso en el crepúsculo se notaba que se había embarrado el labial en los dientes.

—No vas a llegar a Denver hoy, ni mañana, ni tampoco pasado. Por lo menos no a pie.

—Pensé que conseguiría raite de alguien que fuera para allá.

—¿Y no ha habido nadie?

Maria Josie se subió el sombrero en la cabeza y giró el hombro hacia la luna que surgía en el horizonte. Notó que la mujer hablaba con una cadencia extraña y rápida. Sus prendas eran versiones más finas de los vestidos que aparecían en el *Saturday Evening Post*.

—Se me fue el tiempo.

—¿Qué no tienes familia?

—No.

—¿Un esposo, alguien?

—Discúlpeme. Tengo que seguir caminando.

—Te va a matar un oso acá afuera. ¿Por qué no te llevo?

Maria Josie se sobresaltó al ver un pastor alemán delgado y negro sentado muy derecho en el asiento trasero.

—¿Es amable su perro?

—Cuando quiere.

Avanzaron varias millas en silencio, pegadas a los muros boscosos de la carretera. Se oía la respiración del motor y el jadeo del perro negro en la nuca de Maria Josie. La mujer parecía preocupada y hacía pocas preguntas. Se veía chiquita detrás del volante, y tenía los ojos concentrados en cualquier animal perdido que cruzara el camino en un destello de plata. Lista. Era lista. Le dijo que se llamaba Millicent. Su esposo se había ido de caza con su hijo. ¿Alguna vez se había sentido más libre? No. Nunca.

—Eres india, ¿verdad?

—Mi padre era indio —dijo Maria Josie.

Millicent se removió en su asiento. Apretó más fuerte el volante.

—Soy una coleccionista amateur. Tengo varias piezas de esta región. ¿Hopi?

Maria Josie le dijo que no. Se asomó por la ventana.

—Voy al rancho de mi padre. Puedes pasar la noche conmigo. Hay mucho espacio.

Maria Josie le agradeció por su amabilidad, pero dijo que no querría incomodarla a ella ni a su padre.

—Él no va a estar. Solo vamos a ser tú, yo y Noche.

Lo dijo sin hacer ni un gesto hacia el perro. Se sobreentendió que tenía un animal llamado noche.

Millicent tomó un camino de tierra que era casi invisible en la oscuridad. El carro avanzó varios minutos brincando entre la grava. Las piedras saltarinas golpeando el chasis del Pierce-Arrow sonaban como granizo en reversa. No hubo un portón elegante de hierro que les diera la bienvenida al rancho. La casa de madera se erguía en la oscuridad y una única luz brillaba en una ventana. Era enorme y parecía desierta. Millicent detuvo el coche en un lote pavimentado.

—¿Es un rancho ganadero? —preguntó Maria Josie.

—Mi padre se dedica al petróleo. Es más una casa de vacaciones que un rancho.

—Mi padre se dedicaba al teatro —dijo Maria Josie con cierto escozor.

—Creí que no tenías familia —se rio Millicent. Le chifló a Noche mientras se bajaba del coche—. Vamos, Maria Josefina, te vas a acatarrar.

La casa era un lugar cavernoso, con varios niveles y escaleras y ecos de vacío. Noche siguió a Millicent mientras recorría un pasillo en sus zapatos de tacón alto, encendiendo lámparas y abriendo puertas. En cada parada, la casa se revelaba más fastuosa que antes. Maria Josie entendió por fin a qué se refería con *coleccionista*. Había collares de flor de calabaza diné en vitrinas, cerámica zuñi en estantes altos, vestidos de boda de cuentas ute clavados a las paredes como si una novia invisible y crucificada las observara pasar. ¿De dónde venían? ¿Se habían muerto todos sus artífices? Maria Josie se acercó a una máscara del Dios Hablante. Era más grande que la mitad de su torso, y las plumas de gavilán formaban un largo rastro desde el cráneo, mientras que los ojos eran ranuras negras en una cara cuadrada de cuero. Goteaba turquesa de los páneles laterales, y en el centro, donde los humanos tienen la boca, había un hoyo circular. La piel de conejo estaba raída, y las ramas de abeto que enmarcaban el cuero se habían desintegrado.

—Es una de las piezas favoritas de mi padre. Navajo, creo.

—Qué bonita.

No le dijo a Millicent que las máscaras son su propio espíritu. Se preguntó si la habían alimentado hacía poco, si estaba enojada o triste. Cuando era niña, en el espectáculo de su padre, un hombre que hacía la danza de los aros tenía una máscara. Le daba de comer harina de maíz, cuidaba al espíritu como si estuviera vivo.

Millicent había encendido la chimenea de la sala principal. Noche estaba parada junto a ella como una estatua viviente. Por las ventanas enormes se veía el cielo, una tapa deslumbrante que habían girado y cerrado encima de ellas. Las piedras y los pinos estaban blanqueados por la luna. Pilares oscuros de humo subían por las laderas de la sierra. *Algún día, y pronto*, pensó Maria Josie, *estos paisajes habrán desaparecido de mi vida.* Millicent llevó un carrito con copas y botellas de cristal. Sirvió algo café y se lo ofreció. Las dos eran jóvenes, pero Millicent tal vez fuera una década mayor que ella. Tenía patas de gallo en ambos ojos.

—Estoy muy cansada, señora —dijo Maria Josie—. ¿Me podría dar un poco de agua?

—Santo cielo. Qué grosera. Has de haber estado caminando todo el día —chasqueó los dedos y guio a Maria Josie al baño—. Te voy a calentar un baño y hacerte un té.

Poco tiempo después de empezar a bañarse, Maria Josie sintió ganas de llorar en el agua rojiza. Ya no podía regresar. Se había decidido. Entonces cayó en la cuenta de que aquella noche era el inicio de su nueva vida, una vida sin nadie más. Se talló los lados del vientre con jabón Ivory. Escuchó los tintineos y chasquidos de la casa suspirando bajo el agua. Cuando se volvió a sentar, Millicent y Noche estaban paradas en la puerta y una brisa fría entraba al baño. Traía una toalla en la mano.

—Ya no estás embarazada, ¿verdad?

Maria Josie dejó caer las manos de sus senos al vientre.

—¿Y el padre?

Maria Josie observó al perro negro, su cola enroscada como concha de caracol.

—Hauenstein. Es alemán. Doctor.

—Estas cosas pueden ser muy complicadas.

Entonces, Millicent hizo algo peculiar. Se inclinó sobre la tina, envolvió a Maria Josie en la toalla y le besó el pelo.

Antes del amanecer, Maria Josie se vistió con una muda que traía en el morral y caminó varias millas en la oscuridad. Al acercarse a la carretera bajo el cielo púrpura del alba, una pickup café disminuyó su marcha por las montañas. Un granjero canoso con una carga de gallinas le preguntó en español:

—¿A dónde?

—A Denver —dijo Maria Josie y se trepó a la caja, donde encontró una pila de cobijas de lana rodeadas de plumas.

TREINTA Y DOS

A la boda

Denver, 1934

La noche de domingo en que se celebró la boda de Lizette, Luz estaba sentada en la cámara nupcial revestida de piedra de la parroquia católica de San Cayetano, mirando a su prima meterse en su vestido como si cayera en una cubeta de crema. Teresita también estaba ahí, con el bebé de alguna parienta adherido a la cadera y con su vestido plateado de madre de la novia. Maria Josie traía su traje más fino de rayas diplomáticas y una rosa roja prendida en el pelo. Otras primas vestidas de lila entraban y salían del cuarto. Eran mujeres congregadas en un túnel.

Alguien tocó la puerta y Lizette se dio vuelta en el vestido nebuloso.

—¿Quién es?

—Tu papá —dijo Eduardo, croando como si se estuviera ahogando en lágrimas—. Te traje una visita.

—Más vale que no sea Al —dijo Lizette—. No me puede ver hasta que empiece el espectáculo.

—Pete vino a darte sus buenos deseos, mija.

Lizette le hizo seña a su madre de que abriera la puerta. Eduardo estaba ahí parado con lágrimas en los ojos.

—Qué sensible —le dijo Teresita a su esposo mientras lo dejaba pasar—. Ándale, todavía tienes que entregarla en el altar.

Papá Tikas siguió a Eduardo al interior de la cámara. Traía un esmoquin blanco y una sonrisa bajo el bigote que combinaba con el enorme ramo de peonías, rosas y claveles que sostenía en las manos. Le debía de haber costado una fortuna.

—Ay, Dios —dijo Lizette—. Se me adelantó la Navidad. Gracias, Papá Tikas.

—Qué novia más preciosa eres —dijo él mientras le entregaba las flores a Teresita, quien las puso en una mesa. Los pétalos absorbían la luz, como si compitieran con Lizette por ser el centro de atención.

—Lizette —dijo Papá Tikas mientras le tomaba las manos—, te has convertido en una mujer bellísima. Nuestra comunidad está orgullosa de ti. Y no siempre estuve tan seguro de que eso fuera a suceder.

Lizette abrió la boca en señal de enojo fingido.

—Y Luz —dijo Papá Tikas echando una mirada hacia ella—, qué preciosa estás también. No me puedo quedar mucho tiempo y me voy a perder la fiesta, pero tengan —se sacó un sobre blanco de la bolsa del saco y se lo entregó a Lizette—. Esto debería cubrir las carnes. Un regalito para mis niñas hermosas.

—Guau —dijo Lizette—. Muchas gracias, Papá Tikas —le entregó el sobre a su madre y Teresita lo guardó en la seguridad de su bolso. Papá Tikas se inclinó para darle un beso a

Lizette en el cachete. Ella lo estudió un momento—. Yo no diría que somos tus niñas —dijo coqueta, y luego, pensándoselo un poco—. Ahora soy de Alfonso, pero en realidad —dijo mientras se miraba en el espejo— no soy de nadie. Soy mía.

Los hombres se rieron y Eduardo guio a Papá Tikas hacia la puerta. Antes de salir de la cámara, el padre de Lizette volteó hacia atrás.

—Eres mía y de tu mamá. Siempre vas a ser nuestra, mija.

Luz sonrió. Admiraba lo unida que era su familia, lo profundo de su cariño.

Cuando se fueron los hombres, Lizette se abanicó la cara con un misal, quejándose de que el calor le estaba deshaciendo el maquillaje de los ojos. Luz se rio al imaginarse a Lizette con el rímel corrido como si fuera una suerte de payaso encantado. Se paró y se ajustó los calzones debajo del vestido de dama de honor, luego el cuello de encaje que le cubría los hombros y el pecho, y al final la pequeña capota que tenía prendida al pelo. Se miró en el solemne espejo que colgaba en una esquina.

—¿Alguien puede traer agua? —pidió Lizette mientras agitaba el misal en sus manos—. ¡Qué calor!

Alzó un brazo y se revelaron manchas de sudor. Hizo una mueca.

—Voy corriendo —dijo Luz, acomedida.

Llevaba toda la mañana de correveidile para su prima. Se había despertado a las cuatro y media para preparar el cerdo que iban a rostizar. Había decorado la casa en la Calle Fox con un arco de cedro; listones rojos y dorados y banderines blancos como si fueran flequillos. Había confirmado que los mariachis de Avel pudieran tocar hasta bien entrada la noche. Había organizado a los primitos en equipos para asignarles labores: conseguir sillas, llenar frascos de nueces, meter velas de té en bolsas de papel. Se suponía que volviera a la Calle Fox la mañana siguiente a las ocho, para ayudar a quitar las decoraciones de la fiesta, pero David había dicho que la necesitaba en la oficina a primera hora. A Lizette le irritó eso, y si había algo que Luz sabía que su prima quería que saliera bien, era su boda.

Luz se adentró en las entrañas de la iglesia, dejó atrás la vieja biblioteca, pasó cerca del cuarto de los niños y cruzó un arco de rosas dedicado a la Virgen. Cuando por fin llegó a la cocina, llenó una cubeta de hojalata con agua de la tubería oxidada y cruzó el vestíbulo hacia las escaleras. Se detuvo en el umbral del santuario y observó los pocos lugares donde ya se habían sentado algunos parientes mayores. El altar estaba adornado con manteles lila y lavanda, lo que le recordó la misa de Pascua. El incienso formaba volutas en el aire y en algún lugar, desde una banca lejana, una tos húmeda hizo eco por la duela. Avel también estaba ahí sentado, peinado obedientemente de lado. Volteó a verla y los amantes cruzaron una mirada de admiración. Luz metió la mano izquierda al agua bendita que había junto a la puerta y se persignó.

—Guau. Te ves… muy cubierta.

Era David. Estaba sonriendo con el sombrero entre las manos. Iba bien vestido, de traje negro. Su colonia se mezclaba con el almizcle de su piel.

Luz sonrió.

—Son las reglas, David. Deberías estar acostumbrado, en tu iglesia es igual.

—Si no fuera mandato divino, pensaría que alguien tenía miedo de que la opacaras.

Luz alzó la cubeta.

—Voy a llevarles agua. ¿Necesitas que te ayude a encontrar tu lugar? Supongo que no ha llegado tu cita.

David se quedó callado un segundo. Se lamió el borde del pulgar derecho como si fuera a pasar la página de un libro.

—Hoy vengo soltero. Las chicas más guapas de la ciudad ya están aquí.

—Ah —dijo Luz—. Bueno, me tendrás que disculpar. Hoy estoy al servicio de la novia.

Lizette estaba en el pasillo afuera de la cámara con varias primas abanicándola mientras Teresita y Maria Josie le ajustaban el velo.

—¿Dónde estabas? —le preguntó a Luz.

Luz alzó la cubeta y la perdonaron.

Teresita soltó un gritito.

—Quédate quieta —le dijo a Lizette—. Se me clavó uno de tus alfileres.

Las mujeres le prendieron la mantilla al pelo. Maria Josie le dio palmaditas en la cabeza con demasiada fuerza, como en broma. Qué bien se veía. Lizette tomó aire y el vestido se le ciñó al pecho. Estaba hermosa, con el pelo y el maquillaje impecables y el aroma a jazmín que emanaba de su cuerpo. También estaba feliz: se le derramaba de los ojos, de la sonrisa, de la forma en la que le tocó el dorso de la mano a Luz. Las primas y tías se habían reunido a su alrededor como si se hubiera convertido en mamá gallina y dirigiera su propia parvada. Una de las madrinas apareció en el pasillo para avisarles de que era hora de entrar a la iglesia.

Ingresaron al santuario en parejas. Luz barrió con la mirada la muchedumbre de mexicanos del Westside, filipinos de Park Lane, algunos griegos, algunos italianos y una banca entera con la familia de Natalya, todos con el cuello estirado, todos susurrando y soltando exclamaciones de admiración al ver el cortejo de bodas. Los hombres traían puestos barongs de gasa que Alfonso había mandado traer especialmente de California; las mujeres estaban hermosas en sus vestidos lila entubados. Luz caminaba del brazo con el padrino, un primo de Alfonso de San Francisco, Remilio. Tenía un bigotito ralo sobre sus labios bien formados y una sonrisa perpetua en la cara cautivadora. Mientras caminaba hacia el altar, Luz recordó destellos de su infancia: ella y Lizette vestidas con fundas de almohada y sábanas, apenas unas niñas en el patio trasero bajo el durazno, imitando el beso del novio en sus manitas. Ahora Lizette era una novia de verdad, la propiedad que iba a entregar su padre. Luz y el resto del cortejo se quedaron mirando el largo pasillo, esperando a su prima.

Eduardo apareció primero y toda la iglesia pareció observarlo como un solo ojo penetrante. Luego llegó Lizette, con la cara oculta tras lo intrincado de su mantilla. El encaje le cubría la cara, como si la hubieran pescado en el río Platte y la hubieran metido a una red. Luz la miró con dudas. ¿Estaría preparada para lo que le esperaba? ¿Iba a vivir feliz con Alfonso? ¿Disminuiría su amistad? De una forma horrible, Luz sabía que ya había pasado. Sus vidas estaban divergiendo.

Lizette avanzó sobre el piso encerado. El sol se filtraba en prismas por el vitral de la crucifixión. Parecía flotar más que caminar, como si la cargara la invisibilidad del destino. El público soltó una exclamación ahogada de placer. Pero algo peculiar sucedió a medio camino hacia el altar. El velo se le resbaló de la cabeza y le recorrió los rizos negros antes de caer al suelo. El borde de la mantilla se había atorado en la puerta, y varios invitados del fondo se pararon de inmediato para tratar de liberar la tela etérea de las garras del cerrojo. No tenía caso, era como si alguien la hubiera atado con nudos imposibles. Cuando Lizette llegó al altar, le guiñó un ojo a Luz con una sonrisa pícara.

Esa es mi prima, pensó Luz con orgullo.

Siguieron el ritual de la misa, parándose e hincándose y parándose de nuevo. El cura era un hombre joven y calvo que acababa de dejar su puesto en una misión en la Tierra Perdida. Hablaba del dominio de Dios sobre el universo, los animales, los ríos, las montañas y lagos. Explicó que Lizette y Alfonso se estaban uniendo en Cristo por medio de su santa muerte. Y mientras hablaba, Luz trató de no concentrarse en el dolor de sus tacones y mejor observó las bancas. Miró un poco a Avel mientras rezaba. Pero se había sobresaltado. Ahí, debajo de la Séptima Estación del Viacrucis, Jesús Cae por Segunda Vez, se imaginó haber visto a Diego. Recobró el equilibrio y volvió a mirar. Su hermano ya no estaba.

—Lo que Dios ha unido —dijo por fin el cura—, que no lo separe el hombre.

Alfonso y Lizette intercambiaron anillos y se besaron durante varios segundos. El cuello les pulsaba con los movimientos de sus lenguas. Poco después, surgieron hacia la luz optimista del día mientras sus seres queridos los bañaban en arroz y los dejaban completamente bombardeados de blanco.

—

Al atardecer, el cortejo serpenteó hacia la casa de la Calle Fox siguiendo el camino de linternas de papel que cruzaba el patio trasero. El pasto tenía una textura azul, el cielo era un susurro del día. Alfonso y Lizette entraron a la celebración y se sonrojaron cuando la multitud los invitó con vítores a sentarse a la mesa principal. Luz estaba sentada a la derecha de su prima en lo alto de una tarima provisional. El patio estaba cubierto de mesas redondas adornadas con manteles blancos y botellas de tequila sin etiqueta cerca de los centros de mesa hechos de piñas. Al pasar el tiempo, el lugar se calentó con los cuerpos de los bailarines y la humedad de la existencia humana.

Habían llegado primos de primos de sitios tan lejanos como Alamosa para hacer la comida nupcial: un cerdo rostizado, pilas y pilas de calabacitas, montones de tortillas gruesas, frijoles y tamales, y también platillos filipinos: pollo en adobo, pancit y lumpia, y flan de leche. Los invitados se formaron para servirse mientras Luz y el resto del cortejo se quedaban sentaditos y obedientes. Tenían que saludar a los invitados que se acercaran a Lizette y Alfonso a la mesa elevada como si les rindieran homenaje a sus nuevos monarcas.

Lizette se veía desmesurada junto a Luz. Se inclinaba sobre la mesa; su sonrisa y sus brazos y sus senos se agolpaban contra sus visitas cuando las abrazaba con un *Gracias* entusiasta y un *Ojalá que disfruten la fiesta*. Alfonso compartía la emoción de la novia reclinado en su silla, disfrutando el paisaje. Luego de saludar a la pareja de recién casados, los invitados se abrían como el mar.

Hubo discursos y aplausos, risas y lágrimas. El sol se puso detrás de las montañas, derramando haces dorados sobre los banderines blancos del patio como si el mundo recibiera brochazos de pintura. Los ánimos pasaron de la charla bulliciosa de la cena a una sensación más profunda y sensual que Luz le atribuyó de cierta forma a la nostalgia, a la tristeza por un tiempo pasado. Se disculpó de la mesa y caminó hacia el baño. Varios invitados la detuvieron antes de que pudiera escurrirse por la puerta trasera hacia la cocina abarrotada, el dominio de las tías mayores. Estaba densa por el humo de la comida, con los olores del puerco y la canela, la crema dulce y el coco. Le irritó descubrir que había fila para el baño de la planta alta. La cola se contorsionaba por las escaleras y le daba vuelta al pasillo como anguila. Suspiró y ya se había preparado para la espera cuando sintió un jaloncito en la muñeca izquierda. Era Avel, que la metió al clóset de blancos que había debajo de las escaleras.

Luz se rio en la oscuridad y Avel le pasó los dedos por el pelo, por los labios.

—Hola, nena —dijo.

—Hola —dijo Luz muy quedo.

—Llevo toda la noche muriendo por verte —susurró Avel.

—Yo también —dijo Luz—. La novia me está partiendo el lomo.

Se oyó el ruido de Avel rebuscando la cadena colgante del foco, pero se rindió y se aplastó contra la cara de Luz. Se hundieron el uno en el otro, besándose en la oscuridad.

—No puedo esperar a que llegue nuestro día, nuestra boda —dijo Avel entre besos.

Luz presionó la cara contra el resquicio entre la barbilla y el pecho de Avel. Escuchó su corazón a través de su torera, bajo su corbata de bolo plateada. Los ruidos sordos de la fiesta al otro lado de la puerta eran ecos lejanos en una cueva. Se paró de puntitas y movió los labios hacia su boca.

Entonces, el clóset de blancos se inundó de luz.

Lizette estaba parada ante ellos con su vestido de novia, las manos en la cintura y una expresión de enojo divertido en su cara de recién casada. Abrió la boca y se lamió los labios.

—Muy bien, tortolitos —dijo—. Necesitamos a Avel para el bolo. Me están reteniendo mi lana.

Luz y Avel se acomodaron la ropa y se limpiaron la boca. Él la esperó mientras por fin lograba usar el baño de la planta alta y luego salieron a la fiesta, riéndose con la cabeza baja.

Ya había caído la noche.

El patio era un espejismo de linternas y focos extendidos entre el durazno y los álamos temblones. Habían desplegado una pista de madera sobre el pasto áspero. Luz se sentó a las prisas mientras Avel y su banda subían al escenario. Les sacaron la baba a las trompetas y rasgaron las cuerdas para afinarlas. El cielo nocturno era un telón de fondo de estrellas que estalló de música de mariachis. Lizette y Alfonso bailaron mientras los invitados los rociaban de monedas y billetes. El destello de los dólares de plata rebotaba contra sus brazos y les bombardeaba la piel y el pelo a un ritmo alarmante. Luz miró a Avel tocando en el escenario con una suerte de respeto gentil. Se imaginó su propia boda, pero a pesar de esforzarse en buscar imágenes de su vida en su interior, no encontró nada, un camino trunco.

—Tengo que hablar contigo.

Era Maria Josie, parada detrás de ella.

—Si es por el clóset de blancos, no fue nada. Él me jaló adentro.

—Me dijo Teresita que tú y Avel planean casarse.

Maria Josie le tomó la mano y le preguntó dónde había guardado exactamente el anillo.

—Te lo iba a contar —dijo Luz con timidez al revelarle la joya que traía al cuello en una cadena de oro falso—. Te lo íbamos a contar los dos.

—Pero no me lo contaron —contestó Maria Josie con un juicio desafiante en los ojos.

Luz intentó decir más, pero mientras hablaba, el sonido de su voz le talló sus propios oídos, una estocada de estática como el crepitar del radio. Sacudió la cabeza. Se paró de la silla. Ya al mismo nivel que ella, observó la cara de Maria Josie. Su auntie era más vieja que nunca, pero tenía la piel rica, los ojos oscuros, las pupilas como cometas.

—No quiero hablar de eso —dijo Luz, enojada—. ¿Qué voy a hacer toda mi vida contigo? ¿Vivir en Hornet Moon, rogando por calor y tres comidas al día?

A Maria Josie se le desorbitaron los ojos. Miró a su sobrina con una expresión que Luz reconoció como la fealdad de la lástima. Una ráfaga de viento entró de la calle y salpicó grava al aire. Las luces y las linternas de papel temblaron y los árboles se estremecieron como si tuvieran miedo. La música de Avel retumbaba desde el escenario. Los novios seguían bailando.

Maria Josie habló con los labios torcidos.

—No tienes idea de los sacrificios que he hecho por ti y por tu hermano. De lo que he hecho para apoyarlos, y de todos modos hay una razón por la que no me quisiste contar, Little Light.

—A Diego no lo apoyaste —dijo Luz—. Lo echaste como perro callejero.

María Josie parpadeó. Luz creyó que podía oír sus conductos oculares presurizarse con las lágrimas.

—No te voy a dar explicaciones.

—Yo tampoco —dijo Luz y se sentó dándole la espalda a su auntie, quien se alejó tambaleándose con la pesadez de un gavilán herido.

¿Ella qué sabe?, pensó Luz. *Nada.* Pero en cuanto lo pensó, sintió vergüenza.

Lizette y Alfonso habían terminado de bailar y de recoger su botín en una canasta de mimbre, y se alejaban de la pista cuando la banda inició un vals. Remilio se paró frente a Luz. Era guapo y mientras Luz estaba sentada era más alto: una torre ante ella con la mano extendida.

—Tu prometido me pidió que bailara contigo. No deberías estar sentada aquí solita.

Luz volteó a ver a Avel, quien los miraba fijamente mientras tocaba la trompeta. Cuando terminó su parte, puso el instrumento a un lado y les dedicó una sonrisa y un saludo con la mano.

—Claro —dijo Luz y se puso de pie—. Me encantaría.

La pista estaba abarrotada de invitados con pinta de borrachos. Había risas y pláticas bajo la música, y niños correteando entre las parejas, persiguiéndose con guantes blancos en las manos. Remilio era un bailarín sofisticado, mantenía la línea de sus hombros y mecía a Luz de un lado a otro con delicadeza. El vestido lila florecía sobre sus pies. Se concentró en el ritmo, en la música que le vibraba por los tobillos y los talones. Mientras giraban bajo las luces titilantes, Avel tocaba la trompeta en el escenario y a lo lejos, muy arriba de la ciudad, la luna estaba casi llena, oculta por nubes difusas. Cuando la canción terminó en un estallido, Remilio le dio un beso en el cachete y le agradeció la compañía. En la mezcolanza de cuerpos saliendo de la pista, Luz sintió un tirón en la parte trasera del vestido y luego su mano en la de alguien más.

Era David, que la jalaba para atravesar la fiesta a toda prisa, como si buscara refugio de la lluvia.

—¿A dónde vamos? —preguntó Luz sin aliento.

David la acalló mientras la guiaba hacia el interior de la casa por la puerta trasera y la metía al clóset de blancos, el mismo en el que acababa de estar con Avel. Luz sintió algo extraño, un déjà vu obvio, pero también algo más, una visión de ella y David desde arriba, el reconocimiento de un hecho antes del acto final.

—¿Qué pasa, David? —susurró.

David no buscó la cadena del foco. Mantuvo sus cuerpos ligeramente separados, con la calidez de su respiración en la cara de Luz. Una llave goteaba detrás de ellos. Las voces de la fiesta rugían al otro lado de la puerta. David olía denso, dulce, a tierra y naranjas. Bien.

—Quiero que me cuentes más —dijo David muy quedo— de lo que viste en el Brown Palace.

Luz sintió aumentar su respiración, su pulso en las yemas de los dedos y el cuello.

—¿Ahorita? Debería de estar afuera con los invitados.

—Nadie se va a dar cuenta. Te lo prometo.

—David... —dijo Luz con cariño.

Se dio la vuelta para irse y se acercó a la puerta, pero David la jaló de regreso por las dos muñecas. La empujó contra la pared y la besó en la boca. A Luz le sorprendió el fervor con el que movía la lengua dentro de los labios de David. Sabía a sal y un poco a licor. David jaló la cadena del foco y el clóset se encendió con el blanco de los muros y reveló un fregadero, piezas de ebanistería, filas de toallas dobladas. Se quedaron viendo como si comprendieran por vez primera un mensaje escrito entre ambos. David la besó de nuevo y Luz vio que se le había hinchado la boca por el desgaste. Le sorprendió su propia concentración, su hambre, como si se estuviera atracando con una parte de él que existía en un lugar que solo ella podía alcanzar. No tenía el control normal de sus pensamientos, su cuerpo y su mente se habían convertido en deseo.

Aunque estuviera nerviosa, aunque tuviera miedo de las partes de David que nunca había visto, de los lugares de su propio cuerpo que nadie más había sentido, le agarró las manos y las guio debajo de su vestido de madrina y gimió, por lo bajo, justo arriba de su lóbulo. Cuando retiró la cara y cruzaron miradas, tomó una decisión. Deseaba a David. Lo deseaba más que nada.

—Quiero estar contigo —dijo.

David la levantó con ambas manos y posó su pequeño cuerpo al borde del fregadero. Le abrió el vestido lila y reveló sus senos cálidos. Los apretó con firmeza. La alzó y pegó su cuerpo contra el suyo. Luz le envolvió el torso con las piernas hasta que sintió que le abría los pliegues del vestido y la delgada tela de su ropa interior, que encontraba el camino al recinto de su cuerpo, que entraba en ella con un dolor profundo y satisfactorio.

—Estoy enamorada de ti —dijo Luz entre respiraciones en staccato, tratando de obligarse a creerlo.

David alzó la mano izquierda de su cadera y le metió los dedos húmedos a la boca. Los mantuvo firmes y le pidió que los mordiera, y Luz obedeció, preocupada todo el tiempo de que así funcionara aquello.

Y entonces abrieron la puerta de una patada y no era Lizette.

Avel estaba parado frente a ellos y el cuarto se pasmó, como si las paredes sintieran arcadas, como si quisieran expulsar lo que traían dentro. Luz se congeló horrorizada y luego dejó caer las piernas de donde estaban, abrazando a David. Los ojos de Avel se posaron en sus senos y a Luz le dio vergüenza, porque nunca había visto su desnudez. Se jaló el vestido hacia arriba mientras David se ajustaba y se buscaba el pantalón con la mano. Mantuvo la mirada gacha, sin cruzarla nunca con ella.

—Avel —dijo Luz mientras se bajaba deslizando del fregadero de metal.

David se alisó la corbata con manos hábiles. Tomó una toalla doblada del estante que había sobre Luz. Se limpió las manos en ella y se echó la tela blanca al hombro. Sin reconocer la existencia de ninguno de los dos, se dio la vuelta, cruzó la puerta y salió a la fiesta, como si solo hubiera estado limpiando una fuga en el clóset de blancos.

Luz volteó a ver a Avel. Se arregló el pelo con las manos sobre la cara. Con los dientes apretados, gritó:

—Perdón.

Avel negó con la cabeza, con una tristeza tan densa que parecía un muro. Estiró la mano hacia la garganta de Luz y, con un jaloncito, le arrancó la cadena de oro del cuello y se metió el anillo de compromiso en la bolsa de la camisa.

—De verdad te amaba —dijo.

Luego se fue hacia la fiesta con los hombros caídos.

Luz lloró en gemidos pequeños y crecientes. Pero no tardó en jadear con lágrimas tan incontrolables que no estaba segura de cómo un alma podía sentir tal humillación, tal pérdida, tanto dolor combinado. Entonces sollozó pensando en Diego, en su padre, en todos los hombres que la habían lastimado. Alguien debió de haber llamado a Lizette a la casa, porque llegó de pronto al clóset de blancos y gritó de horror al ver a su prima desgreñada llorando contra el fregadero.

—¿Qué pasó? ¿Quién te hizo esto?

Los alaridos de Lizette crecieron a su alrededor como un refugio, y Luz se imaginó los ruidos de las primas flotando hacia el cielo nocturno, donde un ojo observaba la fiesta en la Calle Fox, todas las luces refulgentes y los cuerpos bailando, los niños correteando de cuarto en cuarto, las ollas de acero humeando sobre la estufa, la casa como teatro de la vida.

—Luz —le rogó Lizette—. ¿Quién fue? Dime.

Pero todo lo que Luz podía hacer era sollozar, sacudiendo la cabeza con un no violento.

—Fui yo sola —lloró—. No hubo nadie más. Fui yo sola.

TREINTA Y TRES

El mariachi

Avel estaba parado al otro lado de la calle del Despacho Legal de David Tikas con un cigarro en los labios, el encendedor chasqueando en la mano izquierda y la mirada fija en el edificio desafiante. Pensó en la primera vez que había posado los ojos en Luz Lopez antes de conocer su nombre, en cómo recorría la Avenida Colfax con un carrito rojo lleno de sacos de ropa sucia mientras los edificios de piedra se cerraban a su alrededor como una tumba. Tenía unos ojos salvajes, pero se comportaba con la elegancia de una loba. Se veía lista, como una chica que supiera bromear. Más tarde, platicando afuera con su nuevo vecino, Santiago, que tocaba el mandolín, dijo mientras le daba tragos furtivos a una botella de mezcal de sótano a plena luz del día: *Acabo de ver a una morra en una chamba. La he visto antes en la calle. La quiero conocer.* Santi sacudió la pierna izquierda y se rio. *Deja que te caiga en las piernas, si me entiendes.* Avel negó con la cabeza. *Esta no*, dijo.

Me recuerda a las chicas de la iglesia, a las de casa. Santi aventó la botella vacía a la calle; se estrelló. *Esas chicas,* le explicó, *no existen.*

Avel estaba frente a la puerta del despacho maldiciendo el cielo sin estrellas. Un viento seco soplaba del este y erizaba los pocos abedules de la Calle Diecisiete. Era tarde y la ciudad estaba en silencio. No había tráfico chillando a lo lejos, ruido de cláxones ni traqueteo de tranvías. Avel se sacó la llave de la oficina de Luz del bolsillo. Ella siempre la guardaba en el mismo lugar, en el anillo de metal que tenía sus llaves de Hornet Moon.

Entró a la oficina lentamente. Observó la silla vacía de Luz, la magnitud de su escritorio, los muros sufriendo su propio tipo de tristeza. Odió la idea de que alguien la mirara por la ventana ahí sentada. La oficina suspiró en su oscuridad vacía y, aunque no hubiera un alma presente, Avel sintió el eco de los movimientos de Luz por el lugar: su andar repetitivo del escritorio al archivero, su inclinarse y girar el cuello, el tintineo de la llave en la puerta y todas las veces en que David la llamaba a su oficina, donde se paraba diligente frente a su escritorio, preguntado en su tono dulce y devoto qué se le ofrecía.

—Ya basta —dijo en voz alta.

Forzó el codo por el vidrio esmerilado que separaba la oficina de David del vestíbulo de Luz. El estruendo reflejó la intensidad del dolor que le brotó en el brazo y, extrañamente, en el pecho. Le apareció sangre en la manga, floreándole el puño de la camisa. Entró a la oficina de David. Tiró muebles al piso. Los archiveros, sus documentos, todo el trabajo que Luz había hecho por ordenar y preservar quedó regado por el suelo. El tablero de corcho colgado detrás del escritorio le llamó la atención. Se acercó a él y prendió el encendedor para examinar la red de fotografías, artículos de periódico y mapas. Fijada como si nada entre los recortes de información había una nota del *Rocky Mountain News:* JOVEN ABOGADO DE DENVER SE HACE DE RENOMBRE, BUSCA JUSTICIA.

Prendió la flama cerca del borde inferior del artículo y vio cómo se tragaba la página amarilla. Luego acercó el encendedor a varios mapas y pasó a las fotos, que ardieron en grumos, como cera. Todo el tablero se encendió en llamas. Usó el encendedor en los documentos y después en los botes de basura y los libreros. Lo que al principio sucedió lento de pronto pasó todo al mismo tiempo. Las cortinas ardieron. El humo negro se hinchaba y confluía eclipsando el techo de hojalata ya de por sí oscurecido. Las paredes mostraban las líneas esqueléticas de los listones de madera subyacentes. Avel tosió y entornó los ojos entre el humo, con el cuerpo cubierto de sudor. El calor le presionaba la espalda y lo empujaba hacia afuera mientras se daba vuelta, cruzaba el fantasma del camino de Luz y salía del Despacho Legal de David Tikas mientras ardía aquella noche de verano, tan cerca de la luna llena.

TREINTA Y CUATRO

Portal

Denver, 1926

Papá Tikas había hecho la fiesta de veinte años de David en la casa vacía de un amigo. La celebración se había extendido hasta la noche. Era una casa de tres pisos, y había estatuas de leones por todo el perímetro. Estaba iluminada con faroles. La noche de verano era cálida y agradable. Luz y Lizette jugaban con gis afuera, junto a un garage abierto con una gran puerta de madera. Luz le decía el Arco Mágico. Su madre le había contado de arcadas sagradas en la Tierra Perdida, portales que podían llevarla de un mundo a otro.

—Dibujamos los cuadros del avioncito hacia el Arco Mágico —dijo Lizette—. Así, solo ganas si logras salir de nuevo.

Solo tenían un gis para las dos, y ni siquiera era gis para banqueta. Habían detenido a Eduardo en la sala de billar y se habían quedado con él mientras los hombres fumaban puro y tomaban vasos de mezcal y whisky. Mientras hablaban, Lizette se robó la tiza de un estante. Su padre la descubrió. Se rio y le dijo que era una gatita irascible, pero también le dijo que era la niña de sus ojos.

Cada vez que Papá Tikas hacía una fiesta, los adultos bebían como si nunca hubieran probado algo tan dulce. Bailaban y jugaban pool sin notar siquiera las travesuras de sus hijos.

—¿Qué hacen, niñas? —era David, que había salido de la casa victoriana por la puerta de entregas.

Bajó del porche de roca y caminó hacia Lizette y Luz con el saco de verano echado sobre el hombro. Era una década mayor que ellas; Luz y Lizette tenían diez años. Estaba fumando un cigarro y las miraba dibujar números en el pavimento. No habían llegado bajo el Arco Mágico y seguían a lo largo de la banqueta.

—Nada —dijo Lizette, escondiendo la tiza azul detrás de la espalda.

—Ya la vi. Nada más no dejen que nadie más las descubra acá afuera.

David inhaló su cigarro. Suspiró como si estuviera agotado por su propia fiesta. Luz no lo veía muy seguido. Normalmente estaba lejos, estudiando, y siempre que estaba de vuelta en Denver, trabajaba en el mercado con una actitud arisca. Luz lo había oído discutir con su padre una vez. Había dicho que no quería volver a Colorado al acabar sus estudios. Se quería quedar en Nueva York. *Pero aquí está tu familia*, dijo Papá Tikas. *No seas tan egoísta, David.*

—Feliz cumpleaños, David —dijo Luz, sonriendo, pero mirando al suelo.

David le dio las gracias y le guiñó un ojo. Se arrodilló donde estaba sentada en el pavimento. Señaló el número que acababa de dibujar. Tenía tiza azul en el vestido verde. Traía un listón a juego en el pelo. Diego le había ayudado a ponérselo antes de salir del departamento.

—¿Qué se supone que es esto? —preguntó David.

Luz no sabía si le estaba tomando el pelo.

—¿No sabes?

—Digo, medio parece un cuatro enfermito —ladeó la cabeza—. No sé, Lucy Luz. Tal vez tengas que trabajar en tus números.

Ella sintió vergüenza y se le puso la cara roja. Examinó su número, tratando de entender qué había hecho mal.

—Ay, por favor —dijo Lizette—. Es un nueve, David. ¿Vas a jugar avioncito con nosotras o qué?

David se rio.

—¿Desde cuándo tienes tanto carácter?

Lizette le sacó la lengua.

—Bueno —dijo David después de un momento—. Juego —se paró y buscó en el piso—. Necesitamos algo que aventar... ¿cómo se dice?

—Un shooter —dijo Luz.

—Eso mero —dijo David y levantó una tapa de botella del piso.

—Vas primero —dijo Lizette, que parecía aburrida con todo el asunto.

David había apagado su cigarro en un hoyo de arena junto a la puerta lateral. Se paró junto a Luz y aventó su shooter. Cayó mucho después del primer cuadro.

—Ni siquiera se juega así —dijo Lizette.

En ese instante, la magnífica puerta del garage se abrió y salió Papá Tikas con su hermano menor, Dominic, apurando a una chica anglo con el pelo al estilo flapper para que pasara bajo el Arco Mágico. La pobre tenía una expresión estrecha y enojada, y se tambaleaba. Papá Tikas le puso el chal de verano sobre los hombros y le colgó la cadena dorada del bolso en el brazo flacucho. Le estaba apilando cosas encima como si fuera una carretilla que empujara hacia el callejón, algo que verías junto a un letrero de GRATIS.

—¿Qué te dije? —preguntó—. Que no vinieras.

Oyeron a Dominic decir algo en griego antes de ponerle las manos en las muñecas y alejarla de la casa de un jalón, como si fuera una muñeca en una caja. Estaba llorando, le colgaba el labio inferior.

—¿Ni siquiera me puedes dar la cara? —exclamó, pero Dominic le dio una bofetada, y la chica se giró abruptamente al oír un Ford negro pasar bajo el Arco Mágico.

Papá Tikas abrió la puerta del copiloto y, antes de que ella se subiera, le dio un puñado de dólares.

Dominic soltó un bufido. La chica se inclinó al frente y, con un gimoteo, le dijo a Papá Tikas:

—Gracias.

Luego besó a Dominic en la boca un largo rato.

Luz estaba asombrada. La esposa de Dominic estaba adentro de la fiesta, al otro lado de la puerta. En cuanto Papá Tikas metió a la chica al coche se dio la vuelta y se fue, pero Dominic se quedó a verla alejarse. Luego escupió en el piso, muy cerca del avioncito. Miró sin expresión a su sobrino y se metió a la casa. Luz observó a David. A él se le crispó la cara.

—Está bonita, ¿no? —dijo Lizette, que se había parado del piso.

—¿Quién? —preguntó David, como perdido.

—Esa chica. La novia nueva de tu tío.

—¿De qué hablas, Lizette?

Lizette sonrió con picardía y le hizo ojitos a David. Luz se quedó callada, enterrando la imagen de la chica siendo metida al coche.

—Me voy a meter, niñas. Limpien su desastre cuando acaben.

Cuando las primas estuvieron solas de nuevo, Lizette tiró el shooter con gracia y recorrió los cuadros tomándose turnos con Luz. Las dos tuvieron cuidado de no arañar sus botines, porque les habían advertido que se meterían en problemas si dañaban su ropa de domingo. Mientras brincaban y saltaban entrando y saliendo de las luces del arco, Luz se imaginó que saltaba entre épocas. Se vio como niñita en la Tierra Perdida, caminando con su madre y su padre por los campos nevados, cargando ropa recién lavada hacia la cabaña de la compañía. Luego se vio en Hornet Moon con Maria Josie, junto a la ventana que daba a su nueva ciudad, con las pocas fotografías de sus padres regadas por el piso, lo único que le quedaba de ellos. Se vio desayunando Cream of Wheat con Diego en la cocina de paredes blancas. Estaban oyendo el radio, el calor del verano entraba por las ventanas y las montañas se veían a lo lejos.

Luego de un rato, Luz y Lizette se aburrieron de su "juego de bebés", como empezó a decirle Lizette. Suspiró y se sentó en la banqueta.

—¿Qué le pasa al hermano de Papá Tikas, por cierto? Mi papá nunca le haría eso a mi mamá. La ama. Siempre le está dando besos.

Luz asintió. Dijo que se notaba.

—Solo quiero que sepas que cuando crezcamos y encontremos a nuestro amor verdadero, más les vale que nos traten bien. Si no, la gente se pelea y se lastima. Sobre todo, los hombres. Como nuestros vecinos de atrás. Siempre están gritando. Su papá agarra a cuerazos a todo mundo, hasta a su esposa.

Luz sintió miedo.

—¿Y si no encontramos a nuestro amor verdadero? —preguntó—. ¿No podemos estar solas?

—Nunca he visto algo así. Solo las monjas —Lizette hizo una mueca—. Pero ¿sabes qué? Hasta ellas se acompañan entre ellas y tienen a Dios.

—Bueno, nosotras también nos acompañamos entre nosotras —dijo Luz sabiamente—. Y tú tienes a tu mamá y a tu papá y a todos tus hermanos.

Lizette miró el arco como si pensara en algo muy importante. Miró y miró, y cuando giró los ojos hacia Luz, dijo:

—Sí, tienes razón.

—Hay que volver a entrar —dijo Luz—. Ya me cansé de este Arco Mágico.

TREINTA Y CINCO

Mujer de luz

Por la mañana, Luz se puso su vestido gris del trabajo y se quedó sentada en la cama. No había dormido, y Maria Josie roncaba suavemente al otro lado de la sábana colgada en medio del cuarto. El departamento olía a perfume de un día y a alcohol expelido por poros humanos. Escuchó las primeras notas de las aves cantoras. Se llevó las rodillas peladas al pecho y se abrazó con ambas manos. Le dolía todo: la boca, los senos, entre las piernas. En cuanto se despertó, puso flores de la boda en el altar y encendió una vela, sin saber muy bien por qué. La vio apagarse: del pabilo se elevó una única línea de humo.

Sintió los ojos tiernos mientras la ventana refulgía con el amanecer. Giró la cara hacia la luz para bañar su piel en ella. Traía el rosario de Simodecea puesto en la muñeca izquierda. Pensó en recitar un Ave María, pero al oír a Maria Josie despertarse al otro lado del cuarto, decidió salir de la casa. Se paró y desapareció en silencio de la cama. Se fue a trabajar.

Tomó la ruta larga por la ciudad. El vapor soplaba entre los edificios de oficinas y de departamentos, entre las iglesias y las fábricas. El aire estaba nítido y agradable. Pero nada lograba distraerla de sí misma. Vergüenza. Sentía vergüenza. La había sentido toda la noche. Mientras más caminaba, más se le enterraba el sentimiento en la mente. ¿Pero no se suponía que ese momento de su vida fuera gozoso? ¿No se suponía que fuera por amor? Con cada paso que daba se enojaba más con su cuerpo, con sus emociones, con su incapacidad de ser amada por David o de dejarse amar por Avel. ¿Acaso lo que había pasado significaba que David iba a estar con ella, que se iba a casar con ella como había querido hacer Avel? Pero Luz ni siquiera quería eso. Soltó una risa entrecortada. *Estúpida*, pensó. *Soy una estúpida*. Entonces se preguntó qué sería de Avel, sabiendo perfectamente bien que no lo volvería ver en su vida. Podía sentir su partida en la brisa tibia, igual que el agua de un río lame las piedras amontonadas siempre avanzando, sin retroceder nunca. Alzó la cara hacia el cielo y sintió el cuello desnudo, la piel donde el anillo de Avel alguna vez había colgado. De pronto sintió mucho miedo. Sabía lo que podía haberle pasado, un embarazo, y con toda la certeza de su ser, supo que no quería algo así con nadie en ese instante, y con David, nunca.

Entonces lloró un poco y se limpió los ojos al doblar la esquina hacia la Calle Diecisiete. Los bancos y los demás edificios de oficinas se veían optimistas con sus ladrillos rojos. No quería ir a trabajar. No quería ver a David en absoluto. Pero tenía que ir y, mientras caminaba, se imaginó que desaparecía, que el cuerpo se le degradaba hasta hacerse invisible, un miembro a la vez. El cielo tenía capas de fulgor matutino que brotaba de la pradera y lamía las Rocallosas. Toda la ciudad, su mundo entero, pareció despertarse a la vez.

Cuando llegó a la cuadra de la oficina, un olor abrasador colgaba del aire. Se había reunido una multitud, cincuenta o más hombres y mujeres de todas las edades de los distintos barrios. Traían pancartas con el nombre de Estevan, estandartes con las palabras LIBERTAD y JUSTICIA. Una anciana rezaba el rosario de rodillas. Había una camioneta estacionada cerca y dos hombres estaban parados en la caja, gritando en megáfonos blancos con el nombre de una estación de radio impresa en un costado. Luz se quedó absorta oyendo sus consignas. *No nos van a intimidar. No nos vamos a rendir.*

Se adentró en la multitud, vadeando entre la fronda de hombres. Había un hedor punzante a metal carbonizado. Un ruido de madera crepitando. Salió al otro lado del grupo y lo que vio le dio un vuelco al corazón.

El despacho estaba quemado.

Vigas ennegrecidas en el techo. La instalación eléctrica entre el caos, trozos de vidrio, las costillas de un radiador de acero. La manija de latón de un archivero, la carcasa hueca de una tetera. Los restos de la oficina se habían derretido y fundido entre sí, plateados y oscuros. De cierta forma, las pilas se veían empapadas, como si se unieran a la tierra. Los edificios a ambos lados y encima del despacho seguían de pie como de milagro. Pero todo por lo que Luz y David habían trabajado yacía hecho cenizas. Luz se quedó ahí parada, anonadada, hasta que alguien chocó con ella. Entonces vio algo en el piso, un pañuelo rojo entre los restos. Se lo metió a la bolsa.

—¿Y dónde está ese abogado mimado? —gritó alguien en la muchedumbre, y no tardaron en clamar todos, en exigir que David les explicara qué seguía.

Luz se dio la vuelta para otear las docenas de caras tristes. Vio a David alejado de los manifestantes. Estaba hablando con unos policías que tenían la mirada vacía por encima de su hombro. Se había quitado el saco. Discutía con ellos en mangas de camisa. Uno de ellos se rio. Luz se preguntó si debía correr a su lado, preguntarle cómo podía ayudar. Pero al verlo recorrer el perímetro de su oficina quemada y pasar las manos por la ceniza, se percató de que ya no quería que la viera. De hecho, ojalá que no volviera a verla nunca. Se retiró lentamente, oculta entre las sombras de la gente.

Detrás de ella, alguien gritó que voltearan a ver la camioneta, y a través de olas de pancartas, Luz atisbó a una mujer subiéndose a la pickup, con el pelo negro fluyéndole suelto desde los hombros. Tomó el megáfono con una timidez aterrada. Traía una hoja apretada entre las manos.

Desde que le quitaron la vida a mi hermano de una forma tan salvaje, mi mamá solo duerme. Nuestro padre no está y lleva muchos años sin estar: murió en una explosión en una mina de la que solo recuperaron su mano izquierda, con el sencillo anillo de bodas intacto.

Era Celia, la hermana de Estevan. Luz la escuchó y la vio leer sus propias palabras en su propia voz, primero en español y luego en inglés. La multitud se movía con cada sílaba, soltaba exclamaciones de angustia. *Una lámpara a mis pies*, gritó una mujer detrás de Luz. *Una luz en mi camino.*

Podría pasarle a su familia, gritó Celia en el megáfono. *A su hermano, a su hijo, a su padre. Podría ser su pérdida. Pero no lo es.*

Es mía, y tal vez crean que tienen suerte, pero a toda la gente con suerte le llega una mala racha. Nuestra existencia no debería depender de la suerte. Debería depender de la justicia, de lo que está bien, de lo que es correcto.

Cuando Celia terminó de hablar y se bajó de la camioneta, su cara y su pelo atraparon el sol de tal manera que parecía eléctrica. El relámpago fue profuso y se extendió a su alrededor, un aura de luz. Luz siguió la línea refulgente hasta verla pulsar por toda la gente, entrar y salirles de los pulmones mientras respiraban, anclarlos a la tierra y dispararse hacia el cielo. Miró sus propias palmas. Se maravilló por cómo brillaban. Era como si estuviera mojada en luz, zumbando como las estrellas. Al pensar eso, sonrió un poco y cruzó la calle para ir con su familia.

La casa de la Calle Fox estaba animada con la limpieza. Teresita estaba en el patio de enfrente recogiendo colillas de los arbustos y tirándolas en una cubeta oxidada. Sus hijos estaban desperdigados por el escalón de la entrada, limpiando el concreto con vinagre y trapos. No reaccionaron a la llegada de Luz. Se mantuvieron en sus labores, con los ojos ocupados en el trabajo.

La casa seguía oliendo a comida de fiesta, aunque se mantuviera el aroma a limón del limpiador de pisos. Partes de las escaleras seguían mojadas por la trapeada. A través de la ventanita que había en el descanso de las escaleras, Eduardo era visible en el patio trasero. Estaba sentado solo, con el sombrero en las piernas y la cara tranquila y quieta. Luz se preguntó si se estaba tomando un descanso de desmontar el arco de cedro, pero entre más lo miraba, más se preguntaba si estaba bien. Parecía achicopalado; se llevaba las manos a la boca, se pasaba los dedos por el pelo. *Claro*, pensó Luz mientras seguía subiendo. Su única hija, la niña de sus ojos, se iba de la casa, tal vez para siempre.

Cuando abrió la puerta del cuarto de su prima, Lizette estaba sentada en el piso de duela ante un cofre de viaje con hebillas de latón y tiras de cuero. Brillaba bajo un haz de sol, doblando lentamente un vestido amarillo, metiendo con cuidado las mangas y envolviéndolo en papel de China. Habló sin voltear a ver a Luz.

—Qué linda que viniste.

Luz entró al cuarto. Cerró la puerta.

—No me lo perdería por nada del mundo. ¿Qué te vas a llevar?

Lizette apuntó a la cama. Estaba apilada de vestidos y botas de vaquero, su abrigo de piel seminuevo, su vestido rojo de fiesta y torres de libros. A un lado, su vestido de novia colgaba de un gancho en la pared.

—Estoy tratando de acomodar todo, pero la casa no tiene clósets.

—Así no se puede. Convierte la sala en clóset, entonces.

—Tienes razón —se rio Lizette, con la voz más grave de lo normal—. No me esperaba esto.

—¿Qué?

—Creí que hoy me iba a sentir distinta. Pero sigo siendo yo. Digo, sé que voy a tener mi propia vida y algún día una familia propia. Pensé que me iba a tomar más tiempo. Cuando era niña, se me hacía lejísimos. Todo se me hacía lejísimos. Y ahora aquí estamos y todo eso quedó atrás.

Luz pensó un poco.

—A veces —dijo—, cuando estoy leyendo el té o soñando despierta, veo las cosas muy claras desde cualquier punto en el tiempo. Es como si no estuviéramos lejos de nada.

Lizette alzó la vista. Tenía los ojos hinchados y la piel lisa.

—Creo que todo lo que nos ha pasado o que nos va a pasar y toda la gente que queremos está cerca —dijo Luz—. Solo hay que estirar la mano y tocarla.

Lizette se rio y se levantó del suelo. Fingió que se estiraba para tocar a Luz.

Aquí estoy, pensó Luz. *Siempre voy a estar aquí.*

—¿Por qué estabas llorando anoche? —le preguntó Lizette—. Dime qué pasó.

Luz bajó la mirada. Asintió un poco primero y luego dijo con certeza:

—Está bien.

Después, Luz fue con Maria Josie. Estaba en la fábrica de espejos, blandiendo un soplete en su estación de trabajo. Cuando Luz entró por la puerta del garage, Maria Josie se quitó los gogles, dejó de trabajar y apagó el soplete. Le hizo señas de que se acercara. Luz cruzó aprisa la planta. Ya estaba llorando para cuando abrazó a su auntie, ese gran cuerpo que la envolvía con calidez. Se sentía como abrazar a Diego, a Lizette, a su madre y a su padre, todos sus seres queridos estaban presentes en ese abrazo. Y Luz lloró y le dijo a su auntie que le había pasado algo, algo que la hacía sentir muy mal consigo misma, muy mal con todo.

—¿Qué te pasa? —preguntó Maria Josie mientras le pasaba los dedos por el pelo—. Cuéntame, ¿qué te pasó?

Y con la voz entrecortada, Luz se acercó más y se lo contó todo a su auntie, pero empezó con una disculpa. Tenía razón: ella no tenía idea de las cosas por las que había pasado para proteger a su familia.

Apenas empezaba a entender cómo habían llegado a esa parte de su historia.

VÍBORA HEROICA
ATACA DE NUEVO,
DETIENE BANDIDOS
EN BANCO

DENVER, COLO., 23 DE JULIO DE 1934. Dos hombres entraron al South Broadway Daniels Bank a mediodía y ordenaron a la cajera Jones con revólveres que les entregara $2,000 en efectivo. Los bandidos fueron detenidos cuando una cascabel surgió de la bóveda, atacó a uno de ellos y dejó al otro pasmado. La culebra reptó hacia la zona comercial de la ciudad. No hay rastros de ella.

TREINTA Y SEIS

El regreso de Diego

Cuando Diego recibió la carta en la que Luz le exigía que regresara a casa, estaba viviendo en un campamento de migrantes a las afueras de Provo, Utah. Había caminado por la mañana a la oficina de correos, un edificio triangular de un agua a la orilla de una carretera de terracería. En Provo, las montañas estaban acurrucadas contra la ciudad, y luego de leer la carta de Luz, Diego volteó a ver los enormes montículos protuberantes como si ellos también le estuvieran hablando. La respuesta estaba clara. Reunió las pocas posesiones que había juntado en sus viajes, la mayoría emblemas religiosos, estampitas de la Virgen de Guadalupe y de San Miguel, frasquitos de agua bendita. Empacó su víbora nueva. Para entonces ya no era tan nueva. Con Sirena en una canasta de mimbre y todas sus pertenencias colgadas del hombro en el morral de cuero, partió para Denver justo antes del turno matutino. No hubo despedidas. En los plantíos, cada saludo implicaba un

adiós. La gente era tan pasajera como los cultivos que recogían
y empacaban, que mandaban lejos para alimentar las bocas de
familias que él no veía nunca.

Partió a pie hasta que una familia de campesinos lo recogió
en una carretera local y le ofreció llevarlo a Vernal. Se quedó ahí
una noche y conoció a una joven viuda mexicana en una cantina
de nombre Athens. Se llamaba Miranda. Tenía una nariz fuerte
y le faltaba un diente, lo que hacía que su sonrisa pareciera mis-
teriosa, etérea. Se quedó con ella dos noches. Hicieron el amor
afuera de su cabaña de madera, en el pasto que brillaba con la
luna. Después de darle un beso de despedida la segunda mañana, Miranda se giró en la cama y se desató el frente de su camisón de algodón. Diego sostuvo su seno izquierdo con manos
frígidas, y ella escondió un escalofrío con una sonrisa delicada.

Durante los siguientes días, Diego caminó. El paisaje pasó
de los verdes exuberantes de los plantíos del valle a un terreno
montañoso en pendiente. Bebió de arroyos inclinándose sobre el correr de su frescura, metiendo las manos cóncavas en
el deshielo. Por lo menos una vez al día, sacaba a Sirena de
su canasta y la dejaba reptar por las rocas o la tierra, lo que
fuera con tal de mantener saludable su capa externa, para que
asimilara el suelo. Pasó gran parte del tiempo en esa caminata
pensando en nada. Su mente era una calma saturada con los
paisajes de piedra roja escarpada, antigua y magullada.

Poco después de cruzar la frontera estatal a Colorado, una
camioneta llena de gallinas se detuvo junto a él. La conducía
una anciana, una anglo de pelo blanco y ojos azules diminutos.

—Súbete atrás —le dijo.

Diego se quitó el sombrero para saludarla agradecido.
Viajó medio día con las gallinas, con las plumas cruzándole

el campo visual, embarrando franjas enteras del paisaje de blanco. Se detuvieron un rato en un pueblo minero llamado Somerset, donde la anciana descargó la mitad de sus gallinas y las vendió por un costal de lana de oveja joven y varios huacales de tomates grandes. Se almorzaron esos tomates con pan duro en lo alto de la colina de un cementerio, rodeados de minas de carbón vacías. Diego recorrió las tumbas identificando apellidos de todo el mundo hasta llegar a un hombre llamado Benny Dumont, el mismo nombre y año de nacimiento que su padre. Había muerto tres años antes, y a juzgar por las demás lápidas con exactamente la misma fecha de muerte, había sido una explosión. Diego se quedó en silencio imaginándose a su padre atrapado bajo tierra, tragado por las rocas y las llamas. *Supongo que no te fue mejor sin nosotros, ¿verdad?* Cuando la anciana lo llamó de vuelta a la camioneta, le hizo seña de que se sentara adelante. Viajaron sin hablar mientras él lloraba en silencio.

Se despidieron en Glenwood Springs, un gran pueblo de ladrillos rojos con baños curativos. Diego acampó una noche en las márgenes de un río en un cañón y se lavó por la mañana en la corriente, pero el frío le caló hasta el fondo. Luego caminó hasta el centro del pueblo y descubrió el balneario público con una entrada como si fuera un gran hotel. La dependienta, una chica anglo con pelo de fresa, le sonrió, pero luego se encogió de hombros como si no fuera la gran cosa y señaló el letrero de NO MEXICANOS, NEGROS NI TAKA TAKAS.

—Política de la empresa —dijo la chica.

Esa misma noche, se encontraron afuera de la iglesia bautista en la Calle Principal, donde hicieron el amor rápido en el callejón, a la sombra de pinos fragantes.

Para cuando llegó a Georgetown, necesitaba ganar algo de dinero. Se detuvo frente a una cantina de mineros con Sirena. Hizo varios trucos, nada complejo, Sirena se alzaba al oír su voz, asintiendo y sacando la lengua. Los mineros no tardaron en tirarle monedas en la canasta abierta. Acababa de terminar el turno diurno en los tiros de carbón, y la muchedumbre se amplió. Diego se sintió incómodo, pero siguió actuando: dinero es dinero. Pero solo fue cuestión de tiempo antes de que uno de los mineros emergiera de las profundidades de la multitud. Tenía la cara embarrada de hollín y la mandíbula estrecha. Con algún tipo de acento europeo dijo que Diego era el diablo, le escupió y luego reunió flema en la garganta para dispararla hacia Sirena. Diego perdió los estribos, saltó hacia él y lo golpeó. Pasó la noche en la cárcel, en una celda de ladrillos con barrotes en la ventana y vista a las estrellas.

Llegó a Denver en tren por la entrada occidental de la ciudad. Era una madrugada oscura; una línea violeta refulgente crecía sobre la planicie. Le ardían los ojos de hollín al bajar del vagón maderero y aterrizar en el patio de maniobras con un golpe seco. Se paró, se sacudió el polvo y oyó que la voz de un hombre le gritaba que se detuviera. Huyó de los policías, se atoró la pierna en una palanca de guardagujas y se sacó sangre antes de lograr arrastrarse debajo de una reja que daba al Westside. Primero corrió y luego caminó rápido por las banquetas rojas. Cerca de un callejón a orillas del centro, oyó los bufidos y el jaloneo de un animal pequeño en un arbusto ruinoso. Era Jorge, el Perro Ciego, con la lengua colgándole del labio rosáceo. Diego se rio.

—No te traje nada —dijo, y Jorge gruñó momentáneamente antes de bostezar y toser mientras se alejaba cojeando.

Ya era el alba azul.

Cuando vio el centro por primera vez, las fábricas, los comercios de ladrillo, el río Platte Sur y el arroyo Cherry, sintió como si estuviera abrazando a un viejo amigo.

—Mira nada más —dijo, y sacó a Sirena de su canasta para que viera.

Caminaron a Hornet Moon desde las calles de números bajos. Tomó un atajo por la Calle Diecisiete y notó una cavidad negra, un hoyo quemado donde solían estar el fabricante de sillas de montar y varios negocios más. Había un voceador detrás de él preparando una pila de periódicos para el día. Diego se volvió hacia él. Le preguntó qué había pasado.

—¿No te enteraste? —preguntó negando con la cabeza—. Le quemaron el changarro a ese joven abogado.

—¿Qué abogado?

—Dave Tikas —dijo el hombre—. Qué lástima, decían que nos iba a ayudar. Ahora no queda nada, ni siquiera el local de su papi. Empezaron una guerra o algo.

Diego le hizo más preguntas, pero el hombre lo rechazó a señas y le dijo que si tanto quería enterarse, debería comprar un diario. Diego consintió. Con el periódico en mano, se fue a su casa.

Maria Josie y una mujer que Diego no había visto en su vida estaban sentadas a la mesa de la cocina. Al verlo, su auntie se paró asombrada. No hablaron durante un rato, solo se abrazaron. Maria Josie le explicó que Ethel era su amiga, y Diego le dio la mano.

—¿Y Luz? —preguntó.

Maria Josie apuntó al fondo del pasillo.

—En la cama.

Diego tocó la puerta y luego la abrió. Vio a Luz acostada con la cara hacia la pared. Cruzó el cuarto, que portaba la incomodidad como una tristeza de lejía. En el altar de su hermana había fotos: su mamá, su padre y él.

—Luz —dijo Diego suavemente. Y como no se dio vuelta insistió—: Little Light.

Luz se giró en la cama y sus ojos se posaron en su hermano como si estuviera viendo un espíritu. Se recostó sobre los codos. Lo vio a los ojos.

—¿Eres real?

Diego se rio. Se hincó junto a la cama. Sostuvo la cara de su hermana con ambas manos.

—Sí, soy real.

Luz lloró entre sus brazos hasta que partes de su camisa blanca se pusieron transparentes por las lágrimas.

Con el tiempo, Luz le contó a Diego algunas cosas que habían sucedido mientras no estaba. Le habló del despacho de abogados, de la corrupción de la ciudad, del asesinato de Estevan, del tiempo que había pasado con Lizette y Alfonso. Mientras más hablaba ella, más decía Diego que se sentía culpable e impotente. Le dijo que era su culpa.

—No —dijo Luz—. Son las decisiones que tomamos.

Nunca le contó de Avel ni de las llaves de la oficina desaparecidas, ni que poco tiempo después de que ardiera el despacho de David, alguien más le había prendido fuego a la tienda de Papá Tikas. David se fue de Denver cuando pasó eso. Pero sí le contó a Diego lo que había visto. Le explicó que sus visiones habían seguido creciendo y creciendo.

—Veo cosas de nuestra gente. Conozco nuestras historias.

A la mañana siguiente, la nueva familia de cuatro —Diego, Luz, Maria Josie y Ethel— fue en coche a la Institución para Niños Saint Agnes. Justo como Luz se lo había descrito, el pasto era de un verdor exuberante tras los altos muros de piedra. A lo largo del acceso a la entrada principal, los pájaros moteados aterrizaban entre la hierba, picoteaban y sacaban insectos de entre las hojas. Las nubes al fondo de la institución eran bajas y blanquizcas. Los demás esperaron en el coche de Ethel mientras Diego se bajaba y se acercaba al edificio.

Volvió después de un largo rato. Los pájaros que estaban en el pasto alzaron el vuelo cuando bajó los escalones de piedra con un bultito blanco entre los brazos. Era una bebita con los ojos de un verde deslumbrante y la piel y el pelo magníficos y morenos. Diego le dio un beso a su hija y se la entregó a Luz en el asiento trasero.

—Le vamos a poner Lucille —le dijo a su hermana—. Ahora, cuéntale nuestras historias.

Luz asintió y empezó a pensar en lo que le iba a contar a su sobrina. Decidió que empezaría por una mujer que había visto en sueños, una profeta somnolienta.

AGRADECIMIENTOS

Debo agradecer a quienes me ayudaron durante el proceso de escribir este libro en esta última década.

A mi madre, Renee Fajardo; a mi abuelo, John Fajardo; a mi madrina, Joanna Lucero, y a mis ancestros en el mundo de los espíritus, que me protegieron e instruyeron con sus historias y cuyas reverberaciones seguirán hasta el fin de los tiempos. A mi padre, Glen Anstine, por ser uno de mis primeros lectores y uno de mis mayores apoyos. A Julia Masnik, que me ayudó a dar a luz los primeros capítulos y me asistió para encontrar la historia de Luz. A Nicole Counts, por ver a mis personajes por quienes son y guiarme con su luz. A mis seis hermanos y sus hijos, que mantienen las historias con vida.

A mi editorial, One World, por creer en este libro. A mi equipo: Rachel Rokicki, Andrea Pura, Oma Beharry y Carla Bruce-Eddings, y, por supuesto, a Chris Jackson.

Gracias a los historiadores, archivistas y educadores de todo el Southwest que contestaron mis preguntas de investigación. A mi primo perdido hacía mucho y que volví a encontrar, el Dr. Estevan Rael-Gálvez. A la brillante y amable Dra. Karen Roybal de Colorado College. A Charlene Garcia Simms, de la Pueblo County Library. A Trent Segura, por incontables recursos y conversaciones. A mi hermano Tim, por sus conocimientos legales. A Connor Novotny, por su apoyo abrumador. A la sabia Melinna Bobadilla. A la Dra. Yvette DeChavez, que me dijo verdades junto al fuego. A Brian Trembath, de la Western History Collection de la Denver Public Library. A Patricia Sigala, quien me alojó en Nuevo México cuando era adolescente. A Phil Goodstein, por expandir, mantener y compartir el conocimiento del pasado de Denver. A Terri Gentry, del Black American West Museum. A Lois Harvey, de Westside Books, por suministrarme materiales de investigación durante más de la mitad de mi vida. A Mat Johnson, cuyas enseñanzas me han dado tanto. Al difunto Daniel Menaker. A Joy Williams, por ser mi mentora y mi luz. A Sandra Cisneros, cuya obra me enseñó a soñar. A Julia Alvarez, por su apoyo de madrina. Y a Ivelisse Rodriguez, quien siempre ha estado a mi lado.

Gracias a las instituciones que me brindaron espacio y apoyo para terminar esta novela. A M12 Studio, por el tiempo de concentración en Antonito, Colorado. A Yaddo, MacDowell, History Colorado y la American Academy of Arts and Letters.

Y a todos los descendientes de la diáspora manito.

GLOSARIO

adobe: Material de construcción hecho a partir de barro y paja o estiércol, secado al sol y cortado en bloques.

auntie: Tiíta. De "auntie", diminutivo del inglés "aunt": "tía".

barong: Camisa formal para hombres de manga larga y tela bordada transparente. Se considera una vestimenta nacional en Filipinas.

chambear: Trabajar.

chanclas: Sandalias.

charola: Bandeja usada para cargar platos y servir comida.

chiquero: Corral donde se guardan los cerdos.

chivirín: *Catherpes mexicanus*. Ave pequeña que vive en las zonas áridas de Norteamérica y se alimenta de insectos y arácnidos.

chongo: Peinado que consiste en recoger el pelo para formar una esfera apretada generalmente a la altura de la coronilla.

cincuate: *Pituophis*. Género de culebras no venenosas endémico de Norte y Centroamérica. Del náhuatl "cencoatl": "serpiente del maíz".

comal: Instrumento de cocina circular y plano hecho de metal o barro y usado para calentar y preparar comida sobre el fuego, en particular tortillas. Del náhuatl "comalli": "comal".

cunque: Poso del café.

diné: Nación que habita la región de los actuales estados de Arizona, Nuevo México, Utah y Colorado. También llamados "navajo".

duela: Piso hecho de tablones de madera.

elote: Mazorca de maíz. Del náhuatl "elotl": "elote".

escuincle: Niño pequeño. Del náhuatl "itzcuintli": "perro".

garnuchazo: Golpe que se da sosteniendo un dedo con otro (generalmente el pulgar en la curva formada por el índice o el medio contra la yema del pulgar) y soltándolo con fuerza.

gis: En México, cilindro pequeño de yeso blanco usado para escribir, generalmente en un pizarrón oscuro. El sinónimo "tiza" se usa exclusivamente para la arcilla azul del billar.

gogles: Gafas de protección o para practicar la natación. Del inglés "goggles".

gooks: Forma peyorativa de llamar a las personas provenientes del Lejano Oriente.

guácala: Expresión de asco.

jimador: Persona que se dedica a cosechar el agave para elaborar el tequila y el mezcal.

jita: Acortamiento de "mijita", a su vez abreviación de "mi hijita".

kohl: Pigmento negro usado como maquillaje, en particular para delinear los ojos.

latia: Viga.

mecate: Cuerda áspera. Del náhuatl "mecatl": "cuerda".

narina: Cada uno de los orificios nasales externos.

niggers: Forma peyorativa de llamar a las personas afroamericanas en Estados Unidos.

oshá: *Ligusticum porteri*. Planta medicinal.

ouzo: Licor anisado de origen griego.

paliacate: Pañuelo grande y cuadrado con diseños geométricos que se usa principalmente en el campo para cubrirse del sol y enjugarse el sudor.

paliacatazo: Golpe dado con un paliacate.

pirinola: Peonza en forma de prisma con una punta que tiene marcas en cada cara y se hace girar con los dedos en juegos de azar.

posole: Platillo consistente en un caldo rojo picoso con granos de maíz y carne de res y cerdo, parecido al pozole mexicano. Del náhuatl "pozolli": "espuma".

raite: Favor que se hace llevando a una persona en coche. Del inglés "ride".

shooter: Objeto, por lo general una piedra, lanzado durante el juego del avioncito o rayuela. Del inglés "shooter".

spics: Forma peyorativa de llamar a las personas provenientes de México o América Latina.

tecolote: Lechuza. Del náhuatl "tecolotl": "tecolote".

tehua: Nación perteneciente a la familia de los pueblo y el idioma que hablan.

tewas: Sandalias tradicionales de cuero, parecidas a los mocasines.

tihua: Nación perteneciente a la familia de los pueblo y el idioma que hablan.

tons: Abreviación de "entonces".